KB079034

완벽하지 않은
것이
더 아름답다

책을 읽고 난 후 올려다본 하늘은 왠지 더 맑아 보였다!

완벽하지 않은 것이 더 아름답다

하이란 박사 지음 | 김락준 옮김

씽크뱅크

목차
contents

제1장. 소수의 사람만이 아는 행복의 길

제2장. 상처와 고통도 껴안아야 한다

제3장. 소수의 사람만이 아는 사랑하는 관계의 진짜 모습

제4장. 이왕이면 힘들이지 않고 자녀의 마음을 사는 부모가 되자

제5장. 일은 즐겁고도 성취감이 있어야 한다

제6장. 모든 불완전함에 감사하자

〈추천의 글 1〉

어떻게 하면 원하지 않는 것과 평화롭게 지낼 수 있을까

크리스토퍼 거머
(Christopher K. Germer. 하버드 의과대학 임상심리 전문가, '마음 챙김, 자기 연민' 창시자)

하이란 박사의 첫 저서에 추천의 글을 쓸 수 있어서 영광이다. 그녀를 알고 지낸 지 5년이 되었다. 운 좋게도 난 그녀와 두 번이나 같은 무대에서 강의를 한 적이 있다. 하이란 박사가 정립한 핵심 이념은 매우 강력하다. 사람의 본성을 깊게 파고들고, 현대사회의 요구와 직면한 문제까지 두루 아우른다. 그녀는 앎과 행동, 말과 행동이 같은 사람이고, 수강생들에게 즐거운 영향력을 준다. 많은 사람과 공유할 수 있도록 그녀의 비전과 생각이 마침내 한 권의 책으로 완성되어 기쁘다.

하이란 박사의 이념은 '인생은 쉽지 않다. 하지만 다른 사람도 다 똑같다.'에서 출발한다. 행복은 어떻게 하면 원하는 것을 얻을 수 있느냐의 문제가 아니다. 어떻게 하면 원하지 않는 것과 사이좋게 지낼 수 있느냐의 문제이다. 이것은 대담한 논리이다. 어떤 사람은 돈이 많고 예쁘고 똑똑하고 건강하면 괴롭지 않을 것이라고 생각한다.

그렇지 않다. 괴로움도 인생의 한 부분이다. 괴로움은 회피한다고 해서 사라지지 않으며, 저항하면 더욱 커진다. 다행인 점은, 기본적인 요구가 충족되면 괴로움의 유무와 상관없이 스스로의 태도를 바꾸는 것만으로도 행복해질 수 있다는 점이다. 심호흡을 하고 내면을 바꾸면 외부에 드러나는 생활이 바뀐다.

그러면 무엇부터 시작해야 할까? 어떤 점을 알아야 할까? 하이란 박사는 첫 번째 조건으로 '마음을 차분히 가라앉히고 지금 이 순간을 살라'고 말한다. 말하기는 쉽지만 실천하기는 어려운 항목이다. 가슴에 손을 얹고 자신에게 물어보자. 하루에 얼마만큼이나 지금 이 순간에 살고 있는가? 자신이 무엇을 경험하는지 알아차리고 있는가? 혹시 머릿속으로 과거를 돌아다니거나, 미래를 걱정하거나, 끊임없이 문젯거리를 찾고 있지는 않은가?

사실 사람의 대뇌는 태생적으로 문제를 발견하고 부정적인 것에 집중하도록 설계되었다. 심리학은 이것을 '부정 편향(negativity bias)'이라고 부른다. 부정 편향은 인류의 진화 과정에서 생존의 필요에 따라 서서히 형성되었는데, 그 결과 생존에는 도움이 되지만 행복에는 방해가 된다. 하지만 다행스럽게도 훈련을 통해 부정 편향을 역전시키거나 약화시킬 수 있다. 여러 연구 결과에 따르면 대뇌 훈련, 특히 명상을 하면 지금 이 순간에 집중하게 되어 행복감이 높아지고 일의 효율성이 증대된다고 한다.

대뇌에는 인간관계의 온갖 정보를 받아들이는 정밀 기능이 있다. 타인의 도움 없이 혼자 살 수 없는 인간의 한계 때문에 만들어진 기능일 것이다. 하지만 그 정보의 양이 필요 이상으로 많다. 예를 들어 어떤 사람과 말없이 단둘이 있거나, 연인과 1분 동안 눈을 마주친다고 상상해 보자. 기분이 어떤가? 아마 머릿속에 이 생각 저 생각이 들어 어색하고 불편할 것이다.

사회성에 길들여진 대뇌는 무엇을 찾을까? 태어나는 순간부터 절대 다수의 사람은 사랑을 찾는다. 아기의 첫 번째 임무는 다른 사람에게 사랑을 받는 것이다. 일단 사랑이 확보되면 다른 필요, 예컨대 음식, 옷, 주거지, 보살핌은 저절로 충족된다.

사랑을 필요로 하는 것은 성인이 된 뒤에도 마찬가지이다. 바로 이것이야말로 관계에서 고통이 생기는 주요 원인이다. 자신의 괴로움이나 불행을 탐구해 보면, 그것이 사랑을 주고받는 것과 연관됨을 알 수 있다. 때문에 하이란 박사는 사람들이 서로 존중해 주고 응원해 주는 관계를 형성하기를 바란다.

충실한 관계를 형성하려면 어떤 내재된 능력이 필요할까? 첫 번째는 앞에서 설명했듯이 마음을 차분히 가라앉히는 능력이고, 두 번째는 스스로 자신을 보살피는 능력이다. 스스로 마음을 챙기고 자신을 보살피면 서로의 관계가 좋아질뿐더러, 인생을 어떻게 살아야 하는지도 절로 알게 된다.

자기 연민은 뭘까? 어려움과 실패를 겪고 무능함을 느낄 때, 가장 친한 친구나 연인을 대하는 것처럼 자신을 대하는 것이다. 이것은 결코 쉬운 과제가 아니다. 사실 20%의 사람만이 이것을 할 수 있는데, 시련이 혹독할수록 그 가능성은 더 줄어들 것이다. 어려운 환경에 처한 사람은 '왜 하필 나야? 왜 난 못하지?'라고 쉽사리 자신을 비판하는가 하면, 반성과 자책 사이에서 길을 잃고 수치심 뒤에 숨곤 한다.

수백 가지의 과학적 연구에 따르면, 자기 연민은 건강을 향상시키고 행복감을 높여준다. 구체적으로, 몸과 마음의 건강이 좋아지고 관계가 개선되며, 타인에 대한 관심이 많아지고 자아의식이 향상된다. 또 회복탄력성(좌절 극복 능력)과 생활 만족도도 높아지고 초조함, 우울함, 스트레스, 마음의 상처에 따른 부정적인 영향을 감소시키는 것에도 도움이 된다. 누구나 자기 연민을 학습할 수 있는 점은 참 다행이다.

어떤 환경이 스스로 마음을 챙기고 자신을 보살피기에 가장 적합할까? 개인적으로 난 이 부분에서 하이란 박사의 탁월함이 드러난다고 생각한다. 하이란 박사는 원촨 재난 지역에서 다년간 봉사 활동한 경험을 바탕삼아, 많은 사람을 더 효율적으로 도울 수 있는 동반자 교육 시스템을 만들었다.

하이란 박사는 사람은 누구나 충분한 사랑과 지혜와 힘을 타고난다는 것을 꿰뚫어 보고 '동반자 교육 커뮤니티'를 결성했다. 같은 생각을 가진 사람들끼리 서로 응원하며 행복한 기분을 전파하는 모임이라고 보면 된다. 이 커뮤니티 회원들은 일상생활이나 직장에서도 더 많은 사람에게 긍정적인 영향을 주기 위해 노력한다. 2014년에 항저우에서 하이란 박사와 수업을 진행하며 이 과정을 직접 지켜본 적이 있는데, 그 당시 사람들 사이에 사랑이 흘러넘쳐 매우 감동했던 기억이 난다.

치유의 핵심은 서로가 서로를 응원하는 것이다. 나도 하이란 박사를 본받아, 학생과 교수들이 서로 응원하고 경험을 공유할 수 있는 커뮤니티를 교내에 만들었다.

이 책은 진정한 치유자이자 교육자인 하이란 박사의 노하우가 집약된 결정체이다. 이 책을 읽을 기회가 생긴 독자는 부디 책을 끝까지 다 읽기를 바라고, 다 읽은 뒤에는 이 책의 지혜를 실생활에 적용해 보길 바란다.

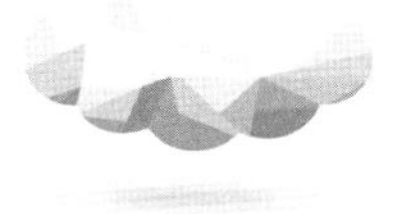

〈추천의 글 2〉

사람은 마음이 시키는 일을 해야 한다

저우궈핑 (周國平. 저명한 철학가, 학자, 작가)

하이란 박사가 웨이신(중국의 모바일 메신저)을 통해서 자신의 처녀작에 추천의 글을 한 편 써달라고 부탁했을 때, 난 '처녀작'이란 세 글자를 보고 놀라면서도 감동했다. 요즘의 베스트셀러에는 심리 상담에 관한 도서가 많은 것으로 안다. 한데 심리 상담 분야의 거물인 하이란 박사가 이제야 첫 번째 책을 쓴다는 게 말이나 되는가? 책에서 난 일종의 담박함과 진지함, 집필에 대한 경외감을 느꼈다. 몸과 마음의 건강을 책임지는 분야에 35년 이상 몸담으며 체득한 경험과 지혜를 한 권의 책으로 엮어내기 위해서 하이란 박사는 많은 준비를 했을 것이다.

하이란 박사의 경험 중에서 어느 한 이야기가 특히 기억에 남는다. 그녀는 원래 안과를 전공했고 국내외 권위 있는 대학에서 박사 학위를 받았다. 하지만 38세에 돌연 심리학으로 전공을 바꾸고 제로에서 다시 시작했다. 이 부분에서 슈바이처 박사가 생각났다. 슈바이처 박사는 철학과 신학 박사 학위를 받은 뒤에 갑자기 분야를 바꿔 8년 만에 의학 박사 학위를 받았다. 그의 나이 38세에 일어난 일이다. 이후에 그는 죽을 때까지 아프리카에서 의술을 베풀었다. 한 명은 신학에서 의학으로 진로를 바꿨고, 또 한 명은 의학에서 심리학으로 진로를 바꿨다. 공통점은 두 사람 모두 내면의 목소리를 따랐다는 점이다. 하이란 박사의 말을 인용하자면, 사람은 마음이 시키는 일을 해야 한다.

중년이 되어 돌연 삶의 방향을 바꾸기로 결정했다면 일시적인 충동은 아닐 것이다. '돌연'이라는 말도 맞지 않다. 그저 겉으로 그렇게 보일 뿐이다. 하이란 박사는 심리학을 매우 좋아했다. 의학을 공부할 때 그녀는 틈만 나면 심리학 서적을 읽었다. 나는 사람마다 그 사람의 재능과 성격에 어울리는 위치가 따로 있다고 믿는다. 문제는 그 위치를 찾을 수 있느냐 하는 것인데, 하이란 박사는 자신에게 가장 어울리는 위치를 찾았다. 심리학 영역에 진입한 뒤에 그녀는 물 만난 물고기의 심정을 이해할 수 있었다고 말했다. 물 만난 물고기의 심정이라…… 참 정확한 묘사이다. 만약에 어떤 위치에서 편안하고 자유롭고 즐겁고 마음이 놓인다면, 그 위치는 자신에게 꼭 맞는 것이다. 자신의 뜻을 펼칠 수 있는 곳에 행복이 있다. 사실 인생을 행복하게 만드는 방법 가운데 하나는 자신이 진실로 좋아하는 일을 하는 것이다.

이 책의 주제는 행복이다. 그리고 하이란 박사는 이 주제에 대해 아주 적절하게 설명했다. 그녀는 심리 상담사로서 많은 사람이 마음의 응어리와 오해를 풀고 자신의 에너지를 발휘해 최종 목표인 행복에 도달할 수 있도록 도왔다. 그럴 수 있었던 것은 그녀 자신이 정확한 방향에서 행복을 찾은 사람이기 때문이다. 심리 상담은 기술이 아니다. 본질적으로 정신을 교류하는 것이다. 정신적인 교류를 통해 좋은 분위기가 형성될 때 인격은 최고의 힘을 발휘한다.

행복이라는 주제를 둘러싸고 이 책은 사랑, 사업 선택, 자아실현, 감정생활, 인간관계, 어려움, 역경 등과 같은 많은 인생 문제를 언급한다. 공감되는 부분이 많았다. 사실 심리학과 철학은 떼려야 뗄 수 없는 관계이다. 심리적으로 건강하려면 먼저 마음을 알아차려야 하는데, 심리 질환의 흔한 증상은 넓게 생각하지 못하고 마음의 짐을 내려놓지 못하는 것이다. 행복은 일종의 능력이다. 이 능력은 알아차림을 통해 개발할 수 있다.

하지만 심리 상담이 단지 철학 수업을 받는 것이라면 효과는 크게 없을 것이다. 심리 상담사의 본분은 방대한 철학을 정교한 심리학 대본으로 만들고, 구체적인 상황에서 마음에 응어리가 생긴 원인과 그것을 풀 수 있는 방법을 찾아내는 것이다. 이 책에 실린 많은 사례가 그것을 증명한다. 세상에는 철학자만 있어서는 안 되고, 반드시 하이란 박사가 있어야 한다.

〈추천의 글 3〉

내가 맛있는 거 만들어 줄게요

위단 (於丹. 저명한 문화학자, 베이징사범대학 교수)

모든 사람의 행복에는 개인의 색깔과 맛이 있다. 하이란 박사를 알게 된 뒤에 난 쪽빛의 행복을 만났다.

하이란 박사의 성격은 절반은 바다를 닮았고 절반은 불꽃을 닮았다. 그녀는 웃을 때 체면을 차리지 않는다. 주변이 온통 웃음소리로 물들 정도로 깔깔깔 웃는다. 그녀는 감정도 통제하지 않는다. 좋고 싫음이 분명하고, 누가 마음에 들면 가장 소박한 방식으로 "내가 맛있는 거 만들어 줄게요."라고 말한다.

그녀는 행복에 대해 논할 자격이 있다. 비단 전문 지식이 풍부하고 권위가 있기 때문만은 아니다. 더 큰 이유는 누가 봐도 그녀 스스로가 행복한 사람이기 때문이다. 진실함은 인생에 대해 말하는 사람이 꼭 갖춰야 하는 전제 조건이다.

진실함에는 일이 원하는 대로 풀리지 않은 잡다한 경험도 포함된다. 하이란 박사의 말을 빌리자면, “저항을 멈추면 더 강대해질 수 있다.” 그녀는 억지로 괴로움과 번뇌를 쫓는 방법을 가르치지 않는다. 그녀의 수업에는 행복해지고 싶고 고민도 많은 남녀가 찾아오는데, 일부는 앉고 일부는 선 채로 각자 가장 편한 방식으로 조용히 자기 자신과 대면하는 시간을 가진다. 그렇게 십여 분만 지나면 많은 사람이 눈시울을 적신다.

사람은 누구나 원본으로 태어나지만 커서는 복제품이 된다. 인생에서 맡은 다양한 역할을 소화하느라 자기 자신과 진실하게 대면할 시간이 그리 많지 않기 때문이다. 하지만 스스로 진실하지 않을 때 어떻게 진실한 논리로 세상을 살 수 있을까?

푸른 바다처럼 고요한 위로는 고요함에 가까이 다가가고 싶은 사람들에게 분노·회피·저항을 내려놓고 자신을 받아들이면 세상이 자신을 받아들일 것이라고 말해 준다.

많은 사람에게 이 책을 추천한다. 이 책은 해변에 별장을 사는 방법이나 성적표에 ‘올 A’를 받는 방법을 알려주지 않는다. 친구들보다 돋보이는 방법을 알려주지도 않고, 놀라운 선물 보따리를 풀어놓지도 않는다. 하지만 진실로 행복해지는 방법을 가르쳐 준다. 행복은 만두를 빚는 여인이 뒤를 돌아보고 싱긋 웃으며 “내가 맛있는 거 만들어 줄게요.”라고 말하는 것일 수도 있다. 이게 하이란 박사 빛깔의 행복이다.

〈머리말〉

인생의 재미는 미래를 모르는 것에 있다

미래가 선명하게 그려질 때마다
난 변화를 선택했다

사람들은 자신이 원하는 것을 모두 얻는 것이야말로 행복이라고 생각한다. 사실 인생살이에는 잘 나갈 때보다 실의에 빠질 때가 훨씬 많다. 변화무쌍한 일상에서 일이 원하는 대로 풀리지 않아 괴로울 때, 저항하지도 말고 회피하지도 말고 불평하지도 말자. 바꿀 수 있는 것은 바꾸고, 바꿀 수 없는 것은 그냥 받아들이자. 그러면 인생이 굴곡지더라도 평온하고 조화롭게 살 수 있다.

인생의 고락은 연이은 선택의 결과이다. 당신은 인생에서 생각보다 많은 것을 선택하고 통제했다. 단지 자신이 그런 적이 없다고 생각할 뿐이다.

사람들은 자신의 앞날에 어떤 일이 생길지를 용한 점쟁이가 시원하게 말해 주길 바란다. 하지만 미래를 미리 알면 무슨 재미가 있겠는가!

인생이 재미있는 건 앞날을 모르기 때문이다. 미래를 미리 알 수 없는 것을 선물이라고 생각하면 하루하루가 새롭게 다가오며, 세상을 탐색하고 발견하며 창조하는 재미가 생겨난다.

지난날을 돌이켜 보면 난 미래가 선명하게 그려질 때마다 변화를 선택했다. 변화는 나를 더 넓고 아름다운 세상으로 이끌었고, 그때마다 내 인생은 더한층 풍요로워졌다.

인생은 선택이 가능한 편도여행이다. 사람은 환경과 타인을 통제할 수 없지만, 자기 자신을 선택적으로 통제할 수는 있다.

마음이 시키는 일을 하는 것이 성공의 지름길

내가 나 자신을 위해 선택한 첫 번째 일은 다른 사람들의 눈에 미친 짓으로 보였다. 그해에 난 38세였다. 의학도로서 가장 힘든 시기도 다 지났고, 이제 직업생활에 정점을 찍을 일만 남았었다. 하지만 난 의학 분야에서 20년 넘게 지은 농사를 포기하고, 아무것도 내세울 게 없는 학생 신분으로 돌아가 처음부터 다시 시작하는 길을 선택했다.

난 푸단대학의 의과대학(당시는 상하이 의과대학)에서 '중국 안과의 아버지'

라고 불리는 궈빙콴(郭秉寬) 교수에게 박사 과정 지도를 받은 그의 마지막 제자이다. 박사 과정을 마친 뒤에는 미국에 가서 또다시 의학 박사 학위를 따고 국제 시각연구 안과학 학회 부회장인 로버트 앤더슨(Robert G. Anderson) 교수를 스승으로 모셨다. 비록 안과 분야의 내 주요 지도 교수들은 중국인이었지만 모두 세계적인 전문가라서 이들의 제자가 된 것만으로도 꿈을 꾸는 것처럼 좋았다. 동시에 난 마땅히 인생의 강물을 거꾸로 거슬러 올라가야 할 때가 되었다고 느꼈다.

나 스스로에게 물었다. 인생의 의미는 뭘까? 내면이 진실로 무엇을 원하는지 찾은 뒤에는 인생에서 처음으로 중요한 선택을 했다. 1999년 나는 그간의 의학적 성취와 영향력을 포기하고 다시 학생이 되어, 미국 밴더빌트대학교 피바디 교육·인간개발대학(Peabody College of Education and Human Development, Vanderbilt University)에 입학해 교육 심리학 석사 과정을 밟았다.

내가 이 결정을 했을 때, 많은 사람이 내게 바보라고 말했다. 부모님과 남편은 꽃길을 눈앞에 두고 포기하는 나를 미쳤다고 생각했다. 성공적인 인생까지 이제 단 한 걸음밖에 안 남은 상황에서 갑자기 심리학을 공부하겠다니, 얼마나 황당하고 무책임하게 느껴졌을까. 졸업한 후에도 직장을 못 잡아야 정신을 차리겠냐는 말까지 들었다. 날 비웃는 건 주변 사람들도 마찬가지였다.

"넌 서른여덟 살이야. 중국인이고, 영어 발음도 이상해. 미국 문화에 대해서도 전혀 모르는데 졸업하고 취직할 수 있을까? 누가 네게 상담을 받겠어? 아, 한 사람은 있겠다. 바로 너!"

사실 결정하기까지 나도 괴로웠다. 20년 이상의 경력을 하루아침에 팽개치고, 마흔 살이 다 되어 고향을 떠나 아무것도 없는 상태에서 모든 것을 다시 시작해야 했다. 미래가 어떻게 펼쳐질지도 알 수 없었다. 당시에 난 남편에게 '의사가 되면 돈을 많이 벌 수 있다는 건 확실히 알겠는데, 심리 상담사가 되면 직장이나 제대로 잡을 수 있을지 모르겠다'고 말했다. 남편은 말했다.

"사실 당신은 물질적인 생활에 그렇게 욕심이 많은 사람은 아니야. 잠도 아무 데서나 잘 자고, 음식도 많이 안 먹잖아? 인생은 짧아. 심리학이 진짜로 좋으면, 퇴근한 뒤에 관련 분야의 책을 읽어보는 게 어때? 시도해서 나쁠 건 없잖아?"

졸업한 뒤에 직장을 못 구해도 먹고살 수 있을지 자신에게 물어봤다. 당시 많은 유학생이 레스토랑에서 접시닦이 아르바이트를 하며 돈을 벌었는데, 나라고 못할 이유는 없었다. 난 고생할 각오와 부지런한 손만 있으면 아르바이트를 하며 돈을 벌 수 있으리라 생각했다.

한 말의 쌀을 위해 머리를 굽히지 않는 사람은 집에 쌀이 한 톨도 없을 것이라는 우스갯소리가 있다. 사실 난 공부를 하며 10만 달러를 빚졌는데, 2013년 크리스마스이브에 마지막 빚을 다 갚았다. 개인적으로 인생에서 손해 보지 않고 불어나는 투자는 공부와 성장, 이 두 가지밖에 없다고 믿는다.

인생은 고되고 짧다. 사람이 80세까지 산다고 가정할 때, 거두절미하고 깨어 있는 시간의 3분의 2를 일하며 보낸다. 어차피 대부분의 시간을 일하며 보낼 바에야 자신이 좋아하고 잘하는 일을 하며 살면 얼마나 좋을까? 사람들은 자신이 좋아하지도 않는 일을 하며 연초부터 연말까지 바쁘게 보낸다. 중간에 겨우 휴가를 얻어 여행을 가기도 하지만, 돌아오고 나면 다시 바쁜 생활을 이어간다. 난 이렇게 살고 싶지 않았다. 날마다 휴가를 보내는 것처럼 일하면 얼마나 좋을까? 사람은 마음이 시키는 일을 할 때가 가장 행복하다.

그러면 무엇이 내가 가장 좋아하는 일일까? 틈만 나면 하고 싶고, 누가 돈을 주지 않아도 하고 싶으며, 심하게는 돈을 내면서까지 하고 싶은 일이다. 난 여가시간에 심리학과 자아 찾기에 관한 책 읽기를 좋아했다. 의학 영역에서 이룬 모든 성취와 영향력을 포기하고 심리학을 공부하기로 결정했을 때, 난 좋아하고 잘하는 일을 날마다 하고 싶었다. 인생 최고의 목적은 행복하고 즐겁게 사는 것이다. 돈, 시간, 집, 사회적 위치, 차, 사랑 등이 생길 때까지 기다리지 않아도 즐겁고 행복할 수 있고, 날마다 즐거울 때 생명의 진정한 의미와 품격이 살아난다.

인생에 감당하지 못할 괴로움은 없고,
모든 것은 다시 시작할 수 있다

심리학을 공부하면서 물 만난 물고기의 심정이 이랬겠구나, 라고 생각했다. 난 2001년 미국 랭킹 3위의 밴더빌트대학교 피바디 교육·인간개발대학을 순조롭게 졸업한 뒤에 심리 위기 핫라인에서 자원봉사자로 일했다. 그 다음에는 미국에서도 가장 크고 전 세계에서도 가장 큰 심리건강 센터인 센터스톤(Centerstone)에서 일했고, 오래지 않아 이민자와 난민을 위한 프로젝트의 책임자가 되었다.

센터스톤에서 내가 맡은 일은 30여 개국 출신의 이민자와 난민에 관한 게 대부분이었다. 이민자나 난민이나 익숙한 고향, 인맥, 문화, 친구를 떠나오고, 자신이 소유한 모든 것을 포기하거나 빼앗긴 채 언어도 통하지 않고 문화도 다르고 심지어 무시를 받는 곳에 와서 모든 것을 처음부터 다시 시작해야 한다는 점에서 서로 처지가 비슷했다. 가장 기억에 남는 사람은 종족 대학살을 겪은 소말리아에서 온 50대 초반의 남성이었다. 그는 적대 관계에 있는 종족이 한밤중에 그의 집으로 쳐들어와, 그가 보는 앞에서 아들과 부모가 살해되고 아내가 강간당한 뒤에 마지막으로 해코지를 당했다. 그날 저녁에 다행히 천둥 번개가 치며 비가 내렸는데, 적들은 그가 죽었는지를 확인하지 않고 그냥 현장을 떠났다. 훗날 그는 친구의 도움을 받아 난민 캠프로 도망칠 수 있었고, 이후 미국에 들어왔다. 그가 그런 비참한 사고를 겪고 어떻게 지금까지 견뎠는지, 얼마나 큰 괴로움을 겪었을지 상상이 되지 않았다.

한데 그는 늘 침착하고 온화했고, 온몸에선 놀라울 정도로 심오한 분위기가 풍겼다. 난 그에게 어떻게 그렇듯 잔혹한 일을 겪고도 평온할 수 있느냐고 물었다. 그는 말했다.

"이게 하느님의 계획일 것이라고 생각했어요. 그러니 제가 함부로 판단하면 안 되죠. 제가 할 수 있는 일은 그저 날마다 최선의 일을 하는 거예요."

그를 통해서 난 처음으로 신앙의 힘이 얼마나 위대한지를 깨달았다.

아프리카 출신의 어떤 남자는 잘생기고 노련했지만 매사에 비관적이었다. 알고 보니 고국에서 고위 공무원이었는데, 내전으로 인해 가진 재산을 모두 버리고 쫓기듯이 미국으로 건너온 사람이었다. 이제 그는 알아주는 사람 한 사람도 없고, 과거의 편의와 권세를 누릴 수도 없고, 언어와 문화가 달라 할 줄 아는 게 아무것도 없는 그저 쓸모없는 신세였다. 미국에서 그가 가진 유일한 자원은 몸뿐이었다. 때문에 매우 열악한 곳에서 체력을 쓰는 일을 하며 약간의 저축을 했고, 사람들과 영어로 교류할 수 있게 된 뒤에는 골목을 돌아다니며 물건을 팔았다. 가끔은 사나운 개에게 쫓겨 다니고, 엉뚱한 집에 들어가기도 하고, 총을 든 강도를 만나 죽을 뻔도 했지만 끝까지 버티고 노력한 결과 마침내 작게나마 자기 사업을 할 수 있게 되었다.

소말리아 남자와 아프리카 출신의 남자, 서로 다른 국가에서 미국에 온 이민자와 난민은 인생에 감당하지 못할 고통은 없고 언제든지 새로이 시작할 수 있으며, 그렇게 했을 때 인생이 잘 풀린다는 것을 몸소 증명했다.

사람은 시도해서 잘못되는 것보다
아예 시도조차 안 하는 것을 더 후회한다

일을 시작하고 얼마 뒤에 미국에서 가장 살기 좋은 도시 중에 한 곳이자 그레이트스모키 산맥과 호수가 많은 곳으로 유명한 내슈빌에 300여 제곱미터 크기의 한 동짜리 별장을 지었다. 총 11개의 방 중에서 평소에는 많아야 3개만 썼고, 방 앞에는 내가 좋아하는 화초를 놓아 계절마다 달리 피는 꽃들의 향연을 즐겼다.

정원에는 나비가 좋아하는 꽃과 나무와 풀을 심었다. 바람이 불 때마다 갖가지 화초의 향기가 집 안에 그윽하게 풍겼다. 이 밖에 새 먹이를 뿌려놓았더니, 수시로 작은 새들이 날아와 앉았다. 새벽이면 푸른 잔디밭에 이슬이 가득 맺혀 수정처럼 반짝였고, 귀여운 아기 토끼들이 짓궂게 뛰어다녔다. 호기심 많은 다람쥐는 쉴 새 없이 나무를 오르내렸고, 이름 모를 새들은 쉬지 않고 지저귀었다. 벌새는 날개를 어찌나 바쁘게 파닥거리는지, 마치 공중에 떠 있는 것처럼 보이는 모습이 매우 환상적이었다.

새벽에 소파에 앉아 책을 읽을 때, 창밖으로 보이는 모든 풍경이 멋졌다. 전원에서 꽃과 나무를 키우고 때가 되면 열매를 따먹는 생활을 할 수 있어서 참 좋았다. 하지만 한편으로는 마음이 공허하고 외로웠다.

물질은 편리함을 제공하지만 내면을 충실하게 채워주진 못한다. 내면이 충실하지 않은 행복은 행복이 아니다. 마흔 살을 훌쩍 넘긴 그때 난 또다시 자신에게 물었다. 내 인생이 어떻게 흘러가는 거지? 남은 인생을 이대로 살아도 될까?

당장 변화하지 않으면 똑같은 패턴의 삶이 반복될 게 뻔했다. 아침에 출근했다가 저녁에 퇴근해 꽃에 물을 주고, 주말이면 수확한 채소로 요리를 하고, 밀린 빨래를 하고, 그러다가 가끔 여행도 하고…… 이 패턴은 죽을 때까지 반복될 것이었다. 20여 년 동안 공부한 의학적 심리학적 지식과 경험을 겨우 하루에 네다섯 사람에게 상담해 주고 말 것인가? 내 생명의 가치는 이것밖에 안 되는가?

창가에 앉아 자주 꺼내 보는 편지가 있었다. 이 편지의 한 문단을 읽을 때마다 가슴이 먹먹해져 평정심을 유지할 수가 없었다. 그해에 난 미국에 남아 공부를 더 하기 위해서 대사관에 비자 연장 신청을 했다. 얼마 후 대사관에서 대충 이런 내용의 답신이 왔다.

"조국은 당신을 키워줬습니다. 당신이 미국에서 계속 공부하고 싶어 하는 것에 우리는 동의합니다. 언젠가 조국에 은혜를 갚기를 바랍니다."

이 부분을 읽을 때마다, 마음속 깊은 곳에서 끝없는 부끄러움과 죄책감이 들었다.

내 또래의 세대에게는 초등학교에 입학해서 박사 과정을 마칠 때까지 학비와 기숙사비를 국가가 전액 부담해 주었다. 한데 난 장년이 되어 학업을 마친 뒤에 조국의 발전에 기여하지도 않고 곧바로 출국하지 않았나. 비록 미국은 아름답고 깨끗하고 질서가 정연한 국가이지만, 미국에 있는 동안 뿌리 없이 붕 떠 있는 기분이 드는 건 어쩔 수 없었다. 이런 상황에서 대사관의 편지를 읽을라치면, 조국이 여전히 날 기억하는 것에 감동해 마음을 진정시키기 어려웠다.

사실 나뿐 아니라 해외에서 공부한 또래 사람들의 마음 한편에는 늘 조국에 대한 미안함이 있었다. 난 조국의 부름을 듣는 순간, 심신 건강 분야에서 수십 년 동안 공부한 지식을 국가를 위해 써야겠다고 다짐했다.

어느 날은 공부를 하다가 노인에 관한 인상적인 연구 결과를 접했다. 연구원이 노인에게 물었다.

"어르신. 인생에서 가장 후회되고 아쉬운 게 뭐예요? 만약 과거로 돌아갈 수 있다면 어떤 일을 선택하시겠어요?"

절대 다수의 노인은 하고 싶었지만 감히 시도하지 못한 일에 도전할 것이라고 대답했다.

사람은 시도해서 잘못되는 것보다 아예 시도조차 안 하는 것을 더 후회한다. 사람은 변화를 두려워한다. 미래가 어떻게 펼쳐질지 예상할 수 없기에, 현재의 익숙함을 더욱 지키고 싶어 하는 것이다. 하지만 많은 이민자와 난민은 기본 생활이 보장되지 않고 언어도 통하지 않는 상황에서도 가족을 부양한다. 난 그들보다 교육도 더 많이 받고 언어도 자유롭게 구사할 수 있으니 어디서든 먹고살 수 있을 것이다. 최악의 경우에 레스토랑에서 아르바이트를 하거나 보모라도 하면 된다. 행동의 최저 한계선을 정해 놓으니 더 이상 두려울 것이 없었다. 난 설령 잘못되더라도 인생에 여한을 남기고 싶지 않았다. 그래서 미국에서의 삶을 포기하고, 다시 고국으로 돌아가 모든 것을 새로 시작했다!

모든 상처와 고통은 관계를 통해 내려놓을 수 있다

대부분의 상처와 고통은 관계에서 생긴다. 마찬가지로 모든 상처와 고통은 원인에 상관없이 관계를 통해 치유할 수 있다.

난 어떻게 하면 과거의 상처와 괴로움에서 벗어날 수 있을지를 고민하고 연구하기 시작했다. 전 세계, 특히 중국은 전문 교육을 받은 심리 상담사의 수에 비해 도움을 필요로 하는 사람이 매우 많다. 이런 상황에서 어떻게 하면 더 많은 사람이 심리 상담을 통해 과거를 내려놓고 미래를 걱정하지 않고 현재를 즐기며 살 수 있을까? 난 수십 년 동안 누적된 국내외 이론과 노하우, 개인적인 실전 경험을 통해서 남을 돕는 것이 곧 자신을 가장 효과적으로 돕는 것임을 깨닫게 되었다. 사람은 결코 다른 사람의 진리를 이해할 수 없다. 오직 자신의 진리만 이해할 수 있을 뿐이다. 다시 말하면 다른 사람의 진리를 자기 식으로 해석하여 이해하는 것이다.

난 국내외 연구 자료를 종합해 '과거를 내려놓고 미래를 걱정하지 않고 지금 이 순간을 즐기자'라는 슬로건 아래, 남도 돕고 자신도 도움을 받는 서비스 시스템을 만들었다.

난 참담한 일을 겪은 사람이 학습과 내적 탐구를 통해 강인한 생명으로 변모하는 모습을 많이 지켜봐 왔다. 이들은 과거를 내려놓고 미래를 걱정하지 않으며 새로 태어난 것처럼 현재를 충실하게 살았다. 많은 사람이 상처를 털어내고 생명을 다시 꽃피우는 것을 보며, 난 모든 사람의 내면에는 자신의 어려움과 고통을 해결할 수 있는 충분한 지혜와 힘과 사랑이 있다는 것을 믿게 되었다.

예전에 12,500여 명이 참여한 설문조사를 진행한 적이 있다.

그 결과 고민이 있거나 괴로울 때 2%만이 첫 번째로 심리 상담사를 찾았고, 거의 60%는 가족, 친구, 동료를 가장 먼저 찾았다.

생각해 보면 일상생활에서 각종 선택을 할 때, 예컨대 어떤 파마를 하고 어떤 옷을 살지, 어디에서 식사하고 어디로 놀러 갈지, 무엇을 사고 어떤 책을 읽고 누구에게 도움을 청할지 고민될 때, 주변 사람의 영향을 가장 크게 받는다. 절대 다수의 사람은 마음이 아프고 괴로울 때 가장

고민이 있거나 괴로울 때 가장 먼저 누구에게 도움을 요청하세요?

참여 인원 1만 명

보기(하나만 선택하세요)

부모, 친척	1868(15.1%)
친구, 동창, 동료	5472(44.2%)
관련 교육 프로그램	15(0.1%)
인터넷	502(4.1%)
서적	744(6%)
심리 상담사나 관련 전문가	252(2%)
직장 상사	24(0.2%)
도움을 요청하지 않고 혼자 해결한다	3496(28.3%)

설문 제안자

하이란 박사

진실로 성공한 인생은 내면의 안정과……

✓ 팔로잉

설문 제안 〉

먼저 친구와 가족을 찾았다. 사실 가족, 친구, 동료는 예로부터 사람들이 응원, 조언, 도움을 구하는 제일의 원천이다.

이 조사 결과를 보고 미국이 전 국민을 대상으로 심폐소생술(CPR) 교육을 시킨 일이 생각났다. 예전에 미국에서는 갑자기 쓰러진 사람이 심폐소생술을 받으려면 응급실로 가야만 했다. 때문에 많은 사람이 응급실로 실려 가는 도중에 사망했다. 절대 다수의 뜻밖의 사고가 병원이나 병원 근처가 아니라 각 가정, 직장, 공공장소 등 병원과 근접해 있지 않은 원거리에서 일어나자 미국 정부는 의학교육을 받은 적이 없는 일반 성인에게도 심폐소생술 교육을 시켰고, 뜻밖의 사고가 일어났을 때 이들이 도움을 줄 수 있도록 관련 규정을 바꿨다.

해마다 미국에서는 거의 백만 명에 가까운 사람이 심혈관 질환으로 사망한다. 이것은 전체 사망 원인의 50% 정도를 차지하는 수치이다. 심혈관 질환 사망자 중에서 60~70%는 심정지가 일어났을 때 응급조치를 제때 받지 못해 목숨을 잃었지만, 나머지 40%는 심폐소생술 훈련을 받은 일반인의 도움을 받아 목숨을 구했다. 해마다 20만 명에 가까운 미국인이 이런 식으로 목숨을 건진다.

자살이나 심각한 수준으로 감정을 통제하지 못하는 심리적인 위기도 심정지처럼 병원이나 심리 상담실이 아니라 각 가정, 직장, 공공장소 등에서 일어난다. 그래서 미국은 전 국민에게 심리 위기 핫라인 서비스를 제공한다. 나도 이곳에서 자원봉사를 한 적이 있는데, 각 분야에서 지원한 봉사자들은 5일 동안 관련 교육을 받는다. 대학에서 심리 상담에 관해 전문 교육을 받지 않았어도 이곳에서 5일 동안 전문 교육을 받고 시험을 통과하면, 전문가의 감독 아래 심리적인 위기를 겪는 사람들에게 상담 서비스를 제공할 수 있다.

미국은 많은 국민이 육체적 심리적 위기를 겪고 목숨을 잃게 되자, 뒤늦게 전 국민이 서로서로 돕는 시스템을 구축했다. 내면의 고요함과 사람들 사이의 화목함을 잃었을 때 서로서로 돕는 방법으로, 과거를 내려놓고 미래를 걱정하지 않고 지금 이 순간을 즐길 수 있으면 얼마나 좋을까? 왜 사람들은 갈등과 문제가 생기기 전에 부정적인 정서를 풀 수 있는 방법을 미리 배우지 않을까? 어떻게 하면 사람들과 진실하게 소통할 수 있을까? 《황제내경》에 "최고의 의사는 병을 미리 예방해 주고, 평범한 의사는 병이 생긴 초기에 치료해 주고, 수준 낮은 의사는 병이 깊어져야 치료해 준다."라는 말이 나온다. 건강할 때 건강을 지키고 긍정의 에너지를 발산할 순 없을까?

모든 이들이 행복해지는 방법을 배우면, 얼마나 많은 가정이 평화롭고 화목하며 행복해질까! 이런 희망이 커져 '하이란의 행복한 집'이라는 교육 시스템이 탄생했다.

'하이란의 행복한 집'의 사명은 모든 사람이 인생의 각종 문제를 직시해 내면의 안정과 조화를 되찾을 수 있도록 도와주고, 모든 가정을 바깥에 있으면 생각나는 곳, 언제나 빨리 돌아가고 싶은 포근한 둥지로 만드는 것이다. 난 여러분이 자신의 생명과 인생에 대해 다음과 같은 탐구를 해보길 권한다.

내게 어울리는 배우자 상은 어떤 사람인가? 어떻게 하면 사랑하는 관계를 오랫동안 유지할 수 있을까? 사람들과 친밀하게 소통할 수 있는 방법은 뭘까? 어떻게 하면 시어머니와 다정하게 지낼 수 있을까? 자발적으로 공부하고 회복탄력성이 뛰어난 아이로 키울 수 있는 방법은 뭘까? 배우자의 외도에 어떻게 대처할까? 어떻게 하면 과거를 내려놓고 미래를 걱정하지 않고 지금 이 순간을 즐기며 살 수 있을까? 내게 어울리는 직업은 뭘까? 어떻게 하면 상사와 좋은 관계를 유지할까? 아픈 나를 어떻게 보살필까? 어떻게 하면 두려움, 초조함, 분노, 슬픔, 죄책감, 수치심, 우울함과 평화롭게 지낼 수 있을까? 부정적인 정서를 자학의 함정이 아니라, 지혜를 낳고 다른 사람들과 연결되는 통로로 만들려면 어떻게 해야 할까?……

가장 비참한 인생 :
스스로 선택하지 않고 남이 정해 준 대로 사는 인생

사람은 행복하기 위해서 산다. 반세기를 넘게 사는 동안 스스로 절망스럽고 막막하고 슬프고 무기력하고 두려운 순간을 숱하게 경험하고 무수한 성공인사의 인생 궤적을 살펴보며, 난 무엇이 인생의 진정한 행복인지를 탐구했다.

그 결과 인생의 진정한 행복은 역경 속에서도 내면의 평화와 화목한 관계를 빠르게 회복하고 자신의 꿈을 이루기 위해 열심히 노력하는 것임을 발견했다.

성공인사뿐 아니라 역사적인 인물 면면을 봐도, 내면의 평화와 화목한 관계가 행복을 결정하는 열쇠임을 알 수 있다. 현대의학, 신경과학, 심리학의 발전으로 행복해질 수 있는 과학적이고 효과적인 방법을 알게 된 지금, 내면의 평화를 이루고 화목한 관계를 형성하는 것은 더 이상 공상이 아니다. 학습하고 실천하면 얼마든지 도달할 수 있는 꿈이다.

사실 인생은 사람들이 생각하는 것보다 더 좋은 것일 수도 있다. 인생에는 절대적인 좋음도 없고 절대적인 나쁨도 없으며, 절대적인 희로애락도 없고 절대적인 고생도 없다. 올라가는 때도 인생의 한 부분이고, 내려가는 때도 인생의 한 부분이다. 행복한 때가 있으면 불행한 때도 있게 마련이니, 서로서로 도우며 살아야 한다. 행복으로 안내하는 과학적이고 효과적인 방법을 배우면 더 이상 과거에 발목 잡히지 않을 수 있고, 현실을 직시하면 미래에 대한 걱정 없이 지금 이 순간을 즐길 수 있다.

행복해지는 방법은 농부가 쟁기질을 배우고 요리사가 재료 손질법을 배우는 것처럼 간단하다. 또 본인이 터득하기만 하면 가족, 친구, 주변 사람들에게 가르쳐 줄 수도 있다.

사람은 스스로 문제를 해결할 수 있을 때 자유와 활력을 느낀다. 또 가족과 친구를 도울 수 있을 때 인생 본연의 만족감과 달콤함을 발견하게 된다.

인생은 연이은 선택의 결과이고, 모든 선택에는 대가가 따른다. 뭔가를 선택했으면 주저하지 말고 곧바로 추진해야 한다. 사람들은 선택할 때에도 갈등하고 선택한 뒤에도 갈등하면서, 인생의 대부분의 시간을 갈등하고 의심하고 망설이며 흘려보낸다. 왜 갈등할까? 얻는 것보다 잃는 게 많을까 걱정되어서이다. 하지만 주저하고 망설이게 되면 귀한 시간과 내면의 평화로운 에너지가 무가치하게 소모되는데, 이것이야말로 인생에서 가장 큰 손해이다. 마음이 시켜서 선택한 일은 남에게도 도움이 되고 자신에게도 도움이 되는 결과를 가져온다. 선택했으면 행동하자. 결연한 의지로 행동하면 많은 문제가 저절로 풀리고, 닫혔던 문이 저절로 열린다. 난 아직까지 갈등하며 행복해하는 사람을 본 적이 없다.

인생은 신묘한 방법이나 지름길을 찾는 게임이 아니다. 스스로 세상의 한가운데에 푹 빠져 충분히 느끼고 노력하며 창조해야 한다. 생명은 짧다. 괜히 자신을 괴롭히며 억울한 인생을 살지 말자! 기다리고 기대고 요구하는 인생은 구걸하는 인생이다. 스스로 선택하는 인생이 좀 더 고생스럽고 피곤하고 남에게 이해받지 못할 수도 있다. 하지만 본인이 옳다고 생각하면, 머뭇거리지도 망설이지도 말고 그대로 '직진'해야 한다. 가장 비참한 인생은 스스로 선택하지 않고 남이 정해 준 대로 사는 것이다!

당신은 진실로 자신을 위해서 뭔가를 선택하거나 결정한 적이 있는가?

제 1 장

소수의 사람만이 아는 행복의 길

행복한 삶을 위해서는 물질을 소유하고 감각을 즐겁게 하는 것이 물론 중요하다. 하지만 모든 물질은 소유하는 순간 가치가 떨어지기 시작하고, 즐거움이 지속되는 시간도 매우 짧다는 것을 기억해야 한다. 생명의 실상은 이렇다. 당신이 무엇을 소유하든, 또 얼마나 소유하든, 금세 공허해지고 심심해질 것이다. 욕심이란 게 원래 밑 빠진 독에 물 붓는 것처럼 채워도 채워도 끝이 없기 때문이다.

Not perfect is more beautiful

언제든 새롭게 시작할 수 있다

현대인은 바쁘다 바빠! 일하느라 바쁘고, 공부하느라 바쁘며, 돈 버느라 바쁘다. 때 되면 이사할 집도 알아봐야 하고, 자동차 할부 값도 다달이 갚아나가야 하고, 퇴근하면 친구와 술도 한잔 기울여야 하고, 틈틈이 SNS에 사진도 올려야 한다. 늦어도 잠들기 전에 애인에게 잘 자라고 전화하고, 각종 자격증 시험도 준비하며, 혹시 모르니 이직도 준비한다. 아침엔 아이 등교시키느라 바쁘고, 출근하면 신제품 출시 때문에 바쁘고, 승진해서 이제 좀 편해지나 했더니 괜히 더 바쁘고, 모두가 바쁘다. 대체 왜? 무엇을 위해서? 사실 각종 유형의 바쁨 이면에는 행복해지고 싶은 심리가 있다. 한데 하루하루를 바쁘게만 지낸다고 정말 생각대로 행복해질까?

백억 원대의 연봉, 몇 만 명이나 되는 부하직원. 누가 봐도 성공한 기업인인 그에겐 한 가지 큰 고민거리가 있다. 사춘기 아들에게 투명인간 취급을 당하고 있는 것이다. 아들은 방에 콕 틀어박힌 채 바깥으로 나오지도 않고 학교도 가지 않는다. 그동안 심하게 꾸짖기도 하고 어르기도 하는 등 별수를 다 써봤지만, 소용없기는 마찬가지였다. 몇 만 명의 직원을 거느리는 그가 고작 아들 마음 하나를 사로잡지 못하다니, 답답하기만 했다.

"회장님은 뭘 가장 바라세요?"

내 물음에 그가 대답했다.

"아들과 사이좋게 지낼 수만 있다면 더 이상 바랄 게 없겠어요. 남부럽지 않은 환경에서 한번 키워보자, 오직 이 생각 하나만으로 지금껏 열심히 일해 왔어요. 지금 하고 있는 사업도 아들에게 물려줄 생각입니다."

하지만 아들은 아버지의 노력에 고마워하기는커녕 반항으로 일관했다.

"내가 어려서 아빠 찾을 땐 어디에 계셨다가, 지금 와서 되게 신경 써주는 척하세요? 그렇다고 내가 고마워할 것 같아요? 꿈 깨세요!"

난 그에게 아들과 가장 즐거웠던 순간을 떠올려 보라고 말했다. 한참을 생각한 그의 얼굴에 놀라면서도 자책하는 표정이 스쳤다. 한 번도 아들과 즐겁게 놀아준 적이 없다는 게 그의 대답이었다.

"아들을 마냥 어리게만 생각했어요. 알아서 키워주시겠지, 하고 아예 아들을 어머니께 맡겨버렸고, 아들이 놀아달라고 하면 나중에 놀아준다고 미루고는 안 놀아줬어요. 귀찮아서요. 그때는 아들에게 풍족한 환경을 만들어 주는 게 최선이라고 생각했는데, 그게 아니었나 봐요. 이제는 내 옆에 얼씬도 하지 않고, 입마저 꾹 닫아버렸어요.”

마지막에 그는 후회 막심해하며 나직이 말했다.

“결국 그토록 열심히 산 게 다 헛수고였네요!”

어떤 여성은 회사에서 전문성과 능력을 인정받고 고속 승진했다. 직위가 높아질 때마다 업무량과 월급은 늘고, 집에 있는 시간은 줄어들었다. 그녀는 자신의 월급이 남편의 몇 달치 월급보다 많은 것에 우월감을 느꼈다. 그런데 어느 날 그만 충격적인 사실을 알고 말았다. 자기 발끝도 못 따라온다고 생각한 남편이 몰래 바람을 피운 것이다! 마음에 큰 상처를 입은 그녀는 내게 지금껏 무엇을 위해 살았고 앞으로 어떻게 살아야 하느냐고 물어왔다.

지금 이 책을 읽는 독자나 주변 친구들 중에 분명히 사례 속 주인공과 비슷한 경험을 한 사람이 있을 것이다.

다 행복하자고 한 일이었다. 그런데 노력할수록 왜 행복은 곁에서 멀어질까? 뒤쫓는 호랑이를 따돌리고 멀리멀리 달아나는 노루처럼 말이다. 배우자, 자녀, 저축, 차, 집이 있으면 행복할 줄 알았다. 하지만 이 모든 걸 다 가진 사람들은 여전히 행복하지 않다고 말한다. 대체 무엇이 문제일까?

사람들은 뭔가를 선택할 때, 주변 사람과 환경의 영향을 받는다. 다른 사람들이 좋게 생각하는 것을 그냥 선택한다는 말이다.

달리 말하면 끊임없이 채찍질을 당하는 팽이처럼 산다. 어디서부터 꼬인 매듭을 풀어야 하는지도 모른 채 그저 돌기만 하느라 멈추고 생각하지 않아, 혼란스럽기만 하다. 때문에 어느 날 다른 사람들이 행복이라고 정해 놓은 수준에 도달해도 여전히 행복감과 성취감을 못 느끼고 그동안 잘살았네, 라고 뿌듯해 하지도 못한다. 그저 막막하고 공허하고 외로울 뿐이다.

많은 사람이 젊어서 돈을 벌고 늙어서 인생을 즐기려고 한다. 하지만 아무리 많은 돈을 줘도 살 수 없는 것이 있으니, 바로 인생이요 행복이다.

당신이 느끼는 행복은?

'긍정 심리학의 아버지' 마틴 셀리그만(Martin E. P. Seligman) 교수는 《마틴 셀리그만의 플로리시》에서 "행복은 다섯 가지의 중요한 요소로 구성된다."라고 말했다. 내가 이해한 셀리그만 교수의 행복 요소는 이렇다.

첫 번째 행복 ⇨ 즐거운 느낌

예를 들면 아름다운 풍경이나 멋스러운 옷, 꽃보다 예쁜 여자나 남자의 얼굴을 봤을 때의 느낌, 싱그러운 꽃향기를 맡았을 때의 느낌, 가장 좋아하는 음식을 먹었을 때의 느낌 등이다.

당연한 말이지만 돈을 쓰면 즐겁다. 감각기관을 즐겁게 하면 가장 직접적이고도 단순하게, 또 시간과 에너지를 들이지 않아도 많은 만족감과 즐거움을 느낄 수 있다. 하지만 감각기관을 즐겁게 하는 것은 다음과 같은 특징을 갖고 있다.

(1) 보니까 소유하고 싶고, 그래서 가졌더니 별 감흥이 없다

예를 들어 백화점에서 비싼 옷을 보거나 모델이 입고 있는 예쁜 옷을 보면, 나도 입으면 예뻐질까 싶어 얼른 산다. 하지만 막상 구매하고 나면 몇 번 입고 말거나, 아예 한 번도 입지 않고 옷장에 처박아 두는 경우를 종종 본다. 그 옷을 처음 봤을 때처럼 흥분되지도 않고, 웬일인지 별로 예뻐 보이지도 않기 때문이다.

(2) 즐거움의 지속 시간이 짧다

가난한 집안에서 태어나 찌들게 살아와서 한번쯤 남들 앞에서 어깨에 힘주고 보란 듯이 살고 싶은 청년이 있었다. 그는 몇 년 동안 부지런히 돈을 모아 마침내 꿈에 그리던 BMW를 샀다. BMW를 손에 넣은 기쁨이 얼마나 가던가요, 라는 물음에 그는 한 2주 정도라고 대답했다. 처음 며칠간은 무척 행복했단다. 하지만 그가 BMW의 차주인 것을 별로 알아주는 사람이 없었고, 웬 모르는 사람들은 "누구 차를 빌린 거요?" "당신 운전기사요?"라고 물어 그를 우울하게 만들었다.

어떤 아가씨는 남의 눈에 수준 높은 사람으로 보이고 싶었다. 그녀가

생각하는 수준 높은 사람의 기준은 에르메스 가방을 갖고 있느냐 없느냐였다. 그녀는 몇 년 동안 먹을 거 아끼고 쓸 거 줄여서 결국 가장 낮은 가격의 에르메스 가방을 하나 샀다. 그녀에게 그 에르메스 가방이 얼마나 기쁘게 해주던가요, 라고 묻자 그녀는 단 며칠밖에 안 갔다라고 대답했다. 그녀는 "와! 이 가방 진품이랑 똑같이 생겼다!"라는 친구의 말이 가장 괴로웠다고 했다.

자기 집을 장만한 사람들에게 새 집에 이사하고 얼마 동안 행복했나요, 라고 물었을 때 2달 이상이라고 대답한 사람이 드물었다.

현대 사회의 각종 정보는 끊임없이 속삭인다. "이걸 사." "이걸 샀으면 이젠 저걸 사." "여태 이곳도 못 가봤니?" "저곳도 얼른 가봐." 마치 물질과 감각의 즐거움을 얻는 것이 행복의 전부인 양 떠들기에, 많은 사람은 이것을 사실인 양 받아들여 물질을 추구하고 감각의 즐거움을 쫓는 데 모든 에너지를 쏟는다.

행복한 삶을 위해서는 물질을 소유하고 감각을 즐겁게 하는 것이 물론 중요하다. 하지만 모든 물질은 소유하는 순간 가치가 떨어지기 시작하고, 즐거움이 지속되는 시간도 매우 짧다는 것을 기억해야 한다.

생명의 실상은 이렇다. 당신이 무엇을 소유하든, 또 얼마나 소유하든, 금세 공허해지고 심심해질 것이다. 욕심이란 게 원래 밑 빠진 독에 물 붓는 것처럼 채워도 채워도 끝이 없기 때문이다.

두 번째 행복 ⇨ 성취감

어린아이건 어른이건 사람에게는 저마다 이루고 싶은 꿈이 있다. 일단 아무 대학에라도 합격하자, 대학 졸업하면 외국에 나가서 일하자, 승진도 하고 애인도 만나자, 차도 사고 집도 사자…….

많은 사람에게 물었다.

"대학 합격 소식을 듣고 그 기쁨이 얼마나 가던가요?"

절대 다수의 학생은 채 2주를 넘지 않았다고 대답했다. 이번엔 직장인에게 물었다.

"승진한 기쁨이 얼마나 가던가요?"

그리 오래 가지 않았다고 대답했다. 돈이 많으면 얼마나 기쁘냐는 물음에 부자들은 일정 액수가 넘으면 그냥 숫자에 불과하다고 대답했다.

내 수강생 중에는 기업의 임원과 사장이 많다. 그들은 오늘 하루 열심히 일하면 내 가족이 편하고 행복하겠지, 내일도 열심히 일하면 부모님이 행복하시겠지, 하며 궂은일도 마다하지 않고 열심히 일했다. 하지만 커피로 잠을 쫓으며 열심히 일하던 어느 날, 자신이 모든 것을 다 가졌지만 전혀 기쁘지 않다는 사실을 실감했다.

어느 여자 CEO에게 '과거 내려놓기' 수업을 할 때, 그녀는 쉰 소리로 외쳤다.

"다 가져가세요. 모두 다요. 난 아무것도 갖고 싶지 않아요!"

어떤 엄마는 자신의 꿈을 모두 포기하고, 아들을 하버드대학에 입성시키는 데에 모든 열정을 쏟았다. 아들은 예술을 좋아했지만, 그녀는 평생 배고프게 살고 싶으냐며 경영학 전공을 강요했다. 아들은 엄마의 소원대로 하버드 입학 통지서를 받았다. 하지만 이튿날 하버드 입학 통지서 옆에 "엄마가 그토록 원하던 하버드 입학 통지서예요. 이 정도면 서로가 충분히 노력했다고 생각해요. 떠날게요. 다시는 절 찾지 마세요."라는 쪽지를 남기고 집을 나갔다.

하버드대학교 경영대학원 클레이튼 크리스텐슨(Clayton Christensen) 교수는 말한다.

"하버드를 졸업하고 6~7년이 지나면, 다들 자신감 넘치는 모습으로 옆에 미인을 데리고 모교를 찾아옵니다. 한 10년쯤 지나면 모두 지친 모습들이고 말수까지 줄어들어요. 이혼 소송 중인 사람도 꽤 됩니다. 졸업하고 20년이 지나면 숫제 모교를 찾지도 않습니다. 자녀는 전 부인과 함께 다른 지방에서 살고 있고요…… 하버드는 성공하는 방법은 가르쳐 주지만, 행복해지는 방법은 가르쳐 주지 않습니다."

왜 많은 사람이 성취감을 추구하며, 더 나은 상태에 이르려고 노력할까?

핵심 원인은 첫째, 자신이 진실로 뭘 원하는지 잘 모르거나 둘째, 나 아닌 다른 사람에게 인정을 받으려 하기 때문이다.

타인의 인정에 목말라 성취감을 추구한다면 어떤 결과가 생길까?

(1) 얻는 것보다 더 많은 것을 잃는다

요즈음 과로로 숨지는 장년층이 적지 않다는 소식을 심심찮게 듣는다. 기업의 회장, 학자, 인기 스타, 고위 공무원…… 과로사는 직종을 가리지 않는다.

뭔가를 이루려다가 결과적으로 건강을 해친 나머지 목숨까지 잃게 된 것이다. 목숨이 경각에 달렸을 때 사람들이 공통적으로 깨닫는 점이 있다. 바로 아등바등 살 필요가 없다는 것이다. 인생은 단 한 번뿐이지 않나. 설령 목숨을 잃지는 않더라도 겨우 이 정도까지 오려고 그렇게 노력하고 심혈을 기울였나, 라는 생각에 자괴감과 공허함이 밀려든다.

(2) 뜬구름을 잡는다

자신이 뭘 얻었든, 요컨대 지위를 얻었든 돈을 얻었든 명예를 얻었든, 기쁨은 오래가지 않는다. 열심히 일해서 승진했지만 기쁨이 며칠이나 가던가?

세 번째 행복 ⇨ 자신이 좋아하고 잘하는 일을 한다

유명한 변호사 친구가 있다. 그 친구가 변호사가 된 이유는 딱 한 가지이다. 사람들에게 존경도 받고 돈도 많이 벌 수 있어서이다. 한데 변호사 생활을 수년 한 뒤에 몸도 힘들고 마음도 지쳐 그만두려고 하니, 마음에 걸리는 점이 많다. '아파트 대출금은 어떻게 갚지?' '아들이 아직 대학도 졸업 못했네.' 변호사를 그만둔다는 건 곧 온 가족이 별장 같은 집에서 걸어 나와 콩나물, 두부 값까지 계산하며 절약해야 한다는 것을 의미했고, 또 수입이 불안정하여 아들 스스로 학비를 벌며 공부를 해야 한다는 것을 의미했다. 나아가서는 가족의 미래도 장담할 수 없었다.

그에게 사직은 불확실한 미래가 예고되는 길이었지만, 그는 변호사 업무에 몸과 마음이 지쳐 무조건 그만두고 싶었다.

아내에게 변호사 일을 그만두고 싶다고 넌지시 말하자, 아내가 화들짝 놀라며 결사반대했다. 불안한 건 아이도 마찬가지라서 "그냥 몇 년만 더 참고 일하시면 안 돼요?"라며 부정의 뜻을 내비쳤다.

그는 아내에게 말했다.

"사표를 안 낼 수도 있어. 하지만 그러면 당신은 어느 날 갑자기 남편을 잃게 될지도 몰라."

아들에게도 말했다.

"까짓것 몇 년 더 일할 수는 있어. 하지만 그러다가 아빠와 일찍 이별하게 되면 어쩌지? 설령 이별까지는 아니더라도, 날마다 지친 모습의 아빠와 함께 살아야 하는데 괜찮겠어?"

아내와 아들은 어쩔 수 없이 그의 선택을 받아들였다. 그는 최종적으로 변호사를 그만두고 작가가 되었다. 평수를 확 줄여 이사했고, 수입도 비교가 안 될 정도로 줄어들었으며, 살림살이도 많이 간소해졌다. 하지만 병원에 가는 횟수가 훨씬 적어졌고, 성격도 활달하고 유쾌해졌으며, 전보다 인생이 훨씬 만족스럽고 즐거웠다.

나로 예를 들면 태어나 보니 부모님이 의사였다. 이 세상 여느 부모가 그렇듯 내 부모님에게 훌륭한 자식이란 일류 대학을 졸업해 석·박사 학위를 받고 불황일 때나 호황일 때나 돈을 많이 버는 직장에서 일하는 사람이 되는 것이었다. 의사는 딱 부모님이 원하는 직업이었다.

17살 때, 내게 가장 좋은 미래가 뭔지 고민해 볼 틈도 없이 그저 부모님이 원하는 대로 의대생이 되었다. 이후 20년 동안 의학 분야에서 지식을 쌓고 환자들을 진료하고 연구했지만 줄곧 강물을 거슬러 올라가는 것처럼 의사직이 고되기만 했고, 또 불만족스러웠다.

어려서부터 선생님과 부모님은 내게 "배움의 바다에서 저절로 가는 배는 없다." "고생해야 큰 사람이 된다."라고 가르치셨다. 하지만 나의 내면의 목소리는 다른 말을 했다.

'평생 이렇게는 못 살아! 좋아하는 일을 직업으로 삼을 수만 있다면 얼마나 좋을까? 가만, 내가 무슨 일을 좋아하지? 돈을 받지 않아도 내가 외려 주면서, 내 시간을 바쳐서 열정적으로 할 수 있는 일은 뭐지?'

여가시간에 내가 가장 좋아하는 일은 심리학 서적을 읽고 사람들의 꼬인 관계를 풀어주며 정서적인 어려움을 해결할 수 있도록 도와주는 것이었다. 나는 한참을 고민한 끝에 부모님과 남편의 열렬한 반대에도 불구하고, 친구들의 조롱과 무시에도 불구하고, 장차 백수가 될 수도 있는 위험을 무릅쓰고 큰돈을 빌려 38세에 심리학 영역에 첫발을 들였다. 백지 상태에서 다시 시작하기로 당차게 마음먹은 것이다.

학교에서 심리학을 공부할 때 무엇과도 비교할 수 없는, 가슴 벅찬 즐거움을 느꼈다. 물 만난 물고기 같다고나 할까. "배움의 바다에서 저절로 가는 배는 없다."라는 말은 정말 틀린 말이고, 인간의 본성을 거스르는 말이다. 하기 싫은 공부를 억지로 하니까 고생스러운 것이다. 본인이 원하는 공부를 하면, 배고픈 사람이 밥을 먹고 목마른 사람이 물을 마시는 것처럼 공부하게 된다!

"고생해야 큰 사람이 된다."라는 말 또한 진실이 아니다. 목표를 이루는 것이 인생의 전부일 때, 특히 그 목표가 유명인이 되고 돈을 많이 버는 것일 때, 자연히 모든 게 고생스러워진다. 원하지 않는 일, 초심에서 벗어나는 일, 심하게는 양심에 어긋나는 일도 해야 하기 때문이다.

고생은 몸이 피곤한 게 아니다. 마음이 피곤한 것이다. 싫어하는 일을, 그것도 잘하지도 못하는 일을 하는데 고생스럽지 않다면 그게 더 이상하다!

직업을 바꾸고 행복을 전파하는 일을 시작한 지 벌써 16년이 되었다. 무엇보다 내면이 충실해진 느낌이고, 하루하루가 새롭고 기쁘다.

자신이 좋아하고 잘하는 일을 하면 실력이 좋아지고, 인재가 되고(운이 좋으면 희소성 있는 인재가 되고), 수입도 많아진다. 그리고 가장 중요한 점은, 하루하루를 충실하고 즐겁게 보낼 수 있게 된다는 점이다. 인생이 더 이상 산 넘어 산이 아니라, 지역마다 풍경이 바뀌는 여행길처럼 아름다워진다.

물고기는 고생하지 않아도 여유롭게 헤엄친다. 독수리는 노력하지 않아도 두 날개를 활짝 펴고 비행한다! 여전히 "배움의 바다에서 저절로 가는 배는 없다." "고생해야 큰 사람이 된다."라고 생각하는 사람은 자신이 뭘 좋아하고 뭘 잘하는지를 아직 모르고 있는 것이다! 자신이 좋아하고 잘하는 일을 하는 사람은 하루하루가 즐겁고 만족스럽다.

내가 행복 심리학을 연구하며 탐구한 결과, 본인이 좋아하고 잘하는 일을 하는 사람들의 특징은 이렇다.

① 무아지경의 즐거움에 오랫동안 취한다.

② 내면에서 편안함과 만족감을 느낀다.

네 번째 행복 ⇨ 따뜻하고 친밀한 지속적인 관계

서로 다른 수업에서 만 명에 가까운 사람에게, 태어나서 지금까지 언제가 가장 행복했느냐고 물었다. 거의 모든 사람이 사랑하는 사람, 가족, 자녀, 친구와 함께 있을 때를 떠올렸다. 야근할 때, 프로젝트를 완성했을 때, 좋아하는 물건을 샀을 때, 승진했을 때, 떼돈을 벌었을 때를 말한 사람은 거의 없었다.

지금 이 순간 기억을 더듬어 보자. 당신은 언제가 가장 행복했는가?

당신의 인생에 새벽 4시라도 망설이지 않고 전화해서 고민을 털어놓을 수 있는 사람이 있는가?

그런 사람이 있다면, 없는 경우보다 훨씬 오래 살 것이다. 괜한 소리가 아니라, 하버드 정신과 의사인 조지 베일런트(George Vaillant)가 연구 중에 발견한 사실이다.

살면서 무슨 일을 겪든, 어려움에 처하든 실패하든, 자신을 숨김없이 드러냈을 때 조롱이 아니라 관심과 응원, 따뜻한 위로와 안전한 느낌을 주는 사람이 있으면 설령 그 사람이 단 한 명이라도 충분하다! 이런 사람은 당신의 명예와 성공한 덕을 보기 위해서 아부하지 않고, 당신이 실패하고 치욕스러운 일을 당해도 옆에서 꿋꿋하게 지켜준다. 당신이 잘나간다고 우쭐대면 따끔하게 충고해 줄 것이고, 낙담해서 어깨가 축 처지면 포기하지 않도록 옆에서 도와줄 것이다.

어떤 관계에서 나날이 자신감이 없어지고 비열해지며, 상대가 시키는 대로 절대 복종하고, 더 이상 자신이 원하는 것을 꿈꾸지 못해 괴롭고 힘들면 다른 사람의 눈에 당신의 연인, 배우자, 친구가 아무리 잘나 보여도 그것이 좋은 관계가 아님을 알아야 한다. 그것은 스모그에 갇힌 것처럼 답답하고 가혹한 관계이다. 타인의 '잘난' 새장에 자신을 가두면 안 된다.

각종 관계에서 가장 중요한 것은 사랑하는 관계이다.

사람들은 처음 사랑에 빠질 땐 상대에게 지극 정성을 다한다. 하지만 시간이 지나게 되면, 각자 자기 바쁜 일을 하고 상대에게 소홀해진다. 이런 상태가 지속되면, 상대를 만나는 것보다 집에서 강아지나 고양이와 더불어 노는 것이 더 좋다. 하지만 감정이란 게 뭔가? 뭘 느껴야 정이 생기지 않겠는가? 사람들은 상대가 변심을 하면 뒤늦게 자신이 상대를 푸대접하고 소홀하게 대한 것을 알아챈다. 당신이 사랑하는 사람에게 다정하지 않으면, 당신이 사랑하는 사람에게 누군가 새로운 다정한 사람이 나타날 수 있다는 것을 기억하자.

헤어지는 것은 쉽다. 뭐든지 새로 만드는 것보다 파괴하는 것이 더 쉽지 않은가. 당신의 수영 실력이 베이징에서도 별로였으면, 상하이에 가든 뉴욕에 가든 여전히 별로일 것이다. 이 문제는 수영 실력이 좋아질 때에야 해결된다.

어느 선남선녀가 서로에게 끌려 결혼했다. 하지만 결혼한 지 10년 만에 남자는 직장에서 아내보다 젊고 예쁜 여자와 바람을 피웠다. 얼마나 뜨겁게 사랑했는지 뒤늦게 진짜 사랑을 찾았다고 생각한 남자는 기어코 아내와 이혼하고, 새 사랑과 결혼했다. 그리고 몇 년 뒤에 남자는 괴로워하며 말했다.

"뭐든지 남자가 먼저 해주길 바라고 안 그러면 원망하고. 세상 여자는 다 똑같아요!"

미국의 심리학자 수잔 캠벨(Susan Campbell)은 관계를 ①낭만기, ②모순기, ③무미건조기, ④승낙기, ⑤공동 창조기의 5단계로 분류했다.

당신의 관계는 어느 단계인가? 모두가 알다시피 낭만기는 상대가 뭘 해도 그냥 좋은 단계이다. 상대가 날 사랑하느냐 아니냐가 이때의 유일한 판단 기준이다. 낭만기가 지나고 모순기가 시작되면, 관계가 틀어졌다고 생각하고 이별을 준비한다. 사실 모순기는 튼튼한 관계로 가기 전에 반드시 거쳐야 하는 과정이다. 한마디로 관계를 업그레이드시키는 상징적인 관문인 것이다.

인생은 혼자 하는 여행이다. 당신의 삶에 누군가가 잠시 들어와 함께 여행할 때 당신은 기쁨을 느낄 수도 있고, 슬픔과 아쉬움을 느낄 수도 있으며, 그가 떠나면 꿈과 믿음, 빛과 희망이 모두 사라진 것처럼 느낄 수도 있다.

누군가는 산과 바다처럼 영원히 당신을 사랑하겠다고 말했지만 잠시 지나가는 나그네였고, 누군가는 거창한 약속 따위는 안 했지만 변치 않고 곁을 지켜주기도 한다. 하지만 당신 곁에 누가 있든 모두 인연 따라 오고가며, 당신의 인생을 기품 있게 만들어 준다!

기간이 짧든 길든, 모든 만남은 마음을 비추는 거울이다. 따라서 상대만 비출 것이 아니라, 자신도 들여다봐야 한다! 사람은 자신을 알기 위해서, 또 남을 알기 위해서 다른 사람을 만난다.

지혜의 진정한 숨은 의미는 나를 알고 남을 아는 것이다. 인생은 원래 복잡하지 않다. 세상이 각박한 것은 남을 알기는커녕 자기 자신도 잘 모르기 때문이다. 알게 되면 그때그때 서로에게 필요한 것을 찾게 되고, 인생의 남은 여행도 원하는 대로 펼쳐진다.

21세기가 직면한 최대 위기는 금융 위기도 아니고 에너지 위기도 아니다. 부부가 치고 박고 싸우고 이혼하는 과정에서 자녀가 심리적인 위기를 느끼는 것이다. 자신감, 자존감, 즐거움을 잃은 아이는 누군가와 사랑하는 관계가 되는 것에 지레 겁을 먹고 두려움에 갇혀 살게 된다.

각종 질병과 부정적인 정서의 관련성을 입증하는 현대의학의 연구 보고가 점점 많아지고 있다. 흔히 사람들이 말하듯이, 기가 차서 죽고 마음이 아파서 죽고 놀라서 죽을 수도 있다는 것이다. 감정은 타인과 관계가 형성됐을 때 생겨나게 되는데, 과장이 아니라 몸이 아픈 것은 관계가 아픈 것이다!

많은 사람에게 배우자, 자녀, 애인, 상사, 동료와 같이 있을 때 자신의 정서를 어떻게 관리하느냐고 물었다. 대부분 정서를 관리할 시간도 없고 여력도 없다고 대답했다. 하지만 어느 날 병원에 갔을 때 의사가 몸의 어느 부위에 혹이 나서 바로 입원해야 된다고 말하면, 별안간 없던 시간과 여력이 생기고 돈까지 생긴다!

대부분의 사람들은 건강에 투자하는 돈의 60~80%를 죽기 한 달 전에 병원 치료비로 다 쓴다!

왜 사람들은 제때에 근본적인 차원에서 문제를 바로잡지 못하고, 돌이길 수 없을 정도로 상황이 악화된 뒤에야 손을 쓸까? 인생에서 가장 중요한 일은 관계를 잘 경영하는 것이다! 관계는 평생의 사업이고, 관계가 좋으면 모든 일이 술술 잘 풀린다.

다섯 번째 행복 ⇨ 다른 사람 도와주기

타인을 즐겁게 해주는 것은 확실히 행복의 진정한 요소이다. - 인도 속담

셀리그만 교수는 다섯 번째 행복에 생명의 의미가 있다고 단정했다.

난 세상 사람을 다음의 몇 등급으로 나눠 봤다.

(1) 남에게 손해를 주고 자신도 손해 보는 사람

타인은 물론 자신에게도 도움이 안 되는 것을 뻔히 알면서도 통제력을 잃고 기존의 태도를 고수하는 사람. 교도소에 있는 사람들 대부분이 이 유형에 속한다.

(2) 남에게 손해를 주고 자기 이익만 챙기는 사람

자신의 이익을 얻기 위해서 수단과 방법을 가리지 않고 심하게는 타인의 이익, 건강, 생명까지 위협한다. 하지만 타인에게 해악을 끼친 사람은 결코 법망을 벗어날 수 없다. 늦고 빠르고의 문제일 뿐, 남을 해친 사람은 반드시 자신도 해치게 돼 있다.

(3) 남에게 손해를 주지 않고 자기 이익을 챙기는 사람

자신의 이익을 위해서 노력하지만, 행동에 마지노선이 있어 타인의 이익을 해치지는 않는다. 이 유형은 외로운 외톨이인 경우가 많고, 혼자서만 노력하기 때문에 큰 성과를 얻지는 못한다. 무슨 일을 하든 최고의 방법은 힘을 합치는 것이다. 이 세상에 자기 혼자만의 힘으로 이룰 수 있는 것은 아무것도 없다.

(4) 남에게도 이익을 주고 자기도 이익을 얻는 사람

다른 사람과 일할 때 늘 타인에게 관심을 베풀어 주고, 어떻게 하면 그들에게 이익을 줄 수 있는지 생각하는 유형이다. 남을 이롭게 한다는 것은 결국 자신을 이롭게 하는 것이다. 생각해 보라. 당신이라면 늘 당신의 감정과 이익을 생각해 주는 사람과 함께 일하고 싶지 않겠는가? 손해를 보고 싶지 않은 심리는 누구나 다 똑같다.

(5) 자신을 돌보지 않고 남을 돕는 사람

인생의 가장 높은 경지이다. 이들은 마틴 루터 킹, 테레사 수녀처럼 다수의 이익과 안전, 건강과 행복을 위해서 자신의 이익과 안녕 같은 것에는 아예 관심조차 두지 않고 나아가서는 생명의 위험까지 무릅쓴다.

5단계에 도달하는 것은 지극히 어렵지만, 4단계에 도달하는 것은 그리 어렵지 않다.

사실 세상에서 최고로 자신을 이롭게 하는 길은 타인을 돕는 것이다.

이 시점에 과학적인 증거를 하나 소개한다. 미국의 행복학 연구 전문가 소냐 류보머스키(Sonja Lyubomirsky)는 그녀의 저서인 《행복의 정석》에서 참여자들이 다음의 지문을 따라서 선행을 실천한 결과를 다뤘다.

"사람은 누구나 일상생활에서 좋은 일을 합니다. 물론 그 일은 작을 수도 있고 클 수도 있으며, 이익을 얻는 사람이 알아챌 수도 있고 모를 수도 있습니다. 모르는 사람에게 주차비 내주기, 헌혈하기, 친구 숙제 도와주기, 노인 돌보기, 감사의 편지 쓰기도 모두 선행에 속합니다. 이제 다음 한 주 동안 당신은 다섯 가지 좋은 일을 해야 합니다. 한 사람에게만 선행을 베풀어선 안 되고, 도움을 받는 사람이 당신의 선행을 알아차리지 못해도 괜찮습니다. 예시된 것 외에 다른 선행을 베풀어도 좋습니다. 단, 위험한 일은 절대로 하면 안 됩니다."

실험 결과 남을 도왔을 때 행복감이 눈에 띄게 늘었다. 왜일까?

① 남을 돕게 되면 자기 인식부터 바뀌게 된다. 스스로 남을 잘 돕는 것에 즐거움을 느끼게 되고 동정심이 강한 사람이라는 자긍심이 생기기 때문에, 매사에 낙관적이고 자신 있게 변화한다. 또한 자존감이 높아져 전문 능력을 키우게 되고, 자신의 자원을 향상시킬 수 있는 기회가 주어진다.

② 남을 도우면 호감도가 높아진다. 남에게 칭찬과 인정을 받기 때문이다. 남에게 인정받는 것은 안전에 대한 욕구 외에 인간이 가장 필요로 하는 욕구이다. 달리 말하면, 안전감이 확보된 사람에게는

이것이 첫 번째 욕구이다.

미국에서 심리학 공부를 마치고 직장을 구할 때였다. 셀 수 없이 많은 회사에 이력서를 보냈지만, 고학력에 외국인이다 보니 면접을 보러 오라는 곳이 없었다. 그렇다고 가만히 있을 수도 없어, 구직 기간 내내 심리 위기 핫라인에서 자원봉사자로 일했다. 그곳에서 나는 감정 통제가 안 되고 늘 죽을 생각만 하는 사람을 안정시켜 위험한 상황을 넘기는 방법을 배웠는데, 훗날 비슷한 상황에 직면했을 때 많은 도움이 되었다. 도움은 여기에서 끝나지 않았다. 이후 심리 위기 핫라인 소장의 소개로 미국 최대의 심리 건강센터인 센터스톤에 면접 볼 기회를 얻었고, 결국 현장에서 즉각 채용되었다. 여러 부서에 이력서를 수없이 넣었건만 답장 한 번 보내주지 않던 그 회사에 말이다.

원촨 대지진이 일어난 뒤에 중국 청소년 발전 재단 '5·12 영혼 지켜주기 프로젝트'의 총감독으로서 난 자원봉사자, 남편, 딸과 함께 원촨에 가서 심리 상담을 시작했다. 많은 사람은 내가 여진이 빈번히 일어나고 홍수가 질 가능성도 있고 전염병이 돌 수도 있는 곳에 어려서부터 미국에서 자란 열 살배기 딸까지 데리고 갔으니, 또 날마다 고향과 가족을 잃고 절망에 찬 사람들의 절규를 들어야 했으니, 지독히 고생했을 것이라고 생각한다.

원촨에서 자원봉사 활동을 하며 보낸 3년이란 기간은 내게 인생의 디딤돌이 됨과 동시에 중요한 수업이었고, 실전 경험을 많이 쌓은 기회이자 최고로 성장한 기간이었다. 내가 재해민을 도운 것이 아니라 그들이 날 도운 것이다. 베이촨에서 온 60대의 부인으로 기억한다. 그녀는 지진으로 집을 잃었고, 의지했던 남편과 눈에 넣어도 안 아플 손녀까지 잃었다. 그녀는 스촨성 멘양시 지우저우 체육관에 마련된 임시 피난소에 누워, 다음번 여진에 자신도 남편과 손녀가 있는 곳으로 갈 수 있기를 바랐다. 하지만 그 뒤에 일어난 몇 차례의 여진 중에서 그녀를 저 세상에 보낼 정도로 강력한 진도의 여진은 없었다.

그녀에게 "어떤 일을 가장 잘하세요?"라고 물었다. 그녀는 상추를 잘 키우고 돼지를 잘 먹인다고 자랑스럽게 말했다. 상추를 탐스럽게 잘 재배하고 돼지를 포동포동하게 잘 먹여서 평소에 이웃 사람에게 부러움 좀 산 모양이었다. 하지만 지진으로 베이촨의 땅은 뒤틀렸고, 그녀가 살던 마을은 사라졌다. 자신의 장기를 발휘할 수 있는 곳이 사라진 것에 절망한 그녀는 며칠이고 누워만 있었다. 한데 조금은 무료했는지 어느 날부터 사방을 돌아다니기 시작했고, 자원봉사를 나온 미용사들이 바빠서 미처 못 치운 잘린 머리카락 뭉치를 스스로 치우기 시작했다. 임시 피난소라 미용사는 너무 적고 '손님'은 너무 많은 게 문제였다. 그러자 자원봉사를 나온 한 미용사가 그녀에게 머리 깎는 방법을 가르쳐 주었고, 천성적으로 부지런한 그녀는 머리를 제법 그럴싸하게 깎을 수 있을 정도로 열심히 배워 결국 의무 미용사가 되었다.

앞으로 어떻게 할 계획이냐고 물었을 때, 그녀가 대답했다.

"베이촨 출신 재해민들은 곧 정부에서 마련한 정착지로 이주하게 돼요. 사람이 많이 사는 곳이면 누군가는 그들의 머리를 깎아줘야 하지 않겠어요? 그래서 미용실을 차릴 계획이에요. 다른 사람이 2위안을 받으면 난 1위안만 받고, 다른 사람이 1위안을 받으면 난 반 위안만 받아서 꼭 살아남을 거예요."

그녀의 눈은 미래에 대한 희망으로 반짝였다.

재난을 당하고 죽음의 문턱에서 가까스로 살아남은 사람들과 함께 지내다 보니 무엇이 상처이고 무엇이 진정한 현실 직시이며, 무엇이 강인한 면모이자 낙관이고, 무엇이 죽었다가 다시 태어나는 것인지, 무엇이 절망이고 희망인지를 목격했다. 그들과 함께 지내는 동안 내 생명은 단단하게 다듬어지고 깨끗이 씻어졌다. 사람이 어떻게 슬픔과 두려움을 내려놓고, 생명과 희망을 새롭게 얻는지도 처음으로 알게 되었다. 원촨에서 3년 동안 자원봉사를 할 때 가장 큰 도움을 받은 사람은 그들이 아닌, 바로 나 자신이었다.

내게 '딸은 대체 왜 데리고 갔느냐?'고 묻는 사람이 많았다. 많은 부모가 자녀를 대도시의 명문 학교에 입학시키려고 노력할 때, 난 재난 지역에 딸을 데리고 가 판잣집에서 공부를 시켰다. 지진이 일어난 뒤에 원촨엔 비가 자주 내렸다. 큰비가 내린 어느 날 딸은 '교실로 쓰는 판잣집에 빗물이 밀려들어와 친구들이 겁에 질려 오들오들 떨며 살려달라고 소리쳤다'고 말했다. 내가 "너도 무서웠니?"라고 묻자 딸은 "아니요. 난 물이 조금만 더 차면 수영하려고 했어요."라고 대답했다.

아이를 '큰 사람'으로 키우는 것은 부모의 인생에서 매우 중요하다. 난 딸에게 천리 길을 다니며 수많은 책을 읽고 다양한 것을 경험할 수 있는 조건을 마련해 주는 것이 그 방법이라고 믿는다. 원촨에서 딸은 각종 환경에 적응하는 방법을 배웠고, 경험의 폭을 넓혔다. 더욱 중요한 점은, 어떻게 변화에 대응하고 만사에 감사해야 하는지를 알게 되었다는 점이다. 이것은 책 속의 글귀에서는 배울 수 없고 직접 경험을 해야만 터득할 수 있는, 아주 중요한 내용이다.

많은 사람은 "돈이 있어야 남을 돕죠."라고 말한다. 또한 남을 돕고 싶은 마음은 크지만 기회가 없어서 못 도와준다고 말하는 사람들도 있다.

한번 생각해 보자. 전 세계 70억 명이 넘는 사람들 중에서 행인을 포함하여 실제로 만날 수 있는 사람의 수는 지극히 제한적이다. 하지만 사람과 사람이 만나는 모든 만남을 남을 돕고 자신을 돕는 인연으로 만들 수 있고, 조금만 관심을 기울인다면 날마다 남에게 도움을 줄 수 있는 것이다. 반드시 큰일을 해야만 하는 건 아니다. 이웃에게 선의의 눈빛과 미소를 보내고, 엘리베이터를 탈 때 뒷사람을 기다려 주고, 버스나 지하철을 탈 때 급한 사람을 먼저 태우는 것도 모두 남을 돕는 일이다.

다른 사람을 돕게 되면 자기도 모르게 관찰력이 향상되고, 마음이 정화된다. 또한 인생의 폭도 넓어지고, 생명력도 강해진다.

근본적으로 말하면, 인생은 자신을 꽃피우고 풍요롭게 만드는 체험이다. 자신의 능력을 키우고 다른 사람을 도울 때, 인생의 풍요로움과 만족감과 오래가는 행복감을 가장 깊게 느낄 수 있다.

감각을 즐겁게 하고 일을 성공시켰을 때 느끼는 행복을 '단기 행복' 또는 '즉시 행복'이라고 부른다. 달리 말하면 이런 행복은 얻자마자 바로 가치가 떨어진다. 이에 비해 자기가 좋아하면서 잘하는 일을 하고 안정적이면서 친밀한 관계를 형성하고 타인을 도울 때 느끼는 행복을 '장기 행복' 또는 '지속적인 행복'이라고 부른다.

행복이란 단순히 이상형을 만나고 원하는 물건과 환경을 얻는 게 아니다. 행복은 과거를 놓아주고 미래를 덜 걱정하며 지금 이 순간을 느끼는 능력이다. 또한 원하지 않는 고통과도 평화롭게 지낼 수 있는 능력이다. 왜일까? 인생에서 자신이 원하는 대로 되는 일은 고작 손가락으로 꼽을 정도에 불과하기 때문이다.

인생은 매우 짧다. 시간은 대체할 수도 없고, 돈 주고 살 수도 없으며, 돌이킬 수도 없는 유일한 것이다. 시간은 곧 인생이다. 따라서 잘 이용해야 하는데, 가장 좋은 방법은 자신에게 이렇게 묻는 것이다. 난 뭘 원할까? 뭘 할 때 진심으로 행복하지? 나의 행복을 방해하는 게 있다면 그것은 과연 무엇일까?

제 2 장

상처와 고통도 껴안아야 한다

과거의 일을 대하는 방식, 특히 유쾌하지 않은 경험을 처리하는 방법은 사람마다 다 다르다. 어떤 사람은 자책하는가 하면 어떤 사람은 트라우마에 시달리고, 어떤 사람은 실수에서 배울 점을 찾는다. 그 결과 누군가는 여전히 후회하며 괴로워하고, 누군가는 현실에서 도망치기 바쁘지만, 또 다른 누군가는 실수에서 교훈을 얻어 재차 도전해 인생을 바꾼다!

Not perfect is more beautiful

인생의 고통은 어디에서 올까

예전에 웨이보(중국판 트위터)에서 '스트레스는 왜 생길까?'라는 주제로 설문조사를 진행한 적이 있다. 몇 천 명이 참여한 이 조사에서 '과거에 대한 후회' '미래에 대한 걱정' '끊임없는 현재 비교'가 상위 3개 순위를 차지했다.

난 과거를 후회하고 미래를 걱정하며 현재를 끊임없이 비교하는 것이 인생을 고통스럽게 만드는 3대 원인이라고 생각한다. 사람은 누구나 멋진 이상형, 일, 환경 등을 회구하며 산다. 하지만 이런저런 이유로 이 바람을 실현하지 못하면 '그때 난 뭘 했나!'라며 과거를 후회하게 되고, 이루어 놓은 것이 없기 때문에 미래를 걱정하게 된다. 실제로 일과 환경이 원래 희망하던 기준에 미치지 못해 불만인 사람은 많다.

과거를 후회하고 미래를 걱정하며 지금 이 순간을 보내다 보면 오늘은 아쉽고 후회스러운 어제와 같은 날이 되고, 초조하고 걱정스러운 내일과 같은 날이 된다. 초조함은 다시 두려움, 불면증, 복통 등의 각종 장애를 일으켜 내면의 귀한 에너지를 쓸데없이 소모시키게 되는 악순환을 불러일으킨다.

어느 스님이 말했다.

"당신이 미래를 걱정하고 과거를 후회하는 데 1분을 쓰는 것은 인생을 새롭게 시작할 수 있는 1분을 그냥 흘려보내는 것과 같다."

악순환의 고리에서 빠져나오는 방법은 과거를 내려놓고 현재를 직시하며 미래를 창조하는 것이다. 사람은 누구나 자신의 어려움을 해결할 수 있는 충분한 자원과 지혜와 역량을 갖고 있다. 자신이 무력하게 느껴지는 것은 단지 외부 세계에 눈을 돌린 채 자신이 가지지 못한 것만을 찾기 때문이다.

사람은 오직 '오늘'만 살 수 있다. 그리고 날마다 15만 명이 넘는 사람이 다시는 오지 않을 '오늘'에 세상을 떠난다. 그렇다면 완벽한 기회가 찾아오길 기다리기보다는 지금 이 순간에 할 수 있는 최선의 일부터 해보면 어떨까? 오늘부터 진심을 담아 말하고 최선을 다해 일하며 누구에게나 친절하면 악순환에서 빠져나오는 길이 자연스럽게 열려 과거를 후회할 일도 없게 되고, 미래를 걱정할 필요도 없게 될 것이다.

과거에 대한 후회

'당신이 가장 후회하는 과거의 일은?'이라는 설문조사에서 네티즌은 직업이나 직종을 잘못 선택한 것, 잘못된 사랑을 선택한 것, 말을 잘못 한 것, 일을 잘못 처리한 것이라고 대답했다.

후회 없는 인생은 없다. 하지만 늘 후회만 하며 살 수는 없는 노릇 아닌가. 어떤 사람은 '그때 내가 어떻게 했으면 일이 그렇게까지 잘못되지는 않았을 텐데.'라는 생각을 무한 반복하며 과거를 후회하는 것에 온 시간과 에너지를 쏟는다. 하지만 그런다고 현실이 바뀔까?

일부러 일을 그르치고 인생을 망치고 싶어 하는 사람은 단 한 사람도 없다. 미래를 예측할 수 있는 사람도 없다. 사람은 누구나 순간순간 자기에게 최고인 것을 선택한다. 따라서 누군가가 과거에 어떠한 일을 선택했으면 그때의 자원, 지혜, 정보, 환경을 종합적으로 고려했을 때 그것이 가장 좋은 선택이었을 것이다. 과거에 무슨 일이 일어났든지 자신을 놓아주자! 잘못한 일에 얽매이지도 말자. 좋든 나쁘든 모든 일은 지혜를 얻는 기회가 될 수도 있기 때문이다.

과거의 일을 대하는 방식, 특히 유쾌하지 않은 경험을 처리하는 방법은 사람마다 다 다르다. 어떤 사람은 자책하는가 하면 어떤 사람은 트라우마에 시달리고, 어떤 사람은 실수에서 배울 점을 찾는다. 그 결과 누군가는 여전히 후회하며 괴로워하고, 누군가는 현실에서 도망치기 바쁘지만, 또 다른 누군가는 실수에서 교훈을 얻어 재차 도전해 인생을 바꾼다!

필요 이상으로 내적 갈등을 하고 세상을 원망하는 젊은이들을 보면 안타깝기 그지없다. 인생은 단 한 번의 편도여행이다. 돌이킬 수도 없고, 반복할 수도 없다.

자기 인생에서 아쉬웠던 점만을 찾으며 자꾸만 과거에 대한 후회를 반복하는 것은 의미 없는 행동이요, 자기 인생을 파괴하는 역효과만 일으킨다. 과거에 부족했던 자신을 받아들이고 소중히 여기는 방법을 배우려면, '과거의 잘못된 일에서 난 무엇을 배웠지? 앞으로 어떻게 하면 더 잘해 낼 수 있을까?'라고 스스로 자신에게 물어야 한다. 답을 얻은 뒤에는 뒤돌아보지도 말고 무조건 전진하는 배짱이 필요하다!

사람은 어떤 일을 잘못했을 때보다 아예 시도조차 하지 않았을 때 더 많은 후회를 한다! 인생은 도전에 머뭇거리며 생명의 에너지를 소모하느냐, 아니면 모험 속에서 자신을 꽃피우느냐에 관한 문제이다. 많은 사람이 머뭇거림에 사로잡힌 채 인생의 기회를 놓치고 후회하는 일을 반복할 때, 소수의 사람은 용감하게 부담감을 견뎌내고 후회 없는 인생을 산다.

끊임없는 현재 비교

'내가 아무개라면 얼마나 좋을까?' '나만 빼고 다들 행복한가 봐.'라는 생각이 들 때가 있다. 사실 다른 사람의 행복 여부는 자신의 행복과는 아무런 관계가 없다. 또 실제로 자신만 빼고 다 행복한지도 알 수 없다. 설령 안다고 해도 어쩔 것인가? 나는 나의 인생만 살 수 있을 뿐이다. 따라서 비교는 나 자신과 해야 한다. 예컨대 어제보다 오늘 얼마나 더 성장했지, 라고 자신에게 물어야 한다.

자신과 남을 비교할라치면 대부분 떨떠름하게도 우월감보다 열등감을 느끼기 일쑤이다. 구체적으로, 스스로 부족하다는 생각에 자신감을 잃고 자신의 본래 모습을 거부하며, 자기만의 독특한 가치를 부정한다. 내면에 안정감이 부족하면 자꾸만 자신을 남과 비교하며 경쟁하게 되는데, 진정한 행복은 내면의 안정과 자유에서 나온다는 것을 잊지 말자.

동일한 조건에서 진행되는 비교는 자신의 롤 모델을 찾고 인생의 방향을 정하며 발전 욕구를 자극하는 점에서 의미가 있겠지만, 막무가내식의 비교는 자신에게 상처만 남길 따름이다.

미래에 대한 걱정

지금 이 순간에 만족하지 못하고 안정감을 못 느끼고 있다면, 미래가 걱정된다. 한편으로, 미래를 걱정하는 것은 지금 이 순간의 노력을 회피하고자 하는 교묘한 방법이자 핑계이기도 하다.

언제쯤 좋은 직장을 찾을까, 사랑하는 사람이 떠나면 어쩌나, 갑자기 재난과 사고를 당하면 어떡해, 라는 쓸데없는 걱정에 쏟을 시간과 에너지가 있다면 지금 이 순간을 충실하게 채워가며 인생을 새롭게 창조하는 데 진력을 다하자. 미래를 걱정하면 두려움과 초조함만 더 커지게 마련이다.

미래를 알 수 있는 사람은 아무도 없다. 미래에 대한 걱정을 내쫓는 가장 효과적인 방법은, 날마다 자신의 목표와 관계있는 일을 생각하고 실천하는 것이다. 지금 이 순간을 충실하게 보내는 것은 곧 미래를 충실하게 만드는 지름길이다.

과거를 후회하는 사람, 미래를 걱정하는 사람, 끊임없이 자신을 남과 비교하는 사람, 자신을 비판하고 자책하는 사람, 쓸데없이 나쁜 말을 퍼뜨리는 사람은 자신의 고유한 생활을 창조할 수 없고 인생의 멋도 풍기지 못하며, 자기 자신에 대한 책임을 다하지 않아 안정감과 행복을 느끼지 못하며 사는 사람이다.

인생은 시간을 어떻게 보내느냐에 따라서 달라진다! 과거를 후회하고 미래를 걱정하며 현재를 비교하는 순간 성장은 멈추고, 인생은 후퇴한다! 그뿐이랴. 느끼고 반성하며 인생을 새롭게 창조할 수 있는 기회마저 잃는다! 생명의 에너지는 걱정하면 움츠러들지만, 행동하면 충만해진다!

어려움보다
더 두려운 원망

옛날에 어느 새끼 원숭이가 나무에서 재주를 부리다가 그만 실수를 하여 떨어졌다. 그런데 나뭇가지에 떨어지는 바람에 목숨은 건졌지만, 배가 찢어지는 큰 상처를 입고 말았다. 깜짝 놀란 새끼 원숭이는 피를 철철 흘리며 곧장 원숭이 무리로 돌아가, "저 좀 보세요. 여기 좀 봐주세요."라고 쉴 새 없이 앓는 소리를 해댔다.

그러자 어떤 원숭이는 상처 부위를 쓰다듬어 주고, 또 다른 원숭이는 핥아주고, 많은 원숭이가 묵묵히 곁을 지켜줬다. 충분히 위로를 받은 새끼 원숭이는 자기 굴로 돌아가 상처가 낫기를 기다렸다. 하지만 상처가 낫기는커녕 통증이 지속되자, 새끼 원숭이는 다시 원숭이들을 찾아가 상처를 보여주며 그날의 사고를 반복해서 설명했다.

"아저씨, 여기 상처 좀 보세요. 아직도 피가 나고 아파요."

새끼 원숭이는 아프다고 말할 때마다 약간의 위로와 관심, 동정을 얻었다.

또 그때마다 초조한 마음이 가라앉고 고통이 잠시나마 완화되는 것을 느꼈다. 그래서 다른 원숭이를 만나면 몇 번이고 "저 여기 아직도 아파요."라고 계속해서 말했다.

이제 이 우화의 마지막 부분으로 가보자. 새끼 원숭이가 계속해서 앓는 소리를 하고 상처를 헤집어 보여주자, 다른 원숭이들이 슬슬 짜증을 내며 피하기 시작했다. 결국 외톨이가 된 새끼 원숭이는 가슴에 원망을 한가득 품고 무리를 떠났다.

새끼 원숭이에게서 자신이나 아는 사람의 모습을 발견했는가? 일상에서 새끼 원숭이와 비슷한 사람은 매우 많다. 타인의 위로로 몸에 난 상처의 통증을 잠시 가라앉힐 수는 있다. 하지만 불만스러운 마음은 영원히 가라앉지 않는 법. 번번이 자신의 상처를 헤집어 남에게 보여주게 되면 자신도 모르는 사이에 가까이 지내면 짜증나는 사람, 피해 의식이 강한 사람이라고 낙인찍히게 된다. 만약에 당사자가 이 사실을 뒤늦게 알아채면 어떻게 될까? 또다시 상처를 받게 되고, 다른 사람을 원망하는 악순환이 되풀이될 것이다.

이 우화는 꼭 이렇게 끝날 수밖에 없을까? 가여운 새끼 원숭이는 평생 남을 원망하며 외롭게 살아야만 할까?

인생의 모든 고통 뒤에는
큰 지혜가 숨어 있다

새끼 원숭이의 이야기를 다시 새롭게 써보자.

어느 날 새끼 원숭이는 지혜로운 원로 원숭이를 만나, 자신이 어떻게 다쳤고 얼마나 아픈지를 상세하게 설명했다. 원로 원숭이는 새끼 원숭이를 품에 안고 눈을 감게 한 뒤 차분하고 따뜻하게 말했다.

"아이고, 우리 아기가 많이 아팠겠구나. 그동안 얼마나 고생했을꼬. 하지만 상처를 낫게 하는 것은 다른 사람의 눈빛이나 말이 아니란다. 네 상처는 너만이 낫게 할 수 있어. 이 '할비' 품에서 실컷 아파하고 다시는 남 앞에서 네 상처를 드러내 보이지 말거라. 고통과 원망을 푸는 최고의 방법은 상처와 고통을 직시하고 그것이 나을 때까지 인내하는 것이란다."

원로 원숭이의 따뜻한 품에서 새끼 원숭이는 조용히 눈물을 흘렸다. 고통과 초조함이 재차 밀려왔지만, 이번에는 자신이 얼마나 아픈지 떠벌리지 않고 가만히 그것을 느껴봤다. 신기하게도 고통과 초조함이 잠시 뒤에 저절로 물러갔다. 새끼 원숭이가 눈을 떴을 때, 원로 원숭이의 눈빛은 자상하게 빛났다. 원로 원숭이는 아무 말도 하지 않고, 늘 자신의 상처 부위를 가리키기 바빴던 새끼 원숭이의 볼에 뽀뽀해 주고 새끼 원숭이의 가슴을 쓸어내려 주었다…….

사실 새끼 원숭이는 우리 자신이다. 살면서 누가 상처를 안 받으랴. 한 번도 아프지 않은 자가 어디 있으랴. 하지만 똑같은 상처와 고통이라도 대응 방식에 따라서, 예컨대 용감하게 직면했느냐 피하기 바빴느냐, 탐험가와 도전자가 되었느냐 위로를 구걸하는 피해자가 되었느냐에 따라서 정반대의 결과를 맞이할 수 있다.

누구나 다 새끼 원숭이처럼 지혜로운 원로 원숭이를 만나 새로운 시야를 가지는 행운을 얻는 것은 아니다. 하지만 고통과 함께 지내는 방법을 터득하면 내면이 진실로 자유롭고 즐거워진다는 것을 꼭 기억해야 한다! 상처를 파헤치던 손으로 이제는 마음을 토닥이고 자신의 고통을 느껴보자.

모든 고통 뒤에는 지혜가 숨어 있다! 사람은 본래 고통을 싫어한다. 하지만 저항하는 한 고통은 지속된다.

고통스러우면 덤덤하게 고통 속으로 들어가 지나가 보자. 고통을 부드럽게 대하면 최종적으로 고통의 이면에 있는 가르침, 즉 그동안 고통으로 위장한 지혜를 얻을 수 있게 된다.

자신의 고통을 어루만지고 내면의 느낌에 집중하면 진실한 자신을 만날 수 있다.

직시하기는 상처와 고통을 내려놓는 유일한 방법

상처와 고통을 내려놓는 방법은 딱 한 가지, 직시하는 길뿐이다. 매우 어렵지만 인생의 어두운 곳에서 희망을 찾을 수 있는 유일한 방법이다.

미국의 시인 앨런 긴즈버그(Allen Ginsberg)는 '어렵다고 다 고통스럽지 않다. 어렵다고 원망할 때 진짜 고통스러워진다.'라고 했다.

하버드 의과대학의 임상심리 전문가인 크리스토퍼 거머(Christopher K. Germer) 박사는 《나를 위한 기도 셀프 컴패션》에서 말했다.

"인생의 고통은 대부분 다른 사람에 의해서가 아니라, 스스로 자기 자신을 못마땅하게 여길 때 생겨난다. 다른 사람의 동정은 자신을 더욱 약하고 작게 만들지만, 자신에 대한 관심과 보살핌은 자신을 더욱 강하게 만든다."

2000년에 난징에서 일어난 독일인 일가족 살인 사건은 많은 사람들을 충격에 빠트렸다.

2000년 4월 1일 늦은 밤, 장수성 북부 시골 수양현 출신의 직업 없는 네 청년이 난징의 어느 고급 빌라에 잠입했다. 이들은 물건을 훔치다가 들키자 주인인 독일인 프랑(전 다임러크라이슬러 임원) 및 그의 아내, 아들, 딸을 모두 흉기로 살해했다. 18~21세로 구성된 네 명의 범인은 사건 직후 경찰에 체포되었고, 법원에서 사형 판결을 받았다.

아들, 며느리, 손자, 손녀가 무참히 살해되었을 때 보통의 어머니라면 어떻게 반응할까? 분노를 참지 못해 범인들을 사형시키라며 울부짖거나, 짐승만도 못한 범인을 키워낸 세상을 원망하거나, 슬픔과 원망에 사무쳐 스스로 목숨을 끊을 수도 있었을 것이다.

하지만 프랑의 어머니는 청천벽력 같은 이 소식을 접한 뒤, 독일에서 난징으로 바로 날아와 많은 사람들을 놀라게 했다. 범인들을 사형시키지 말아달라는 탄원서를 법원에 낸 것이다.

"독일엔 사형제도가 없습니다. 그리고 그들을 사형시킨다 해도 현실은 바뀌지 않습니다."

받아들이는 것만으론 부족하다. 고통을 바꾸려면 직시해야 한다.

상처와 고통은 피하려 하지 말고 직시해야 한다. 숨고 피하면 지속되지만, 직시하면 용해된다. 고통과 함께 지내는 것은 일생의 숙제이다. 하지만 모두의 내면 깊은 곳에는 모든 고통, 어려움, 어둠을 직시하고 통과할 수 있는 충분한 지혜와 힘과 사랑이 깃들어 있다!

직시하고 통과하면 누구나, 단 한 사람도 예외 없이 고통을 내려놓을 수 있다!

고통과
평화롭게 지내기

고양이가 무서워서 늘 괴로워하는 쥐가 있다. 하느님은 이를 가엽게 여겨 어느 날 쥐를 고양이로 변신시켰다. 고양이로 변신한 쥐는 이제 강아지를 두려워하게 되었다. 그러자 하느님은 다시 한 번 쥐를 강아지로 변신시켜 주었다. 하지만 강아지로 변신한 쥐는 다시 호랑이를 두려워하게 되었고, 하느님은 쥐에게 호랑이가 될 수 있는 기회를 또 줬다. 그랬더니 이번에는 사냥꾼을 두려워해, 결국 하느님이 원래의 모습으로 되돌려 놓으면서 마지막으로 말했다.

"네 스스로 현실을 직시할 용기가 없는데, 내가 어떻게 너를 돕겠느냐."

사람은 누구나 고통을 두려워하기 마련이다. 그래서 자신이 원하는 대로 환경을 바꾸고 싶어 하고, 고통을 없앨 수 있는 신기한 비방도 얻고 싶어 한다. 이것이 이 이야기를 관통하는 핵심 내용이다. 하지만 현실에는 가족 간의 이별, 건강의 상실, 잊히지 않는 과거, 바꿀 수 없는 주변 환경과 사람, 치료할 수 없는 질병 등 고통이 차고 넘친다. 뜻대로 풀리지 않는 현실에서 벗어나거나 사라지게 할 수 있는 영약도 없다.

이럴 땐 다른 방법, 예컨대 고통과 함께 춤추며 자신과 고통 간의 관계를 바꾸려는 자세가 필요하다. 적대시하지 않으면 고통은 통제할 수 있다.

고통은 두 개의 핵심 사실과 세 개의 단계적인 원인으로 구성된다. 먼저 두 개의 핵심 사실은 실제로 발생한 객관적인 사건과 본인이 지어낸 비극이다. 세 개의 단계적인 원인은 현실과 이상의 괴리가 클 때 첫 번째 수준의 고통이 생기고, 다른 사람에게 변화를 요구했으나 실행되지 않아 스스로 사랑, 인정, 존중을 받지 못한다고 생각할 때 두 번째 수준의 고통이 생기며, 이후에 자신을 질책하거나 상대에게 대항하고 공격할 때 세 번째 수준의 고통이 생긴다.

무엇이 객관적인 사건이고 무엇이 자신이 지어낸 비극인지를 구분할 줄 알면, 자신의 능력이 기대하는 수준에 못 미쳐 고통이 생긴 것을 이해할 수 있게 된다. 이럴 땐 기대치를 낮추는 방식으로 불필요한 고통을 줄여야 한다.

바꿀 수 없는 모든 것과 평화롭게 지내기

자신이 고통스러운 것은 무슨 일이 발생해서가 아니라, 끊임없이 '그 사람이 날 속였어.' '그 사람이 내게 상처를 줬어.' '그 사람이 날 무시했어.' '그 사람은 더 이상 날 사랑하지 않아.' '그 사람이 날 짓밟았어.' '그 사람 때문에 내 입장만 곤란해졌어.'라고 생각하기 때문이다.

마음을 차분히 가라앉히고 생각해 보면, 스스로 자신을 못살게 구는 것임을 알 수 있다. 아무도 당신을 짓밟지 않았다. 그저 당신이 잘못 판단하고 헛되이 기대하며 잘못된 선택을 한 것이다.

살면서 겪는 대부분의 고통은 오해나 착각에서 기인한다. 진실로 그 이상도 이하도 아니다.

인간관계는 절대 다수의 고통이 발생하는 근원이다. 한데 서로에게 일부러 상처를 주는 경우는 드물고, 서로 간에 오해가 빚어지거나 요구가 잘못 전달되는 과정에서 고통이 따른다. 따라서 진실로 고통을 치유하려면, 차분하게 서로의 마음에 귀를 기울여야 한다. 그러면 오해와 착각에 가려졌던 실상이 저절로 드러나게 된다.

상처도 치유도 관계 속에서 일어난다. 하지만 사람들은 계속해서 고통에 저항을 하거나 회피를 하고, 머릿속에서 고통을 끊임없이 확대시키며, 자신을 고통의 구덩이 속으로 더 깊숙이 밀어 넣는다.

어떤 사람, 일, 환경이 자기 마음에 안 들거나 자기 방식대로 이들을 바꾸고 싶어 할 때, 반드시 번뇌와 고통을 느끼게 마련이다. 그리고 생각을 바꾸지 않는 한 고통은 계속해서 더 심해질 것인데, 확실한 건 과거의 방식을 버리지 않으면 과거와 똑같은 결과를 얻는다는 점이다.

무엇이 행복일까? 행복은 바꿀 수 없는 일상의 모든 것과 평화롭게 지내는 것이다. 달리 말하면 자신의 마음에 안 드는 사람, 일, 환경의 이면에서 배울 수 있는 점을 찾는 동시에 현실을 받아들이고 자신을 바꾸는 것이다. 남을 바꾸는 것이 아니라 스스로 변화해야 하는 것임을 꼭 기억하자!

저항과 회피는 고통만 키운다

인생에 달콤함, 즐거움, 행복, 기쁨만이 있기를 바라지 말자. 걱정, 두려움, 번뇌, 분노, 갈등, 스트레스, 슬픔, 죄책감, 후회도 인생 체험의 일부분이다. 저항하고 회피하면 두려움과 분노가 커지고 고통이 뒤따른다. 다시 말해서 본래는 한 개의 화살을 맞았지만, 두 개의 화살을 맞은 꼴이 되는 것이다.

고통스러울 때 사람들이 보이는 첫 번째 반응은 부정, 회피, 배척, 저항이다. 하지만 그럴수록 고통이 사라지기는커녕 점점 더 거세진다. 그 결과 원래의 고통뿐 아니라 저항과 회피에 따른 고통이 더해진다. 고통은 사람의 신체, 정서, 환경에 조정이 필요하다고 알려주는 감시병이나 파수꾼과 같다. 이때의 급선무는 고통을 받아들이고 고통이 주는 메시지가 무엇인지를 알아차리면서, 어떻게 완화시킬 수 있는지를 스스로 자신에게 묻는 것이다.

아이가 분만의 고통 속에서 태어나듯이, 모든 지혜와 에너지는 고통 속에서 생기는 것이다.

인생에서 어떤 일을 겪든 모두 자신이 참여해서 일어난 결과이다. 성공하면 자신의 능력과 지식 덕이요, 실패해도 자신의 능력과 지식 탓이다. 인생이 뜻대로 풀리지 않을 때 당시의 환경이나 상황을 탓할 게 아니라 지금 내가 해야 할 행동은 뭘까, 지금의 상황에서 어떤 점을 개선하고 배워야 할까, 곰곰이 생각해야 한다.

원망해서 행복해지는 인생은 없다. 즐거운 사람과 고통스러운 사람의 가장 큰 차이점은 어떤 일을 겪었느냐가 아니라, 어떤 일을 겪은 뒤에 그 일을 대하는 관점이 서로 어떻게 달랐느냐이다.

누에에서 나비가 되는 과정은 고통스럽지만, 그 과정을 잘 견디면 자유롭게 날 수 있다. 이 과정은 누가 대신 해줄 수도 없고, 도와줄 수도 없다. 하지만 다행히도 사람은 평생 누에로 살 것인지, 아니면 나비가 될 것인지를 선택할 수가 있다. 누에도 좋고 나비도 좋다. 중요한 점은, 현재의 자기 모습을 불평하지 않고 본인이 무엇이 되어야겠다고 선택하는 것이다.

고통에 감사하기

인간의 고통은 자기도 모르게 과거를 후회하고 현재를 못마땅하게 생각하며 미래를 걱정하는 것에 지나치게 많은 생각과 시간과 에너지를 쏟기 때문에 생긴다. 화려하게 사는 사람과 부족한 점투성이인 자신을 비교하니, 자연스레 무기력해질 수밖에 없다.

하지만 이것은 불필요한 내적 소모이자 악순환이다. 그렇다면 이 악순환의 고리를 어떻게 끊을까? 출구는 과거를 내려놓고 현재를 직시하며 미래를 새롭게 창조하는 것이다.

지금 이 순간에 느껴지는 모든 고통과 불쾌함을 서둘러 내쫓거나 피하려 하지 말고, 지금의 괴로운 감정을 나쁜 것이라고 단정짓지도 말자. 고통은 심신의 건강을 지켜주는 감시병이자 파수꾼이요, 자신에게 어떤 문제가 있으니 어느 부분에 관심을 가져달라고 알려주는 '알림이'이다.

고통스러울 때면 고통이 주는 메시지에 감사하자. 그러면 아이러니하게도 고통이 줄어든다. 마음을 차분히 가라앉히고 고통을 가만히 느끼면, 신체·정서·사상적으로 새롭게 깨닫는 점이 있을 것이다.

인생의 각 단계에서 부딪치는 난관은 모두 생명이 보내는 메시지이다. 고통은 영혼의 외로운 외침이요, 어려운 상황은 지혜를 얻는 과정의 출발점이다. 고통과 어려운 상황은 진실한 자신을 만나는 길로 우리를 안내한다.

삶의 무게에 지나치리만큼 저항할 때 삶에 지치게 된다. 고통스럽다고 저항하면 고통은 더 커진다. 저항하는 것은 고통을 지속시킬 뿐이다. 하지만 받아들이고 관심을 기울이면, 마음이 안정되고 평화로워진다.

자기 멋대로 비판하거나 통제하거나 원망하지 않고 불완전한 모든 순간을 받아들일 때, 고통은 서서히 약해지고 끝내 사라진다.

세상에 뜻밖의 일은 없다

원촨에서 자원봉사 활동을 할 때, 어느 아버지가 지진으로 여덟 살배기 아들을 잃고 눈물을 흘리며 말했다.

"아들이 한번만이라도 좋으니 제발 낚시를 함께 가달라고 그렇게 애원했는데, 한 번도 가주지 않았어요. 마작 하는 게 뭐 그리 중요한 일이라고. 앞으로 기회가 많을 줄 알았는데, 아들 소원을 들어주지 못해서 너무 가슴이 아파요. 지진이 일어난 날 아침에도 학교에 가는 아들에게 딴짓하지 말고 열심히 공부하라고 꾸짖기만 했는데, 이렇게 영원히 이별하게 될 줄은 정말 몰랐어요."

어느 어머니는 고3인 딸을 암으로 잃었다. 줄곧 엄하고 도도한 엄마

였던 그녀는 하나뿐인 딸을 독립적이고 자주적으로 키우기 위해 취미로 피아노, 바둑, 서예, 그림을 가르치고 또 따로 수학, 물리, 화학 과외를 시켰다. 딸은 오직 학업에 모든 시간과 에너지를 쏟아야 했다. 그녀는 딸이 친구들과 놀지도 못하게 하고, 교과서 이외의 책을 읽는 것도 허락하지 않았다. 휴대전화와 게임기는 물론 금지이고 영화도 거의 못 보게 했으며, 딸을 수재로 키우기 위해서 오직 공부만 시켰다. 엄마의 요구에 따라 열심히 노력한 딸은 피아노, 바둑, 서예, 그림에 모두 뛰어난 재능을 보였고 학업 성적도 매우 우수했다. 하지만 늘 우울해하고, 또래 아이들과 잘 어울리지도 못하며, 집에 와서도 거의 말을 하지 않았다. 아니, 말할 시간이 없었다. 그녀는 어느 순간부터 체력이 급격하게 떨어져 학교 수업조차 따라가지 못하게 된 딸을 데리고 병원에 갔다가 딸이 암에 걸린 사실을 알았고, 몇 달 뒤에 딸을 잃었다. 이 어머니는 내 앞에서 펑펑 눈물을 쏟으며 말했다.

"딸아, 엄마가 미안해. 엄마 욕심 때문에 네가 어렸을 때 즐겁게 놀지도 못하고, 학교에 가서도 즐겁게 공부하지 못했구나. 너만 보면 그저 공부, 공부, 공부! 그러면 네가 유명한 사람이 되고 크게 성공할 줄 알았어. 결국은 엄마가 널 해쳤구나. 엄마가 널 세상에서 사라지게 만들었어. 너무 늦었지만 엄마가 미안해. 다시 한 번 내게 기회를 주면, 아무것도 바라지 않을게. 날마다 널 볼 수 있다는 게 행복인 걸 그때는 왜 몰랐는지……."

"다음에 다시 만나요."라는 인사가 반드시 다음번 만남으로 이어지진 않는다. 어떤 인사는 영원한 작별 인사가 되기도 한다. 미처 표현하지 못한 감정, 꺼내지 못한 말, 하지 못한 일, 뒤늦은 사과, 고백하지 못한 사랑, 전하지 못한 감사의 인사와 축복의 말이 한꺼번에 떠오를 때, 당사자는 고통스러움에 발버둥 치며 때늦은 후회를 한다.

상실은 인생의 큰 고통 가운데 하나이다. 그중에서도 가장 큰 상실은 가족과 연인의 죽음이다. 가족과 함께 있을 땐 언제나 함께할 수 있으리라는 생각에 함께 있는 시간을 소중하게 생각하지 않는다. 서로에게 익숙한 나머지 함께 있는 것을 당연하게 여기고, 가끔은 모진 말로 서로에게 상처를 주기도 한다. 하지만 생명만큼 변화무쌍한 것이 어디 있으랴. 뜻밖의 사고가 일어나기 전에, 가족이나 연인이 갑자기 세상을 떠나기 전에, 함께 있음을 소중히 여기고 서로서로 잘해 주자.

뜻밖의 일이 발생하는 것이 정상

사실 인생에서 뜻밖의 일이 일어나는 것은 특이한 현상이 아니라, 엄연히 정상이다. 세상은 예기치 않은 일로 가득하다. 오늘 아침에 출근한 사람이 저녁 때 안전하게 돌아오지 못할 수도 있고, 오늘 밤에 잠든 사람이 내일 아침에 일어나지 못할 수도 있다. 인간세상에서 태어나고 죽는 일을 제외한 나머지 일들은 사소한 일이라고 할 수 있다.

나이가 들수록 사람들은, 인생에서 가장 소중하고 행복한 것은 명예를 얻고 돈을 많이 벌어 화려하게 사는 것이 아니라 저녁에 제때 퇴근해 두 발 뻗고 푹 쉬는 것이란 걸 깨닫게 된다. 만약에 곁에 몇 년이 지나도 늘 한결같은 사람, 예컨대 나의 안녕과 건강을 빌어주고, 내가 지쳤을 때 병이 날까 걱정해 주며, 늘 내 편에서 따뜻하게 위로해 주는 사람이 있다면 인생이 더없이 조화롭고 편안하게 느껴질 것이다.

세상에 불공평한 점이 아예 없다고는 말할 수 없다. 하지만 누구에게나 공평하게 주어진 것이 있는데, 바로 시간이다. 모든 날을 인생의 마지막 날인 것처럼 1분 1초를 소중히 여기지 않으면, 아쉬움과 후회로 점철된 인생을 살다가 어느 날 연기처럼 세상에서 사라지게 될 것이다.

우리가 실제로 가진 건 지금 이 순간뿐

스티브 잡스는 하버드대학교 졸업 연설에서, 열일곱 살 때 어느 책에서 "하루하루를 인생의 마지막 날인 것처럼 살라. 그러면 어느 날 당신의 생각이 옳았다는 것을 알게 될 것이다."라는 구절을 읽고 이후 33년 동안 아침마다 거울에 비친 자신에게 "오늘이 내 인생의 마지막 날이라면, 지금 하려고 하는 일을 정말 할 것인가?"라고 자문했다고 했다.

만약에 대답이 "No"이면 그는 자신의 생활에서 어떤 점을 바꿔야 한다는 것을 알아차렸다. "언젠가 당신도 죽는다는 것을 기억하라."는 그가 인생에서 가장 중요하게 생각한 잠언이다. 죽음 앞에서 모든 명예와 오만함, 괴로움과 실패에 대한 두려움은 아무것도 아닌 것이 되고, 이미 자신의 마지막 순간을 알게 된 이상 내면의 목소리를 따르지 않을 이유가 없어진다.

자신이 아내이건 남편이건, 자녀이건 부모이건 잠시 멈추어 보자. 그리고 지금 이 순간을 느껴보자.

어린 자녀가 "엄마, 같이 찰흙 놀이해요."라고 요구했을 때 다시는 "잠깐만, 설거지부터 하고."라고 말하지 말자. 대신에 뽀뽀를 쪽 해주고, 같은 눈높이에서 놀아주자.

엄마가 전화를 해서는 "오늘은 몇 시에 들어올 거니?"라고 물었을 때, 다시는 "아! 일이 끝나야 집에 가죠."라고 짜증부리지 말자. 대신에 부드럽게 "오늘은 빨리 들어갈게요."라고 대답해 엄마의 걱정을 덜어드리자.

애인이 사랑한다고 말할 때 다시는 SNS, 이메일을 훑어보며 딴청을 피우지 말자. 대신에 꼭 안아주고, 애인의 두 눈을 따뜻하게 바라보자.

인생은 길다면 길고, 짧다면 짧다. 모든 일은 지금 이 순간에 일어나고, 지금 이 순간이 모여 인생이 된다. 하지만 어떤 사람은 지금 이 순간을 과거를 후회하거나 미래를 걱정하거나 자신과 남을 비교하는 데 쓴다. 나에겐 아직 미래가 있으니까, 살날이 아직 셀 수 없이 많으니까 지금 이 순간을 아무렇지도 않게 보내도 괜찮다고 여긴다. 하지만 가끔은 눈 깜짝할 사이에, 기지개 한번 펴는 사이에 인생의 마지막 순간이 닥칠 수도 있다. 사실 이번 생에서 모두가 진실로 소유한 시간은 지금 이 순간뿐이다.

남은 생애 동안 지금 이 순간에 자신을 사랑하고, 곁에 있는 사람을 사랑하자.

잠시 숨을 깊게 쉬어 마음을 차분히 가라앉히고 자문해 보자. 오늘이 내 인생의 마지막 날이라면, 난 무엇을 할 것인가?

적당한 방법을 알면 모두 내려놓을 수 있다

사람은 누구에게나 잊지 못하는 과거, 사람, 사건, 말, 장면이 있다. 심하게는 자세한 내용이 더 이상 기억나진 않지만 그때의 감정이 고스란히 느껴지는 경우도 있다. 예를 들어 가족의 죽음, 연인과의 이별, 억울한 오해, 불행한 경험 등은 좀처럼 잊히지 않고 수시로 머릿속에 떠올라 잠을 설치게도 만든다.

흔히 세월이 약이라고 말한다. 사실 시간은 상처와 고통의 일부분을 치유해 주기도 한다. 하지만 모든 상처와 고통을 말끔히 치유해 주진 않는다. 어떤 일은 1년이 지난 뒤에도 문득문득 생각나서 괴롭고 두렵고 분노가 치밀어 올라, 현재의 생활에도 영향을 주기까지 한다. 마음의 상처는 시간이 지난다고 해서 말끔히 치유되는 것이 아니다.

진실로 치유가 되었다면, 비슷한 광경을 목격하거나 과거의 일을 다시 떠올렸을 때에도 더 이상 상처를 받지 않고 별달리 마음의 동요를 일으키지 않을 것이다.

사람은 상처 받은 일을 본능적으로 회피하려 하고, 더 이상 생각하려 하지 않는다. 그저 기억 속 깊은 곳에 숨겨둔 채 시간과 함께 흔적도 없이 사라지길 바라기도 한다. 하지만 착각도 이런 착각이 없다. 상처의 뿌리가 깊지 않다면, 아무래도 시간이 지난 후에는 잊힌다. 하지만 뿌리 깊은 상처는 오랜 시간이 지나더라도 쉬이 치유되지 않는다.

몸에 난 상처에 비유해 보자. 손가락이 약간 벤 것쯤은 며칠이면 저절로 낫지만 심하게 다친 경우는 치료 시간이 길어지고, 설령 낫는다 해도 흉터가 크게 남거나 정상적인 기능을 하지 못하게 된다.

영혼이 받은 상처도 마찬가지라서 시간이 지나더라도 모두 사라지진 않는다. 그러면 어느 정도를 저절로 치유되는 시간으로 볼 수 있을까? 일반적으로 1년을 기준으로 삼는다. 만약에 1년이 지나도록 마음의 상처가 치유되지 않는다면, 과거를 내려놓는 전문적인 과정이 필요하다.

방법을 제대로 알면 모든 것을 내려놓을 수 있다.

직시하면 악몽이 사라진다

어느 날 외국계 기업 임원이 날 찾아왔다. 그녀는 얼굴도 예쁘고 능력도 뛰어났지만 결혼 생활 내내 남편의 손찌검에 시달렸고, 남편의 폭력을 견디다 못해 결국 이혼했다. 이후에 그녀는 전 남편과 체형이 비슷한 남자만 보면 갑자기 두려워져 몸을 떨기까지 했다. 한데 배 나오고 머리 벗겨진 중년 남자가 어디 한두 명인가. 전 남편이 그녀에게 미친 영향력은 상상 이상으로 심각했다.

그녀는 특정 도시에서 전 남편에게 맞은 기억 때문에 그 도시를 다시 방문할 엄두도 못 냈다.

속담에 "뱀에게 물린 적이 있는 사람은 두레박줄을 보고도 놀란다." 라는 말이 있다. 사람의 몸에는 위험 정보를 기억하는 경보 장치가 있다. 그래서 불쾌하거나 위험한 사람, 일, 장소, 형태, 색깔, 맛, 냄새, 환경을 접하게 되면 경계 신호를 내보내고 자동적으로 특정한 경고 반응을 일으킨다. 사람의 몸은 본능적으로 불리한 것을 피하고 유리한 것을 좇게끔 작동한다.

사실 배 나오고 머리숱 적은 모든 남자가 그녀에게 폭력을 행사하진 않았다. 그녀도 이 사실을 명백하게 안다. 하지만 그녀가 머리로 이해하는 것과 상관없이, 전 남편을 닮은 남자만 보면 몸이 먼저 반응했다. 지금 이 책을 읽는 독자 중에도 머리로는 자신이 안전한 것을 알지만 몸이 괜히 불안함을 느끼고 특이하게 반응하는 사람도 있을 것이다. 사실 많은 사람이 잘 모르는 내용인데, 사람의 행동을 통제하는 주요 요인 가운데 첫 번째가 본능이고, 두 번째가 정서와 욕망이며, 세 번째가 논리이다. 즉 ①본능, ②정서와 욕망, ③논리 순이다. 사람의 행동을 통제하는 이 순서를 올바로 이해하는 것이야말로 자신과 다른 사람을 이해하는 데 매우 중요한 관건이 된다.

어느 날 나는 이 여 임원을 데리고 쇼핑몰에 갔다. 그곳에서 그녀는 전 남편과 비슷한 외형의 남자를 발견하곤 내 손을 꽉 움켜잡았다. 온몸을 떨었고 손이 차가워졌으며 얼굴빛마저 새하얗게 질렸다. 난 도망치려는 그녀를 간신히 설득해, 온 정신을 자신의 몸에 집중한 채 천천히 호흡하며 그 남자를 쳐다보라고 말했다. 그 남자는 물건을 고르는 동안 한 번도 그녀를 쳐다보지도 않았고, 뒤돌아보지도 않았다. 더욱 중요한 건 그녀를 공격하지도 않았다는 점이다. 덜덜 떨었던 그녀의 몸과 마음이 서서히 안정되어 갔다. 그녀가 예상했던 위험이 현실에서 일어나지 않은 것을 '드러난 현실'이라고 부른다.

'드러난 현실' 과정에서 그녀의 몸은 배 나오고 머리숱이 적은 남자가 모두 위험하진 않다는 새로운 정보를 다시금 입력한 것이다. 이후에 그녀는 비슷한 남자를 만나도 다시는 두려워하지 않게 되었으며, 자유롭고 홀가분하게 생활했다.

만약에 사례 속 여 임원과 비슷한 고충을 겪을 때 두려움을 느끼는 정도가 0~10 중에 5~7 정도 되면 혼자서도 상처를 직시하고 치유할 수 있는 수준이다. 잘 모르겠는 경우는 전문가의 도움을 받아보자.

재난으로 인한 상처와 고통은
오직 직시할 때 내려놓을 수 있다

비슷한 사례는 많다. 2008년 원촨 대지진 때 학교의 시멘트벽이 무너지는 바람에 많은 교사와 학생이 매몰되었다. 이후 죽음의 문턱에서 살아남은 행운의 생존자는 시멘트 구조물을 두려워하고 무서워하기 시작했다. 사실 정상적인 상황에서 시멘트벽은 전혀 위험할 것이 없다. 하지만 매몰되었던 그 기억 때문에 시멘트 구조물만 보면 자기도 모르게 두려움에 휩싸여, 새로 지어진 학교와 사무실은 물론이고 심하게는 식당조차 들어가지 못했다. 마음의 상처가 정상적인 생활을 못하게 만든 것이다.

구체적인 환경과 물체에 두려움을 느끼는 사람에겐 '드러난 현실' 치료법이 매우 효과적이다. 원촨 대지진 현장에서 자원봉사를 할 때, 이 치료를 받은 교사와 학생들이 정상적인 생활과 학습 환경으로 돌아가는 것을 보고 얼마나 기쁘고 안심했는지 모른다.

이 밖에 많은 상처와 고통은 누가 어떤 말이나 해코지를 한 것을 두고두고 기억하고 용서하지 못하는 상황에서 생긴다. 인간관계에서 받은 상처와 고통을 전체적인 관점에서 생각하지 않고, 자신의 관점에서 듣고 싶은 것만 듣고 믿고 싶은 것만 믿는 것이다. 과거를 내려놓는 가장 좋은 방법은, 과거에 사건이 일어났을 때 상대가 어떤 장소와 배경에서 어느 때에 어떠한 태도로 어떤 행동을 했는지를 직시하고 그의 입장에서 생각해 보는 것이다. 당시에 상대가 왜 그렇게 행동했는지를 제대로 이해하는 사람은 대부분 과거를 내려놓는다. 심리학 분야에 오랫동안 종사하며 목격한 사실이지만, 사건의 실상을 기꺼이 직시하려고 하고 상대의 입장에서 생각하면 허물지 못할 마음의 장벽은 없는 것이다.

하지만 많은 사람은 직시하는 쪽이 아니라 회피하는 쪽을 선택해, 과거의 사건을 서로의 관계를 차단하는 장벽으로 만든다. 특히 연인 사이,

부부 사이, 부모 자식 사이에서 그동안 상대가 좋은 일을 많이 했어도 자신에게 상처가 되는 일을 단 한 번이라도 하게 되면 그동안 했던 모든 좋은 일들은 도로 아미타불이 되어버린다.

한 가지 안 좋았던 일이 서로에게 깊은 고통을 남긴 채, 천 가지 좋은 일에 대한 기억을 지워버리고 아름다운 기억에 재를 뿌린다. 이것은 서로 손을 맞잡고 푸른 산과 맑은 강처럼 아름다운 곳을 실컷 여행해 놓곤 겨우 길바닥에 퍼질러져 있던 한 무더기의 개똥만 기억하는 꼴이다.

사실 이것은 본능이 부추기는 것이라서 사람 탓도 할 수 없다. 하지만 사람은 본능적으로 생존하는 동물이 아니다. 본능 밖의 능력으로 실상을 인식하고 이해하며 파악해야 한다.

중요한 점은, 두렵다고 회피하거나 저항하지 않아야 한다는 점이다. 자신에게 악랄한 영향을 주는 사건은 몸에 난 종기와 같다. 종기를 치료하지 않고 버티다가 실수로 잘못 건드리기라도 하면 덧나서 더 아프다. 하지만 용기를 내어 잘라내면 비록 처음에는 아프지만 통증은 잠시뿐이고, 흉터는 남겠지만 다시는 아프지 않다.

난 미국의 최대 규모 심리 건강 센터에서 32개국 출신의 이민자와 난민에게 마음의 상처를 치유하고 과거를 내려놓는 치료를 해줬다. 원촨 대지진 현장에서 3년 동안 자원봉사 활동을 하며 부모를 잃은 아이, 자녀를 잃은 부모, 사랑하는 연인을 잃은 많은 사람을 도왔다. 그 결과 내려놓지 못할 과거는 없다는 이치를 확실하게 깨닫게 되었다.

과거를 내려놓지 않는다는 것은 고름이 질질 흐르는 상처를 안고 생활하는 것과 같아서 일상생활을 불편하게 만들 뿐이다. 마음의 상처를 받은 사건에 인생이 송두리째 집어삼켜지지 않도록 모든 상처를 훌훌 털고 생활하기를 바란다.

모든 언짢은 기분의 이면에는 사랑을 호소하는 목소리가 있다

모든 분노, 슬픔, 두려움의 정서 이면에는 안정, 인정, 이해와 사랑을 호소하는 목소리가 있다. 현재의 행동과 상태는 모두 과거의 연장선, 즉 과거라는 빙산의 일각이 드러난 것에 불과하다.

직장에서 승승장구하던 어떤 커리어 우먼은 집에서도 여왕처럼 군림했다. 유능한 데다 얼굴까지 예쁜 그녀는 남편, 자녀, 시부모님을 진두지휘하고 남편의 직업적, 사업적 성공을 위해서 단계적이고 구체적인 계획까지 짜놓았다. 결과는 어떻게 되었을까? 남편은 툭하면 외박을 하고, 아이는 엄마와 거리를 두고 싶어 했다. 자기 색깔을 드러내지 못하게끔 꽁꽁 통제하는데, 어느 누가 좋아하겠는가? 시부모님과도 자연스럽게 사이가 틀어져 결국은 현명하지 못한 아내, 자애롭지 않은 엄마, 불효하는 며느리가 되고 말았다. 그녀는 억울함과 분노를 삭이지 못하고 눈물을 펑펑 쏟으며 말했다.

"저요? 제가 해야 할 일은 당연히 했고, 하지 않아도 되는 일까지 다 했어요. 맞아요. 툭하면 짜증을 냈고 인상도 쓰고 말투도 상냥하진 않았어요. 하지만 남편과 자식의 성공을 위해서, 다 가족의 행복을 위해서 한 일이었어요. 한데 왜 아무도 제 노력을 알아주지 않죠? 왜 아무도 제 진심을 알아주지 않을까요?"

누가 자신의 호의를 알아주기는커녕 오히려 곡해를 할 때, 자신의 갖은 노력을 인정해 주지 않을 때, 억울한 감정이 드는 것도 당연하다. 또한 자신은 여전히 다른 사람의 행동이 어떠했으면 좋겠다는 기대치가 있기 때문에, 기대치에 못 미치는 행동을 볼 때마다 욱하고 화가 치민다.

이런 상황이 반복되면 타인의 보기 싫은 모습만 자꾸 눈에 들어와, 툭하면 짜증을 내고 화도 내게 된다.

무엇이 감정을 폭발시킬까

언짢은 기분을 유발하는 3대 기폭제가 있다. 첫 번째는 인정받지 못하는 것, 두 번째는 통제를 당하거나 통제력을 잃는 것, 세 번째는 남에게 지는 것이다. 언짢은 감정을 다스리는 첫 걸음은, 자신이 어떤 상황에 놓일 때 기뻐하고 분노하고 초조해하고 괴로워하는지를 이해하는 것이다. 다음의 연습을 통해서 무엇이 자신의 감정을 폭발시키는지 알아보자.

종이에 화가 나거나 슬프거나 괴롭거나 무섭거나 두려운 일을 열 가지 적는다. 그러곤 그 일이 어느 계절에 어느 장소의 어떤 배경에서 일어났는지, 상대가 무슨 말을 하고 어떤 행동을 했는지, 그때 당신은 무슨 말을 하고 어떻게 행동했는지, 그 상황에서 무엇이 당신을 화나고 슬프고 두렵게 만들었는지, 무엇이 수시로 당신의 감정을 들끓게 만드는지도 적어 자신의 정서를 이해한다.

어떤 사람은 남에게 통제를 당하거나 본인이 남을 통제할 수 없을 때 격한 감정이 일어나고, 어떤 사람은 남에게 인정받지 못할 때 격정적으로 변하며, 어떤 사람은 남을 이길 수 없을 때 감정이 폭발한다. 모든 감정은 과거의 연장선이요, 빙산의 일각에 불과하다고 이미 앞에서 설명했다. "한 번 발을 잘못 내디디면 천고의 한이 된다."라는 속담이 있다. 사람은 그때그때의 정서에 따라 충동적이고 번번하게 변할 수도 있지만, 자신의 운명을 잘 개척하려면 자신의 정서를 잘 다스려야 한다.

언짢은 기분이 들 때 어떻게 하는 게 좋을까

자신의 기분이 어떤지 나중이 아니라 그때그때 알아차리면 스스로 상처 받을 일도 없고, 남에게 상처를 줘 나중에 고개도 못 드는 상황을 만들지 않을 수 있다.

기분이 언짢을 때면 다음과 같이 노력해 보자.

Step 1

멈추기. 타인이나 자신을 탓하려는 행동을 멈추고, 언짢은 기분을 유발한 현장을 떠난다. 만약에 상황이 여의치 않으면 두 눈을 감거나 다른 물체에 시선을 고정시킨 채, 관심을 자신의 몸에 집중한다.

Step 2

호흡하기. 편안한 장소에서 호흡한다. 이때 숨을 약간 길게 내쉬는 것이 좋다. 심호흡을 열 번쯤 한 뒤에 언짢은 기분이 가라앉았는지를 확인한다. 만약에 여전히 흥분이 가라앉지 않은 상태라면, 마음이 편안해질 때까지 계속해서 심호흡을 한다. 심호흡은 정서를 가라앉히는 효과가 있다.

Step 3

관찰하기. 각각의 감정은 사람의 신체 부위에 실린다. 하지만 어느 부위에 어떤 감정이 실리는지는 사람마다 다 다르다. 어떤 사람은 머리에 실리는가 하면 어떤 사람은 목구멍에 실리고, 어떤 사람은 가슴에 실리는가 하면 어떤 사람은 심장에 실린다. 위에 실리는 사람도 있다. 불편한 감정이 들 때, 어느 신체 부위가 가장 불편해지는지 느껴보자.

Step 4

위로하기. 몸의 불편한 곳에 손을 얹어놓고 모든 주의력을 집중해서 호흡한다. 공기를 들이마실 땐 포근함을 들이마신다고 생각하고, 내뱉을 땐 몸의 불편함을 내뱉는다고 생각하자. 몸이 유연해지고 불편함이 줄어들 때까지 이 과정을 반복한다.

Step 5

감정과 대화하기. 왜 언짢은 감정이 들었지, 라고 자신의 감정과 대화를 시도한다. 불편한 감정에 저항을 하지도 말고 회피를 하지도 말고, 그 감정을 있는 그대로 받아들인다. 사실 다른 사람, 일, 사물 때문에 언짢은 감정이 생기는 것이 아니다. 언짢은 감정은 오래된 상처에 대한 기억이 되살아나는 것이다.

Step 6

대응하기. 언짢은 기분이 가라앉은 뒤에 두 눈을 감고, 본인이 신뢰하는 현자가 눈앞에 있다고 상상한다. 그러곤 자신이 방금 전에 기분이 언짢았는데 그럴 땐 어떻게 하는 것이 가장 지혜로운 처신인지, 현자에게 이것저것 물으며 대화한다. 그러면 남에게도 도움 되고 자신에게도 도움 되는 답을 얻을 수 있을 것이다.

모든 분노, 슬픔, 두려움의 정서 이면에는 사랑을 호소하는 목소리가 있다.

타인에게 화풀이하거나 타인의 정서를 공격하는 방식으로 자신의 불안정한 정서를 표출하면 안 된다는 사실을 꼭 기억하자. 언짢은 기분은 대부분 사랑·존중·인정을 못 받는다는 생각과 관련되어 있다. 하지만 타인에게 화풀이를 하거나 타인의 정서를 공격하면 사랑과 존중과 인정을 받을 수 있는 기회가 더욱 줄어들고, 주변 사람도 하나 둘씩 떠나 결국은 외톨이 신세가 되고 만다.

성숙한 사람은 결코 감정적으로 요구하고 바라지 않는다. 설령 자신의 요구와 기대가 충족되지 않더라도 불평하지 않고, 남을 공격하지도 않으며, 상황을 회피하려 들지도 않는다. 그저 자신이 무엇을 원하는지 알아차리고, 자신과 남에게 이익이 되는 방법으로 자신의 요구를 만족시킨다.

제 3 장

소수의 사람만이 아는 사랑하는 관계의 진짜 모습

사람들이 생각하는 사랑에 대한 이미지는 영화, 드라마, 문학을 통해 형성되어 왔다. 왠지 '사랑' 하면 봄꽃이 만발한 시기에 화사한 누군가를 만나 황혼 무렵에 함께 꽃밭이나 해변이나 호숫가를 산책하고, 아름다운 곳에서 함께 커피를 마시며 대화를 나누고, 촛불을 켠 채 로맨틱한 저녁식사를 하는 모습이 떠오른다.

Not perfect is more beautiful

사랑하는 관계의 4대 요소 : 친구, 연인, 부모, 자녀

"지금부터 당신만을 아끼고 사랑할게요. 당신을 속이지도 않겠어요. 당신과 약속한 일은 반드시 지키고, 당신에게는 진실만을 말할 거예요. 당신의 마음을 아프게 하지 않을게요. 당신을 모욕하지도 않고 당신만을 믿을 거예요. 누가 당신을 괴롭히면 내가 가장 먼저 달려가서 도와줄게요. 당신이 즐거울 때 함께 즐거워하고, 당신이 울적할 때 달래줄게요. 당신은 세상에서 가장 아름다워요. 영원히요. 꿈속에서도 당신을 찾아갈래요. 내 마음속에는 오직 당신밖에 없어요."

많은 여인의 마음을 감동시킨 영화 〈아가유일척하동사〉 속 대사이다. 이 영화에서 두 주인공은 서로 끔찍이 아끼고 사랑했지만 결국은 헤어진다.

당신도 이 같은 사랑을 해보았는가? 왜 처음에는 사랑한다 말해 놓고, 나중에는 싫다며 떠날까? 왜 나에 대한 상대의 사랑이 생각보다 뜨뜻미지근할까? 왜 상대는 자꾸 내 마음을 몰라주고 내게서 멀어져만 갈까?

귀여운 아가씨인 샤오위엔과 그녀의 남자친구인 샤오하이는 매우 다정한 연인이었다. 샤오하이가 샤오위엔을 얼마나 아끼고 사랑했는지, 하루도 빼놓지 않고 찾아와 그림자처럼 붙어 다녔다. 모든 여자가 그렇듯 샤오위엔은 남자친구에게 끝없는 보살핌과 보호와 사랑을 받고 싶어 했다. 그의 눈에 오직 자기만 보이길, 그의 마음에 오직 자기만 있기를, 자신이 아플 때 가장 먼저 달려와 간호해 주길, 비가 내릴 땐 회사 입구에서 우산을 들고 기다려 주길, 자신이 슬퍼할 때 옆에서 위로해 주길, 기념일마다 이벤트를 해주길…… 바라는 게 참 많았다.

처음에 샤오하이는 최선을 다해 샤오위엔의 각종 요구를 들어주었다. 하지만 샤오위엔의 요구는 날이 갈수록 많아졌고, 이에 지친 샤오하이는 일이 바쁘다는 핑계를 대면서 샤오위엔을 슬슬 피하기 시작했다.

'날 위해서 이런 작은 일도 해주지 않다니, 날 사랑하지 않는 게 분명해.'

샤오위엔은 샤오위엔대로 남자친구에 대한 서운함이 쌓여갔고, 남자친구의 마음을 테스트할 때마다 실망감은 점점 더 커져만 갔다. 의심하고 원망하다가 싸우고 헤어지고, 그러다가 다시 화해하고 집착하는 과정이 반복되면서 두 사람의 몸과 마음이 지칠 대로 지쳐 그들의 사랑에도 금이 가기 시작했다. 샤오위엔은 무수한 날을 훌쩍였고, 툭하면 남자 친구가 자신을 버리고 떠나는 악몽을 꾸었다. 서로 아름답게 사랑했던 두 사람의 사이가 어쩌다 이 지경이 되었는지 샤오위엔은 도저히 이해가 되질 않았다.

샤오위엔과 샤오하이는 원래 서로 아끼고 사랑하는 달콤한 관계였다. 한데 어쩌다가 멀어졌을까? 싸움, 무관심, 분노는 무엇을 의미했을까?

사이가 안 좋은 건 잘못된 역할 설정 때문

친밀한 관계에는 친구, 연인, 자녀, 부모의 네 가지 역할이 있다.

친구 역할 : 기쁨, 분노, 슬픔, 즐거움을 함께 나누고 서로 도우며, 평등하고 독립적이다.

연인 역할 : 서로에게 관심, 사랑, 온정을 보내고 자상하다. 함께 있으면 낭만적이고 즐겁다.

자녀 역할 : 늘 보호, 보살핌, 사랑을 받고 싶어 한다.

부모 역할 : 상대에게 질책, 명령, 비판을 가하고, 상대가 자신의 말을 따르길 바란다.

이상의 네 역할 중에서 당신은 주로 어떤 역할을 맡는가?

사실 모든 역할은 저마다 가치가 있고, 서로의 위치는 반드시 동등해야 한다. 건강한 관계는 대체로 친구 역할의 비중이 가장 높고 연인, 부모, 자녀의 역할이 그 뒤를 잇는다.

어떤 상황에서도 서로 친구가 되어 인생에 대한 태도와 생각, 꿈과 희망, 착각과 두려움을 나누고, 자신의 약함과 고독함도 걱정 없이 드러내고, 늘 상대방을 응원하고 이해하며 마음을 나누면 따뜻하고 친밀한 관계를 오랫동안 유지할 수 있다.

연인과 부부 사이에서 우정은 사이좋은 관계를 유지하는 매개체이다. 하지만 어느 한쪽이 부모 역할을 자청하거나 자녀 역할을 맡으면, 아무리 친밀한 관계라도 균열이 생긴다.

부모 역할을 맡은 사람은 상대방이 자신의 기준과 뜻을 잘 따르고 자신이 시키는 대로 하기를 바라며, 그렇지 않으면 질책하고 원망하며 비판한다.

이에 비해 관계에서 스스로 자녀가 되고 싶어 하는 사람은 자신의 요구, 뜻, 바람이 충족되지 않으면 뒷일을 생각하지 않고 화를 내고 소란을 피운다.

샤오하이와의 관계를 되돌아본 샤오위엔은 둘이 함께 있을 때 80% 정도는 자신이 자녀처럼 굴었다는 사실을 뒤늦게 발견했다. 그녀는 자신의 요구가 충족될 땐 안정감을 느끼고 사랑받고 있다고 생각했지만, 요구가 충족되지 않을 땐 남자친구를 의심하고 공연한 트집을 잡곤 했다. 그 모습은 마치 사탕을 얻으면 활짝 웃으며 기분 좋아하고 사탕이 없으면 울고불고 난리를 피우는 어린아이와 같았는데, 이것은 친밀한 관계를 깨는 가장 큰 원인이 된다.

훗날 난 샤오위엔에게 샤오하이와 함께한 따뜻한 기억을 열 개쯤 적어보라고 했다.

- 횡단보도를 건널 때 꼭 내 손을 잡아준다.
- 집 앞까지 데려다주고 따뜻하게 안아준다.
- 내가 섭섭해 할 때 웃으면서 토닥여 준다.
- 내가 심심해하면 같이 수다를 떨어준다.
- 싸운 뒤에 항상 먼저 사과한다.
- 실수로 샤오하이의 휴대전화에 있는 중요한 파일을 삭제했을 때 화내지 않았다.
- 추운 날 내게 외투를 벗어줬다.
- 건조해서 갈라진 내 손을 보고 가슴 아파했다.
- 장난치다가 샤오하이의 눈을 찔렀는데, 웃으며 "괜찮아"라고 말했다.
- 일부러 친구 앞에서 샤오하이를 난감하게 만든 내게 최고의 여자친구라고 말해 줬다.

리스트를 작성한 뒤에 샤오위엔은 샤오하이가 나름의 방식으로 자신을 사랑했다는 것을 알게 되었다.

사실 사이좋은 관계가 깨지는 가장 큰 원인은 사랑을 느끼는 방식이 매우 단편적이기 때문이다. 사람들은 늘 자기의 기준과 방법대로 상대방을 사랑하고, 같은 방식으로 상대방의 사랑을 평가한다. 이것이 잘못된 것은 아니지만, 자기만의 기준을 유일한 기준으로 삼은 채 사랑을 표현하는 다양한 방식을 무시하면 문제가 생긴다. 상대에게 날 무시했잖아, 내 말을 듣지 않잖아, 날 사랑하지 않잖아, 라고 원망하기 전에 난 상대방을 있는 그대로 봐주었는가, 난 상대방의 말을 잘 들어주었는가, 상대방이 무슨 의도로 어떤 행동을 했는지 이해했는가, 라고 자신에게 물어보자.

샤오위엔과 샤오하이의 관계에 왜 문제가 생겼을까? 둘 사이의 관계에서 샤오위엔은 주로 어린아이가 되어 끊임없이 요구하고 보챘으며, 자신의 요구가 충족되지 않아 울고불고하다가 그것이 소용없을 땐 돌연 부모 역할이 되어 샤오하이를 질책하고 비판했다. 샤오위엔은 자신이 피곤하지 않으면 샤오하이가 피곤하든 말든 신경 쓰지 않고 늘 샤오하이를 붙잡고 쉴 새 없이 수다를 떨었고, 자신이 바쁠 땐 샤오하이가 집에 돌아가든 말든 쳐다보지도 않았다. 그녀가 원하는 것은 '오라면 오고 가라면 가는' 관계였다.

뜨거운 감정이 식고 '연인' '좋은 친구'의 역할이 서서히 줄어든 상황에서 샤오위엔과 샤오하이의 관계에 문제가 생기는 것은 당연했다. 관계를 화목하게 만들려면 '부모, 자녀, 친구, 연인'의 네 역할 중에서 주로 '친구'와 '연인'의 역할을 늘리고 '부모'와 '자녀'의 역할을 최대한 줄여야 한다.

진정한 사랑은 사채가 아니다

일상생활에서 많은 여성이 샤오위엔처럼 누가 자신을 사랑해 주길 바란다. 하지만 자신을 사랑해 주고 신뢰해 주며 오직 자기만을 쳐다봐 주길 바라기만 한다면 연인이 놀라서 금세 도망치거나, 머지않아 이내 도망칠 것이다.

"내 모든 것을 바쳐서 그 사람을 사랑했어요."라는 말은 상대에게 사랑을 준 것이 아니라, 부담을 주고 어떤 모습이 되라고 강요한 것을 증명한다. 한마디로 교묘하게 요구한 셈이다. 이렇게 되면 상대방에게 많은 것을 줄수록 상대방은 숨이 턱턱 막혀 멀리멀리 도망치기에 바쁘다. 자신이 받는 것이 사채와 다를 바 없다는 것을 잘 알기 때문이다.

사람들은 사랑이라는 이름으로 상대한테 대수롭잖게 요구하고, 요구하는 것을 얻지 못하면 쉽게 상처 받고 상대방을 원망하기 일쑤이다. 자신을 사랑할 줄 모르는 사람은 다른 사람을 진실로 사랑할 수 없다. 자신이 텅 비어 있는데 어떻게 다른 사람에게 진실한 사랑을 줄 수 있겠는가. 사실 다른 사람을 위해서 자신을 희생하고 자기보다 남을 더 사랑한다는 것은 내면에 두려움이 많고 자존감이 낮다는 증거요, 결과적으로 자기도 속이고 남도 속이는 것이다. 진실로 사랑하면 대가를 돌려받지 못해도 상처 받거나 분노하지 않는다. 애초에 돌려받을 것을 기대하지 않았기 때문이다. 사실 아무도 다른 사람이 자신을 위해서 희생하기를 바라지 않아야 한다. 특히 '빚'을 진 관계일 때, 서로의 지위가 동등하지 않으면 진정한 사랑이 이루어지기 어렵다.

사랑하는 사람을 위해서 희생할 생각을 하지 말고, 아직 기회가 있을 때 자신을 이해하고 사랑하는 사람이 되자. 연인에게 전적으로 의지하지 않고 함께 나눌 수 있는 관계가 되어야 사랑도 자유롭고 달콤하게 할 수 있다.

잘못 맞추면 안 되는 사랑의 비밀번호 다섯 개

어떤 남자가 어떤 여자를 매우 사랑했다. 한 달 수입이 별로 높지 않은 그는 자신의 진심을 표현하기 위해서 몇 년 동안 50~60만 위안(한화 약 8천만 원~9천 6백만 원)을 모은 뒤에 이 돈을 몽땅 들여서 다이아몬드 목걸이를 샀다. 그러고는 여자에게 이 목걸이를 내밀며 청혼을 했다. 자, 어떤 이성이 당신에게 이런 식으로 청혼을 한다면 당신은 어떻게 하겠는가?

수업 시간에 이 질문을 했을 때, 학생들의 반응은 다 달랐다. A학생은 이야기 속의 청년을 '루저'라고 표현했다. 돈도 없으면서 비싼 다이아몬드는 왜 사며, 재테크를 못하게 되었으니 앞으로 그와 함께 살면 더 가난해질 것이라고 말했다. B학생은 감동해서 어쩔 줄을 몰랐다. 자신이 그에게 얼마나 중요한 존재이면 전 재산을 털어 다이아몬드 목걸이를 준비했겠느냐는 게 그녀의 의견이었다. 똑같은 청년을 두고 한 사람은 콧방귀를 뀌었지만, 다른 한 사람은 비할 데 없이 감동하고 행복해했다.

어떤 부유한 남편은 끔찍이 사랑하는 아내를 기쁘게 해주기 위해 깜짝 이벤트를 준비했다. 아내 몰래 소리 소문 없이 아파트를 산 후, 멋진 인테리어 공사까지 싹 마쳤다. 그러곤 결혼기념일에 아내에게 아파트 열쇠를 건네주며 "여보, 내가 준비한 선물이야."라고 말했다.

만약에 사례 속 남편이 당신의 배우자라면 당신의 기분은 어떨까?

학생들의 반응은 감동하거나 화나거나, 크게 두 가지였다.

현실에서 사례 속 아내는 아파트 열쇠를 곧장 쓰레기통에 내동댕이치고는 남편에게 삿대질을 하며 말했다.

"모든 걸 혼자 다 결정하고 열쇠만 주면 내가 기뻐할 줄 알았어? 내게 침실 벽지는 무슨 색으로 할까, 주방 벽지는 어떤 색이 좋을까, 한번이라도 물어봤어? 내가 어떤 스타일의 커튼을 좋아하고 어떤 구조를 좋아하는지는 알아? 어떻게 내 마음에 드는 게 하나도 없어? 당신이나 이 집에서 살아!"

남편은 아내가 뜻밖의 반응을 보이자 깜짝 놀랐고, 자신의 마음을 몰라주어 무척 섭섭해 했다.

부부 사이에 서로 손발이 안 맞아, 고생하고도 좋은 소리를 못 듣는 경우는 매우 많다. 다시 예를 들어보자. 언젠가 어느 중년 남자가 찾아와, 아내 때문에 속상하다고 말했다. 그는 퇴근하고 집에 돌아가면 가장 먼저 가방을 내려놓고 외투를 벗은 뒤에 아내를 꼭 안아준다. 하지만 그때마다 아내는 정색을 하면서 "다 늙어서 이 뭔 짓이에요? 어서 손 치우지 못해요? 밥도 하고 거실 바닥도 닦고 정원도 정리해야 된단 말이에요."라고 매몰차게 말한다. 누군가는 내 남편(또는 남자친구)도 저렇게 애정 표현을 해주면 좋겠다, 라고 부러워할 만한데도 말이다.

어떤 남편은 비즈니스맨인데, 업무가 많아서 출장을 자주 다녔다. 그의 아내는 혼자 식사하는 게 싫어서 늘 밥을 부실하게 먹었다. 그는 아내의 몸이 상할까 걱정되어, 평상시에 퇴근하고 집에 돌아오면 가장 먼저 옷을 갈아입고 장부터 봐온 다음 주방에 가서 아내가 좋아하는 요리를 만들곤 했다. 출장을 가게 될 때에는 출장 가는 날수만큼 반찬을 만들어서 냉장고에 넣어두기도 했다.

남편이 매우 사려 깊지 않은가? 이렇게 자상한 남자와 결혼하는 것도 복일 것이다. 하지만 그의 아내는 조금도 고마워하지 않았다. 되레 불만에 가득 차서 화를 내며 말했다.

"남편이 출장 가면 출장 가서 못 보고 집에 돌아오면 슈퍼에 가랴, 주방에서 요리하랴, 괜히 부산을 떨어서 못 보고, 잠깐 저녁 같이 먹고 나면 이튿날 출근해서 또 없고. 어느 땐 남편 없이 혼자 결혼한 것 같다는 생각이 들어요."

그녀는 계속해서 말했다.

"어디에서 뭘 먹고는 제게 중요하지 않아요. 심지어 안 먹어도 상관없어요. 다 큰 성인이 설마 굶겠어요? 전 그저 남편이 저와 함께 대화도 하고 영화도 보고 산책도 했으면 좋겠어요. 그러자고 몇 번이나 말했지만

들은 체 만 체예요. 남편은 음식을 부실하게 먹으면 건강이 나빠진다고 생각하나 봐요."

몇 개의 사례에서 알 수 있는 것처럼, 잘못된 사랑 표현방식은 따뜻하고 달콤하게 보낼 수 있는 일상을 오히려 불만으로 채운 나머지 서로 다투고 감정을 상하게도 만든다.

현실에서 자기 방식을 고집하며 칭찬도 못 받을 헛수고를 하는 남녀는 매우 많다. 하지만 상대방의 사랑을 얻을 수 있는 비밀번호를 모르면 결과는 엉망진창이 되고 만다. 어느 아내는 남편이 아침상을 차릴 때마다 "여보. 다른 집은 해가 떠야 행복이 시작되지만, 우리 집은 당신이 사랑의 아침밥을 차릴 때부터 행복해요."라고 말한다. 그녀는 지난 십 수년 동안 집안에서 딱 한 가지 일만 했는데, 바로 남편을 칭찬하고 응원하는 일이었다. 그러면 남편은 모든 집안일을 도맡아 하면서도 행복해했다. 남편이 사랑을 느끼는 비밀번호가 응원과 칭찬이었기 때문이다. 아내가 이 부분을 충족시켜 주자 남편은 진정으로 사랑받는 느낌이 들었다. 손에 물기가 마를 새 없이 집안일을 해야 남편에게 사랑받는 게 아니다. 때로는 듣기 좋은 말만 해도 된다. 한데 사람들은 힘들게 노력하고서도 상대방을 원망해, 모든 노력을 물거품으로 만든다.

상대방이 느낄 수 있는 방식으로 사랑해 주면 둘 사이에 따뜻한 기류가 흐르지만, 그러지 못하면 전류가 지지직 파열음을 내고 만다.

사랑의 비밀번호 다섯 개

딸이 다섯 살 때 함께 영화를 보다가 말했다.

"엄마. 저 삼촌이랑 저 이모랑 서로 좋아하려고 하죠?"

당시에 난 깜짝 놀랐다. 겨우 다섯 살밖에 안 된 아이가 어떻게 영화 속 두 남녀 주인공이 곧 사랑에 빠질 것을 알았을까? 사실 어느 영화를 보든 언어, 시대, 국가, 민족, 피부색에 상관없이 인물의 감정을 느낄 수 있다. 감정은 언어와 문화와 시대의 제한을 받지 않는다. 때문에 어린아이라도 두 남녀 주인공이 아직 사랑에 빠지기도 전에 곧 사귀게 될 것을 눈치 챌 수 있다.

전 세계에는 70억 명이 넘는 인구가 산다. 저마다 언어와 문화가 모두 다르지만, 외국 영화의 러브스토리를 어렵지 않게 이해할 수 있다. 왜일까? 인간이 느끼는 사랑과 사랑을 표현하는 방식은 서로 엇비슷하기 때문에 아무리 민족, 문화, 언어, 지역이 다르다 해도 사람과 사람 사이에 마음의 길이 놓이고 사랑이 전달되는 과정은 쉽게 이해할 수 있기 때문이다.

미국의 심리학자 게리 채프먼(Gary Chapman)은 다음과 같은 사랑의 비밀번호 다섯 개를 발견했다.

① 긍정과 칭찬

② 서로에게 친구가 되어주기

③ 일 도와주기

④ 선물하기

⑤ 스킨십

사랑을 제대로 표현하면 상대에게 사랑받을 수 있지만, 잘못 표현하면 공연한 헛수고가 된다. 사랑도 나를 알고 상대를 알아야 두근두근하는 설렘이 잘 유지될 수 있다.

당신의 사랑의 비밀번호는 무엇인가? 상대방의 것은 무엇인가?

사람이 사랑을 느끼는 비밀번호는 위의 다섯 종류를 크게 벗어나지 않는다. 다섯 개의 비밀번호를 모두 푸는 게 가장 좋겠지만, 적어도 첫 번째 비밀번호만은 꼭 풀어야 한다. 첫 번째 비밀번호를 건너뛴 채 나머지 비밀번호를 풀게 되면, 앞에 소개된 사례처럼 공염불이 된다.

어떤 부부의 사례가 기억나는데, 남편은 돈이 '흔한' 백만장자였다. 남편이 말했다.

"제 아내요? 진짜 사랑스럽죠. 그래서 다달이 통장에 수십만 위안(십만 위안은 한화 약 1,600만 원)씩 넣어줘요."

하지만 아내는 남편의 사랑 표현방식을 썩 달가워하지 않았다.

"그 돈이요? 다 쓰지도 못해요. 전 돈보다 남편이 하루에 한 시간만이라도 저와 함께 시간을 보내줬으면 좋겠어요."

어떻게 하면 자신과 상대방의 사랑의 비밀번호를 알 수 있을까? 방법은 간단하다.

① 본인이 행복했고 사랑받는다고 느낀 순간을 종이에 열 가지 적는다.

② 열 가지 중에서 1위부터 5위까지 순위를 매긴다.
③ 이번에는 상대방에게 “그동안 내가 어떤 일 또는 어떤 말을 했을 때 당신이 가장 행복하고 감동했어요?”라고 묻는다.
⑤ 마찬가지로 종이에 열 가지를 적어 순위를 매긴다.

이렇게 하면 서로가 무엇을 필요로 하는지 알 수 있게 되고, 상대방이 좋아하는 방식으로 상대방을 사랑해 줄 수 있게 된다. 만약에 상대방은 날 위해 어떤 일을 해주는 것을 좋아하는 반면 나의 사랑의 비밀번호는 긍정과 칭찬이라면, 상대방에게 자신은 긍정과 칭찬을 받는 것을 가장 좋아한다고 알려줘야 한다. 동시에 내가 좋아하는 방식으로 표현하지 않으면 사랑이 아니야, 라고 고집 피우지 말고 상대방 나름의 사랑 표현도 열린 마음으로 받아들이고 사랑을 느끼는 통로를 더 많이 개발해야 한다.

상대방이 날 사랑하는 방식은 여러 가지일 수 있다. 설령 상대방이 내가 가장 좋아하는 방식으로 사랑을 표현하지 않더라도, 그것 역시 사랑의 일종이라는 것을 기억하자.

사랑은 살아 있는 생명이고, 관계는 사계절처럼 순환한다

사람들이 생각하는 사랑에 대한 이미지는 영화, 드라마, 문학을 통해 형성되어 왔다. 왠지 '사랑' 하면 봄꽃이 만발한 시기에 화사한 누군가를 만나 황혼 무렵에 함께 꽃밭이나 해변이나 호숫가를 산책하고, 아름다운 곳에서 함께 커피를 마시며 대화를 나누고, 촛불을 켠 채 로맨틱한 저녁식사를 하는 모습이 떠오른다.

대중매체는 줄곧 이런 식으로 사랑을 묘사해 왔다. 사람들은 그것을 진짜인 양 받아들여 사랑하면 왠지 상대방이 내 눈빛만 봐도 내가 무슨 생각을 하고 뭘 원하는지 알고 있는 것 같고, 내 마음을 속속들이 알아주고 서로의 마음이 잘 통할 것만 같은 환상을 품는다. 그리고 순진하게도 그것이 사랑의 전부라고 생각한다.

하지만 막상 결혼하고 나면 상대방에 대한 환상은 "이게 사람 발 냄새냐?" "얼마나 게으르면 혼자 밥 차려 먹을 줄도 모르고, 설거지도 해놓을 줄 몰라." "무슨 남자가 변기 하나도 제대로 못 뚫고, 형광등도 못 갈아." "엄마 말을 그렇게 잘 듣는 사람인 줄 몰랐어. 난 그의 친척, 친구보다도 못한 존재인 것 같아." 등의 현실적인 불만으로 대체된다. 연이어 모순점이 발견되다 보면 서로의 사랑을 의심하기 시작하고 결국 사랑이 식었네, 사랑이 끝났네, 라고 생각하게 된다. 하지만 사랑은 살아 있는 생명이다. 때문에 관계도 생명의 강줄기를 따라 사계절처럼 끊임없이 순환한다.

연구 결과에 따르면, 서로 호감을 느끼는 단계에서 사람의 몸은 상대방과 가까워지고 싶게 만드는 호르몬을 내보낸다. 그러면 환각제를 먹은 것처럼 하늘도 더 파랗게 보이고, 나무도 더 푸르게 보이며, 사람도 더 예쁘고 멋있고 좋아 보인다. 이 단계는 약 6개월 동안 지속되고, 길어도 1년을 넘지 않는다.

1년이 지나면 사랑이 서서히 식는 단계에 돌입한다. 사실 연인은 완전히 다른 환경과 배경에서 자란 두 개의 독립적인 개체이다. 설령 가족 분위기가 비슷하고 양쪽의 부모님 모두 화이트칼라 출신이며 같은 도시에서 살았다고 해도 생활환경이 완전히 똑같을 순 없고, 서로 다름에서 오는 모순점이 생길 수밖에 없다. 둘 사이에 서로 다른 생활습관, 가치관, 사고방식, 행동방식과 같은 모순점이 있으면 필연적으로 괴로움이 뒤따르는데, 모순과 괴로움은 친밀한 관계를 더 공고하게 만들기 위해서 반드시 거쳐야 하는 과정이다.

자전거 바퀴가 터졌을 때, 터진 자리만큼 새 고무를 잘라 붙여야 수리가 깔끔하게 끝난다. 하지만 새 고무를 잘라 붙이기 전에 먼저 바퀴에 펑크가 난 부분을 칼로 매끈하게 정리하고 필요한 만큼 새 고무를 재단해야 바퀴가 새것처럼 탄탄하게 수리된다.

사랑하는 관계도 마찬가지라서 서로 날카롭게 부딪치는 부분이 있을 때 타협점을 찾아 둥글게 다듬으면, 함께 있을 때 즐겁고 서로 마음이 잘 통하는 관계가 될 수 있다. 여기서 날카로운 부분은 일상에서 겪는 크고 작은 갈등과 각종 모순점을 가리킨다. 각자의 사고방식과 행동방식을 조금씩 양보하면, 둘 사이는 얼마든지 더 가까워질 수 있다. 척 보면 딱 아는 사이는 첫눈에 반한 사랑의 결과물이 아니다. 고통과 괴로움을 견디며 서로의 날카로운 부분을 숱하게 다듬은 결과이다. 갈고 다듬는 과정을 거쳐야 보석이 아름다워지는 것처럼, 사랑도 갈고 다듬어야 향기로워진다.

친밀한 관계의 3대 시련

사람은 누구나 시련이 있어도 서로 포기하지 않고 영원히 함께할 수 있는 관계를 바란다. 그러면 사랑하는 관계를 흔들어 놓는 가장 큰 시련은 뭘까? 만약에 자신에게 시련이 닥치면 견딜 수 있을까? 내가 생각하는, 사랑하는 관계를 흔들어 놓는 '3대 시련' 또는 '3대 테스트'는 다음과 같다.

첫 번째 : 마음이 변해 다른 사람을 사랑하게 된 것

두 번째 : 파산

세 번째 : 큰 병에 걸리는 것

사랑하는 관계에서 3대 시련을 겪지 않았으면 진정한 위기를 겪었다고 말할 수 없다.

현대인의 결혼은 그 어느 때보다 많은 위협과 도전에 직면해 있다. 결혼해서 살다 보면 뜻하지 않게 위기가 찾아오고, 때로는 폭풍우 같은 시련이 닥친다. 하지만 폭풍우처럼 몰아친 3대 시련을 무사히 잘 넘기면 관계가 더한층 공고해진다. 꽃길만 걸어서는 백년해로를 할 수 없다. 갖은 시련 속에서도 초심을 잃지 않아야 배우자의 손을 잡고 함께 늙어갈 수 있다. 관계는 하나의 생명이다.

엄격히 말해서 3년을 넘기지 못한 관계는 사랑이라고 할 수 없다. 기껏해야 낭만과 격정이다.

격정은 활활 타오르지만 오래가진 않는다.

그렇다면 사랑하는 관계가 3대 시련을 잘 견뎌낼 수 있을지 어떻게 알까? 자기 자신에게 다음과 같이 물어보자.

자신에게 애인이 생겼을 때 배우자가 어떻게 대해 주길 바라는가?

자신이 무일푼일 때 배우자가 어떻게 대해 주길 바라는가?

자신이 중병에 걸렸을 때 배우자가 어떻게 대해 주길 바라는가?

배우자가 자신을 대해 주길 바라는 방식으로 배우자를 대하면, 사랑하는 관계가 오랫동안 따뜻하게 유지될 것이다.

사랑하는 관계에도 봄, 여름, 가을, 겨울이 존재한다

'춘생하장, 추수동장(春生夏長, 秋收冬藏).'이라는 말이 있다. 봄에 씨앗을 뿌리고 여름에 키워 가을에 추수하고 겨울에 저장한다는 뜻이다. 겨울이 되어 눈이 내리면 병충해를 퍼뜨리는 해충이 추운 날씨를 못 견디고 얼어 죽어, 수확물을 안전하게 보관할 수 있다. 겨우내 안전하게 보관된 씨앗은 이듬해 봄에 다시 땅에 심어지고 자라서 추수되는 과정을 반복한다. 한데 사랑도 생명이라서 사랑하는 관계에도 사계절이 존재한다.

봄 : 사랑하는 관계의 낭만기
여름 : 사랑하는 관계의 성장기
가을 : 사랑하는 관계의 수확기
겨울 : 사랑하는 관계의 갈등기

많은 사람이 '꽃피는 봄의 낭만도 사랑이요, 여름에 쑥쑥 자라는 것도 사랑이요, 가을에 열매를 맺는 것도 사랑이다. 하지만 겨울은 사랑이 아니다!'라고 생각한다.

사실 상대방이 바람을 피우거나 두 사람이 심하게 다툰다면, 사랑의 관계는 겨울로 접어든 것이다. 사실 겨울은 두 사람의 감정을 더한층 깊게 키울 수 있는 중요한 계절이다. 두 사람 사이에 일어난 갈등이 서로의 마음을 이해하는 계기가 되어, 엄동설한 뒤에 따뜻한 봄이 오는 것처럼 두 사람의 친밀함을 더욱 높여줄 수 있기 때문이다.

물론 사랑하는 관계에서 사계절은 늘 순서대로 오진 않는다. 때로는 사소한 일로 인해 사계절이 반복될 수도 있고, 때로는 몇 년 또는 수십 년의 간격을 두고 사계절이 돌 수도 있다. 하지만 어떠한 방식으로 사계절이 반복되든, 사랑하는 관계에 사계절이 존재한다는 것을 알면 제아무리 추운 겨울이라도 대수롭잖게 보낼 수 있다.

이상과 현실 사이에 거리가 있을 때 자연스럽게 고통이 생겨난다. 하지만 사계절의 순환을 알면 비록 여름을 좋아해도 가을과 겨울을 견딜 수 있고, 다시 봄이 오고 여름이 오기를 기대할 수 있다.

사계절의 순환을 알면 사랑하는 사람에게 비현실적인 기대와 환상을 품지 않게 되어서 좋고, 계절마다 어떤 일을 어떻게 해야 하는지 알아서 좋다. 계절마다 보이는 풍경, 해야 하는 일, 그 일을 하는 방법, 관계를 유지하는 방법 등은 모두 다르다.

곡식을 키운다고 생각하면 이해가 쉽다. 봄이 되면 농부는 밭을 갈고 씨앗을 뿌린다. 그러곤 틈틈이 물과 비료를 주고 햇볕을 잘 쐬어주고 해충을 잡는다. 그러다 가을이 되면 곡식을 수확하고, 겨울이 되면 씨앗이 얼지 않도록 온도를 적당히 유지해 잘 보관을 한다. 이듬해에 다시 봄이 되면 농부는 전년과 똑같은 과정을 반복한다.

한 포기의 농작물도 계절마다 대하는 방법이 다 다른데, 사랑하는 관계는 어떻겠는가. 계절마다 신념을 갖고 사랑하는 관계를 생명처럼 소중하게 대하면 둘 사이에 착각하는 일도 적어질 것이고, 갈등하고 포기하는 일도 줄어들 것이며, 홧김에 헤어지는 일도 없을 것이다.

모두에게 관계를 생명처럼 소중하게 다루고 키우는 관념이 필요하다!

사랑하는 관계가 삶과 죽음, 건강과 행복을 결정한다

웨이보에서 '인생에서 자신의 행복에 가장 큰 영향을 주는 관계는?'이라는 주제로 설문조사를 진행한 적이 있다. 그 결과 50% 이상이 배우자와의 관계가 일생의 행복에 가장 큰 영향을 준다고 대답했다.

어떻게 하면 따뜻하고 지속적인 관계를 유지할 수 있을까? 이 물음에 대한 답을 찾기 전에 먼저 다음을 따라 해보자.

① 평온한 곳에서 두 눈을 감고 조용한 음악을 들으며, 마음을 차분히 가라앉힌다.

② 만약에 배우자가 있으면 하루를 어떻게 행복하게 보낼 것인지 상상한다. 어느 장소에서 어떤 일을 어떻게 할 것인지 구체적으로 상상하는 것이 좋다.

③ 상상한 내용을 종이에 적는다.

④ 다시 두 눈을 감고, 누구와 함께 이런 행복한 삶을 창조할 수 있을지 생각한다.

⑤ 자기 자신, 이상형의 배우자, 원하는 생활에 대한 느낌과 새로운 발견을 종이에 적는다.

많은 사람이 어려선 학업 때문에 밤낮없이 공부하고, 젊어선 경력을 쌓는 데 모든 시간과 에너지를 쓴다. 하지만 소수의 사람은 부모 및 영화, 드라마, 소설, 신문을 보며 친밀한 관계를 맺고 유지하는 방법을 스스로 학습한다. 이때 부모가 서로 사이가 좋으면 다행이지만, 그렇지 못하면 대를 이어 고통과 갈등을 반복하게 된다.

영화, 드라마, 소설 속 주인공과 자신을 비교하면 당연히 불평과 불만이 쌓일 수밖에 없다. 대중매체에 나오는 영상은 포토샵 처리를 한 사진처럼 대부분 과장되고 왜곡되었기 때문이다.

인생에서 가장 어려운 일은 학위를 따거나, 창업을 하거나, 고시에 합격하거나, 돈을 많이 버는 것이 아니다. 사랑하는 사람과 따뜻하고 지속적인 관계를 얼마만큼 잘 유지할 수 있는가 하는 것이다. 빌 게이츠와 워런 버핏에게 인생에서 가장 큰 성취는 무엇인가, 라고 각각 물었을 때 마이크로소프트를 창업한 것, 주식의 신이 된 것이라고 대답하지 않았다. 두 사람 모두 좋은 여자와 결혼한 것이라고 대답했다.

'가화만사성(家和萬事成 : 가족이 화목하면 모든 일이 잘 풀린다)'은 결코 허황된 격언이 아니다. 생활의 지혜요, 인생에 대한 진실한 묘사이다.

가족이 화목하려면 일단 부부 사이가 좋아야 한다. 동고동락하며 서로 오랫동안 응원해 주는 배우자가 없다면, 아무리 어려운 일을 성취했어도 시간이 지날수록 슬프고 고독하기만 하다.

인생의 행복을 결정하는 핵심이 사랑하는 관계라면, 일부러 시간을 들여 탐색하고 연구할 필요가 있다. 만약에 돈을 버는 것처럼 성심성의껏 사랑하는 관계를 대하면 행복해지는 것은 시간문제이다. 콩 심은 데 콩 나고 팥 심은 데 팥 나는 것은 당연하지 않은가.

내 수업을 받은 수강생 중에 무미건조한 결혼 생활을 끝내려고 고민하던 부부가 학습을 통해서 다시 처음 연애할 때의 두근거림과 달콤함을 되찾았다.

공을 들이면 세상에 바꾸지 못할 관계는 없다.

사랑하는 관계는
지금 이 순간에만 존재한다

사랑하는 관계에서 일어나는 일들은 대부분 사소한 것들이다. 하지만 그런 사소한 일에서 사랑의 폭과 깊이가 드러난다. 예를 들어 집에 들어갔을 때 사랑하는 사람이 맛있는 찌개를 보글보글 끓여놓아 편안한 옷으로 갈아입고 바로 식사를 할 수 있는 것도 사랑이다. 추운 밤에 집에 돌아갔을 때 사랑하는 사람이 두 손을 꼭 잡고 따뜻하게 녹여주는 것 또한 사랑이다. 사소한 일이라도 진심을 담아 상대방을 위해서 하게 되면, 모든 순간에 따뜻한 추억이 쌓여 사랑하는 관계의 의미가 더 깊어진다.

사람들은 사랑하는 관계 하면 보통 낭만, 온정, 사랑, 감사를 떠올린다. 실제로 많은 사람이 이것을 사랑하는 관계에서 느낄 수 있는 것의 전부라고 생각한다. 하지만 원망, 분노, 걱정, 두려움, 불만, 질투, 짜증도 사랑하는 관계를 채우는 한 부분이다. 사랑이 극단으로 치달을 때 충돌, 모순 등의 각종 부정적인 감정을 제대로 처리하지 못하면 서서히 거리가 멀어지게 되고, 심하게는 서로 원수가 되어 각자 살길을 찾는다.

친밀한 인간관계가 형성되다 보면 각종 감정이 생겨나게 된다. 사랑하는 관계도 예외는 아니어서 달콤한 감정뿐 아니라 부정적인 감정도 싹트게 마련이다. 긍정적인 감정과 부정적인 감정이 3대 2 정도의 비율을 유지할 때, 관계는 기본적으로 균형을 이룬다. 따라서 관계를 달콤한

쪽으로 기울게 하고 싶으면 함께 따뜻한 감정을 만들기 위해서 노력해야 하고, 충돌과 갈등을 푸는 방법도 배워야 한다.

사람은 누구나 친밀한 관계를 원하고, 시간이 지나도 사랑의 색이 바래지 않기를 희망한다.

관계에는 과거도 없고 미래도 없다. 오직 지금 이 순간만이 있을 뿐이다. 지금 이 순간에 좋으면 두 사람의 관계는 더 가까워지고, 지금 이 순간에 나쁘면 두 사람의 관계는 한층 멀어진다. 과거에 자신이 무엇을 했네, 상대방이 무엇을 약속했네, 이러쿵저러쿵 떠들 필요도 없다. 과거에 자신이 상대방을 위해 어떤 일을 했든, 마치 아무 일도 안 한 것처럼 깡그리 잊고 지금 이 순간에만 집중하자. 상대방에게 빚을 갚으라고 독촉할 것이 아니면 뭐 하러 기억하는가. 하지만 상대방이 자신을 위해 한 일은 가슴에 두고두고 새겨야 한다. 그럴 때 관계는 자연스럽게 좋아질 것이다.

세상에 공짜 행복은 없다

사람들이 사랑하는 사람과 다툴라치면 허세 부리듯이 하는 말이 있다. "어쭈, 세게 나오면 내가 잘못했다고 빌 것 같아?" "당신 아니면 내가 함께 살 사람이 없을 것 같아? 헤어져! 이혼해!"

사실 사랑하는 사람과 헤어지거나 이혼을 한다 해도 본인은 언제까지나 과거의 삶을 반복할 것이다. 사랑하는 관계를 잘 다스리는 방법을 모르기 때문이다. 이것은 베이징에서 수영을 못하는 사람은 상하이에 가서도 수영을 못하는 것과 같은 이치이다. 수영장을 바꾼다고 문제가 해결될까? 아니다. 먼저 수영하는 방법부터 배워야 한다. 하지만 현실의 많은 사람은 베이징에선 수영을 못했지만 어쩌면 상하이에선 할 수 있을지도 모른다고 생각한다.

이런 생각을 버리지 않는 한 결코 행복에 가까워질 수 없다. 세상에 공짜 행복이 어디에 있는가. 감정 관계를 잘 유지하려면 그만큼 노력이 필요하다.

사랑하는 사람이 마약과 도박을 하지 않고 손찌검도 하지 않고 마음이 착하고 어려운 상황도 잘 견디고 큰 문제를 일으키지도 않는다면 친절하게 대해 주자. 선의와 사랑에 감동받은 사람은 긍정적인 방향으로 변화한다. 시작이 어땠느냐는 중요하지 않다. 시작보다 더 중요한 건 두 사람이 하루하루를 어떻게 채워 가느냐이다.

선의와 사랑의 태도로 사랑하는 사람을 대하면 인생에 또 다른 풍경이 펼쳐진다. 간혹 억세게 운이 좋아 공짜로 행복을 얻는 사람도 있기는 있다. 하지만 어쨌든 행복을 수확하려면 먼저 행복의 씨앗을 심어야 한다. 노력하지 않고 얻은 것은 조만간 얻은 만큼 갚아야 하는 상황이 생긴다는 것을 꼭 기억하자.

많은 여성이 걸린 '신데렐라 신드롬'

너무 많은 영화, 드라마, 문학 작품에서 사랑을 인생의 최고 수준에 도달하는 여행처럼 묘사해서일까? 많은 여성이 이런 스토리에 중독되어 영화와 드라마의 남자 주인공을 자신의 이상형으로 삼고, 영화와 드라마에 등장하는 화려한 생활과 자신의 평범한 생활을 비교하며 우울해한다. 예술이 예술일 수 있는 것은 현실을 뛰어넘어 상상력을 불어넣기 때문이다. 따라서 예술을 기준으로 진짜 사랑을 판단하면 실망할 수밖에 없다.

사랑의 세계에서 가장 안쓰러운 여자는 현실에서 신데렐라나 백설 공주가 될 수 있다고 믿는 여자이고, 가장 어리석은 남자는 개구리 왕자를 꿈꾸는 남자이다.

사실 신데렐라와 백설 공주를 꿈꾸는 여자는 아빠를 찾는 셈이고, 개구리 왕자를 꿈꾸는 남자는 엄마를 찾는 셈이다. 따라서 이러한 사람들은 누구를 만난다 해도 관계가 오랫동안 지속되지 않는다.

남자나 여자나 똑같이 상대에게 의지하고 싶어 하는 마음은 있다. 하지만 남에게 기대고 요구하는 것은 자신이 그려놓은 아름다운 꿈을 스스로 망치는 것이나 다름없다.

일, 학업, 사랑하는 관계를 막론하고 어느 곳, 어느 관계에나 똑같이 적용되는 자연율이 있다. 바로 흘린 땀방울만큼 수확물을 얻을 수 있다는 것이다. 물론 가끔은 땀 흘리고 노력해도 수확물이 없을 때가 있다. 하지만 확실한 사실은, 땀을 흘리지 않으면 아예 아무것도 수확할 수 없다는 점이다. 백발이 성성한 노부부가 다정하게 손을 잡고 서로 감사해하며 행복하게 살 수 있는 것은 결혼생활이라는 밭을 오랫동안 한결같이 갈았기 때문이다.

그렇듯이 인생의 모든 성과는 '밭'을 열심히 간 결과물이다. 평소에 '밭'을 갈지 않고, 이성이 첫눈에 자신에게 반하거나 어떤 목표를 단번에 이루길 바라는 것은 뜬구름 잡는 소망에 불과하다.

신데렐라 콤플렉스는 기생충과 거지 콤플렉스

많은 여성이 남편감을 찾을 때, 집 있고 돈 많고 스펙 좋고 사회적 지위가 높은 남자를 만나고 싶어 한다. 나아가 명문가의 며느리가 되는 환상을 품기도 한다. 적어도 고생은 하지 않고 행복하게 살 것이란 게 이들의 생각인 것이다. 하지만 꼬치꼬치 재어 결혼한 결과가 고작 호된 시집살이인 경우도 있다. 고생하지 않고 살려다가 평생 마음고생을 하고 살아야 하는 신세가 되는 것이다. 빌붙어 살고 구걸하고 싶은 심리가 깔려 있는 '신데렐라 콤플렉스'는 기생충과 거지 콤플렉스라고 해도 과언이 아니다! 때문에 설령 부유한 남자를 만나 결혼에 성공한다고 해도 결과가 좋을 리 없다.

성공한 남자와 결혼하고 싶어 하고 명문가에 시집가고 싶어 하는 심리는 기생충, 거지와 다를 바 없는 심리이다. 왜 모든 것을 다 가진 남자, 사회적 지위가 높고 유명하고 돈 많은 남자와 결혼하고 싶은가? 그런 남자와 결혼해 거저 먹고 거저 쓸 생각인가?

배우자에게 빌붙어 살고 싶은 심리로 결혼을 하면, 언제 처리될지 모르는 기생충처럼 자신을 꼭꼭 숨기고 살아야 한다. 같이 고생하고 위기를 넘길 생각이 없는데 서로 깊게 사랑할 수 있을까? 함께 시련을 견디는 관계가 될 수 있을까?

모든 사람은 고통을 겪지 않고 편하고 행복하게 살고 싶어 한다. 하지만 누가 이런 삶을 선사해 주랴. 만약에 그런 사람이 있다 하더라도 그 사람은 결코 자신이 꿈꾸던 남자는 아닐 것이다. 또한 굳이 이런 남자가 없어도 자신의 노력, 지혜, 힘, 사랑으로 스스로 그런 삶을 일구어 나갈 수 있다.

따뜻하고 지속적인 관계는 오랫동안 정성을 들인 결과요, 서로 포기하지 않고 친구가 되어 현실을 직시하고 미래를 창조한 결과이다!

그렇게 괜찮은 사람이 왜 남자친구가 없을까

"올해 서른다섯 살이고, 외국계 기업에서 마케팅을 하고 있어요. 평소에 취미생활을 다양하게 즐기고, 성격도 온순하고 수입도 넉넉한 편이에요. 하지만 아직 남자친구가 없어서 열심히 찾는 중이에요. 원래는 어려서부터 아버지와 관계가 썩 좋지 못해서 남자친구를 사귈 마음이 없었어요. 그런데 2년 전부터는 결혼해서 가정을 이루고 싶다는 생각이 슬금슬금 들지 뭐예요. 하지만 주변 사람의 90%는 다 여자이고, 어딜 가야 제 반쪽을 찾을 수 있을지 모르겠어요."

이상은 '하이란 박사의 공익 TV' 생방송에서 어느 청중이 한 말이다. 난 그녀에게 물었다.

"정말 결혼하고 싶어요? 확실해요? 나이가 많으니까, 다들 결혼했으니까 그래서 결혼하고 싶은 거 아니에요? 부모님이 결혼하라고 독촉해서 그런 거 아니에요? 주변 사람들이 언제 국수 먹여줄 거냐고 묻지 않나요? 결혼하고 싶은 생각 중에 진짜 자기 생각은 몇 퍼센트 정도죠? 외부적인 요소 때문에 결혼하고 싶은 거 아니에요?"

그녀가 묘사한 이상적인 배우자는 일단 키는 180센티미터에 체격은 건장하고 인상은 온화하고 성실해야 했다. 같이 있으면 편하고, 가족을 잘 보살피고 책임감이 강해야 하며, 유쾌하고 적극적이고 친구를 잘 사귀어야 했다. 현실에 안주하면 안 되고, 성취욕이 있어야 하고, 일과 관련해서 자기 계발을 꾸준히 하길 바랐다. 또한 취미와 가치관이 같고 양가에 문제가 생겼을 때, 예를 들어 사업을 하는 그녀의 친척에게 경제적인 문제가 생겼을 때, 가족으로서 최선을 다해 함께 도와줘야 했다.

그녀의 말을 여기까지 듣고 다시 물었다.

"온화하고 성실한 인상은 어떤 거예요? 어떻게 하면 가족에 대한 책임감이 강한 거죠? 같은 가치관이란 건 또 뭡니까? 양가 부모님을 돕는다는 건 또 무슨 말이에요? 만약에 사업하는 친척이 열 명이고, 열 명 모두 경제적으로 도와달라고 하면 어떻게 할 건가요?"

그녀는 더 이상 말을 잇지 못했다.

그녀에게 물었다.

"만약 꿈에 그리는 이상형을 만났어요. 아침에 일어나 어떻게 하루를 보내면 행복한 하루가 될까요?"

그녀가 꿈꾸는 행복한 하루는 이랬다. 아침에 일어나 남편과 함께 아침 식사를 한 뒤에 각자 출근해 열심히 일하다가 중간에 한번쯤 통화하고, 저녁 때 함께 퇴근해 서로 대화하는 시간을 갖는 것이다.

뒤이어 물었다.

"당신이 말한 행복한 생활과 당신이 꿈꾸는 이상형 사이에 어떤 점이 서로 부합하고, 어떤 점이 부합하지 않나요? 꼭 완벽한 남편을 만나야 행복한 하루를 보낼 수 있을까요? 당신의 남편이 되려면 많은 자질을 갖춰야 하는데, 평범한 하루를 보내기 위해서 그 많은 자질이 다 필요할까요?"

대화의 마지막에 난 그녀가 꿈꾸는 이상형에 정확한 기준이 없다는 것을 발견했다. 그저 모호한 바람이었고, 그녀의 이상형과 그녀가 꿈꾸는 생활은 전혀 관계가 없었다. 또한 남편감을 찾기 위해서 이상적인 조건을 알아봤지만, 정작 본인은 어떤 남자가 그런 남자인지도 몰랐다. 이 밖에도 남편감에 대한 그녀의 기대와 요구는 서로 충돌하는 부분이 많았다.

대상이 명확하지 않으면 그런 사람이 눈앞에 나타나도 모른다. 이것이 그녀가 오랫동안 남편감을 찾지 못하는 근본 원인이었다.

설령 그런 남자가 나타났다고 하자. 왜 그가 그녀를 좋아하고 그녀와 결혼하고 싶어 해야 할까?

일부 여성은 평생 동안 이상적인 남편감이 나타나 주길 기다린다. 하지만 열정적이고 적극적이고 유쾌하고 성실하고 따뜻하고 몸매 좋고 멋있고 돈 많고 아내를 이해하고 아껴주고 모든 것을 예쁘게 봐주고 양보해 주고 보호해 주는 남자가 이 세상에 있을까? 그뿐인가. 성취욕도 있고 승진 욕심도 있고 가정도 잘 돌보고 아내를 잘 도우며 취미생활과 가치관이 같아야 하고 양가 부모에게 경제적인 지원도 해줘야 한다. 어딜 가야 이런 남자를 찾을 수 있을까? 이렇게 완벽한 남자는 평생 찾아 헤매도 못 찾을 것이다! 사랑하는 사람을 찾으려면 먼저 자기 자신부터 자세히 이해해야 한다.

나와 잘 맞는 남자는 어떤 남자일까? 훌륭한 자질을 많이 갖춘 것이 평범한 일상을 보내는 데에 무슨 의미가 있을까?

사회적으로 지위가 높고 멋있고 친절하고 용감하고 감정적으로나 경제적으로 의지할 수 있는 남자에게 자신의 인생을 맡긴 채 평생 그의 말을 따르며 해로하고 싶은가? 하지만 남자들은 정작 이런 소리를 들으면 식은땀을 줄줄 흘린다. 남자라고 잘 나가는 여자와 결혼하고 싶은 마음이 없겠는가?

행복한 생활은
완벽한 남편이 주는 것이 아니다

젊어서 푸시킨과 타고르의 시를 외우는 176센티미터 이상의 남자를 만나고 싶었다. 하지만 나와 30여 년을 함께 산 남편은 푸시킨과 타고르에 관심도 없고, 170센티미터도 안 된다. 남편과 30여 년을 살며 깊이 깨달은 건 행복한 생활은 완벽한 남편이 주는 게 아니란 점이다.

한때 인터넷에서 "고급 스마트폰 기능의 70%는 사용되지 않고, 고급 승용차가 낼 수 있는 속도의 70%는 불필요하게 존재하며, 고급 별장 면

적의 70%는 텅 비어 있다."는 말이 유행했다. 많은 사람이 배우자에게 요구하는 조건의 70%도 쓸모없는 게 아닐까?

어느 수강생에게 이상적인 배우자의 조건을 적어보라고 했다. 그녀는 무려 54가지나 적었다. 다시 달콤한 하루를 보내기 위해서 배우자가 꼭 갖추어야 할 자질, 특징, 능력을 적어보라고 했다. 그러자 그녀는 몸이 건강할 것, 적극적이고 긍정적일 것, 내가 힘들 때 안아줄 것, 이 세 가지 조건만 남겨두었다.

사실 무엇을 꿈꾸고 요구하는지는 문제가 안 된다. 꿈꾸지 않는 사람이 어디 있겠는가? 중요한 것은 자신의 꿈이 현실과 맞느냐, 실현될 수 있느냐, 자신에게 만족감과 행복을 줄 수 있느냐이다. 5십여 가지의 기준에 맞는 배우자를 찾다가 자신과 잘 맞는 사람을 놓칠 수도 있고, 옆에 있는 적당한 배우자감을 우습게 여기게 될 수도 있다.

밤하늘의 별을 올려다보는 것은 잘못이 아니다. 하지만 그러다가 함정에 빠질 수도 있으니, 두 발을 땅에 잘 딛고 서 있어야 한다. 한껏 쳐다보기만 하고 현실로 이루지 못할 때 그 꿈은 한순간에 자신을 원망, 불만, 슬픔, 분노, 갈등, 괴로움에 빠트리는 함정이 될 수도 있다. 꿈과 현실이 다를 때 사람은 고통스러워진다.

사람은 포용, 존중, 배려, 자유, 따뜻함에서 사랑을 느낀다. 키, 외모, 사회적 지위, 재산은 갖추면 좋은 플러스 요소이지만 결코 사랑의 핵심 요소는 아니다. 어떤 사람들은 말한다.

"사람들이 '자기는 세상 다 가진 것 같은 남자와 살아서 좋겠다. 둘이 너무 잘 어울려.'라고 말하는데, 왜 전 조금도 행복하지 않을까요? 아무래도 남편과 공감대를 이루는 게 없어서 그런 것 같아요."

남에게 보여주기 위한 것도 아니고, 자기와 행복하게 살 사람을 찾는 일이다. 한데 왜 체면을 따지는가. 사랑 없는 결혼은 결코 오래갈 수 없다.

사람은 누구나 힘들 때 기댈 수 있고 따뜻하게 응원해 주는 사람을 필요로 한다. 하지만 자신의 모든 기대와 바람을 다른 사람에게 맡기면 어느 날 그가 무거운 짐을 견디지 못해 줄행랑을 칠 수 있다. 진정한 친밀함이란 뭘까? 의식주를 함께하는 것이다. 다시 말해서 서로 짝이 되어 온기를 나누고 응원해 주는 것이다.

사랑은 쌍방통행이다. 아껴도 서로 아껴야 하고, 서로 참고 견뎌야 포용하는 관계가 된다. 무엇이든지 결과를 얻으려면 먼저 베풀고 노력해야 하며, 이것이 이루어질 때 멋진 배우자감이 나타날 것이다.

아빠와의 관계가 남자친구와의 관계를 결정한다

"올해 스물여덟 살인데요. 남자친구가 진한 스킨십을 시도할 때마다 전 도망치고, 연인 관계도 그렇게 끝나고 말았어요."

샤오미는 분위기가 무르익어 성관계를 시도하는 남자친구에게 이별을 통보했다. 자신의 부족한 부분을 발견하고 남자친구가 먼저 떠나버리면 어쩌나, 하는 두려움이 커서이다. 그래서 그녀는 남자친구에게 좋은 기억만 남기고 떠나는 방식으로 자신의 존엄성을 지켰고, 상처 받을 것을 애써 피했다. 그녀를 사랑한 남자, 그와의 좋았던 감정은 모두 이런 식으로 그녀의 과거에 남겨졌다.

샤오미는 어쩌다 이런 연애 패턴을 갖게 되었을까? 섹스에 대한 공포증이 있어서?

사실 샤오미는 섹스가 아니라 관계가 깊어지는 것을 두려워했다. 샤오미에게 섹스는 관계가 더 깊어지는 신체 접촉이라서 도망가는 편을 선택했고, 모든 연애는 이 단계에서 자동적으로 끝났다.

사람들이 관계가 더 친밀하고 따뜻해지는 것을 원하는 것과 달리 샤오미는 서로 가까워지는 것을 두려워했다. 왜일까? 난 한 단계 더 나아가 물었다.

"과거에 다른 남자와는 어떻게 지냈어요? 특히 아빠와의 관계는 어땠나요?"

샤오미는 말했다.

"아빠는 밖에서는 유쾌하고 통 큰 사람이었어요. 그래서 친하게 지내는 사람들이 많았죠. 하지만 집에만 돌아오면 완전히 딴 사람으로 돌변했어요. 툭하면 엄마와 싸우고 엄마를 때렸어요."

샤오미는 단 한 번도 아빠에게서 따뜻한 눈길을 받아본 적이 없고, 늘 혼나고 맞고 욕을 들은 기억밖에 없었다. 결국 감정이 격해져 눈물을 왈칵 쏟은 그녀는 사실은 사랑이 뭔지도 모르고 자랐다고 털어놓았다.

여자는 아빠와의 관계가 어떠했느냐에 따라서 남자친구와의 관계가 결정되기 일쑤이다. 딸에게 아빠는 남자의 세계를 이해하는 창구이다. 샤오미가 이해하는 남자는 사람보다 짐승에 가까웠다. 한 번도 아빠와 다정하게 지낸 적이 없어 남자와 감정적, 신체적으로 가까워지면 자기도 모르게 두려움을 느끼게 된 것이다. 샤오미의 아빠는 집에만 들어오면 늘 딸을 혼냈고, 샤오미는 아빠의 웃는 얼굴을 거의 못 보고 자랐다.

난 샤오미에게 말했다.

"샤오미 씨의 핵심 문제는 연애 스타일을 바꾸는 게 아니에요. 내면에 있는 괴로움과 두려움, 그것부터 치유해야 돼요. 괴로움과 두려움을 안고 사는 건 왜곡된 안경을 끼고 다정한 관계를 대하는 것과 같아요. 한번 본인이 지금껏 어떻게 행동했는지 보세요. 남자와 가까워질 때마다 마음속 깊은 곳에 있는 두려움이 층층이 방어막을 치고 담장을 높게 쌓아 올리는 바람에 자신이 무엇을 원하는지도 모르고, 진심으로 다가오는 이성을 내치기 바빴잖아요? 내면의 괴로움과 두려움은 샤오미 씨와 타인 간에 큰 간극을 형성했어요. 샤오미 씨 본인도 뛰어넘지 못할 정도로 매우 큰 간극을요! 때문에 '사랑'에 가까워지고 싶어도 좀처럼 근접할 수 없었던 거예요. 지금 샤오미 씨에게 가장 필요한 건, 아빠와의 관계를 되돌아보고 자신이 무엇을 두려워하는지 이해하는 거예요. 모든 남자가 다 아빠와 같지 않다는 걸 아세요. 이제 샤오미 씨는 더 이상 예전의 그 무력했던 아이가 아니잖아요? 성인의 신분으로 아빠를 대하세요. 이제는 더 이상 두려워하고 불안해하지 않아도 돼요."

부족함 때문에 두려운 게 아니다

샤오미의 꾹꾹 짓눌린 감정을 풀 수 있는 방법은 뭘까? 어려서 아빠에게 못 받은 사랑은 어디서도 채울 수 없다. 하지만 마음의 응어리는 풀 수 있지 않을까?

심리 치유 과정에서 난 샤오미에게 아빠와 남자친구에게 느끼는 걱정과 두려움을 솔직하게 표현하라고 주문했다. 그 결과 샤오미는 스스로 자신에게 솔직할 때 더 이상 두려움과 걱정에 사로잡히지 않게 되고, 자신의 생각을 차분하게 표현할 때 상대방에게 다가가기도 더 쉬워지고 서로의 관계도 더 친밀해진다는 것을 깨닫게 되었다.

사실 사람은 자신의 부족함 때문에 두렵지는 않다. 자신의 부족함에 저항하기 때문에 지속적으로 두려운 것이다.

많은 사람이 샤오미처럼 과거의 사고방식과 행동방식을 큰 짐처럼 껴안은 채 오늘을 괴롭게 살고, 내일을 황폐하게 만든다. 하지만 언제까지 그 짐을 껴안고 살 것인가? 부모와 좁힐 수 없는 감정의 골이 있다면, 다음의 방법을 통해서 감정을 정리해 보자.

① 조용하고 편안한 환경에서 깊게 호흡한다. 마음이 차분하게 가라앉으면 감정적으로 안 좋은 기억이 있는 사람의 얼굴을 떠올리고, 그가 눈앞에 있다고 생각한다.

② 이제는 그 사람의 얼굴을 쳐다보자. 중간에 시선을 옮기지 않게 주의하고, 그 사람에게 미처 못 한 말, 하고 싶은 말을 모두 한다. 기억할 점은 그 사람을 비난하거나 탓하면 안 된다는 점이다. 그저 자신이 걱정하는 것, 두려워하는 것, 그 사람이 자신을 어떻게 대해 줬으면 좋겠는지 등을 말한다.

③ 하고 싶은 말을 모두 했으면 심호흡을 크게 세 번 하고, 그 순간의 기분이 어떤지 느낀다.

④ 그 사람이 내 말을 듣고 어떤 감정을 느끼는지, 내게 무슨 말을 하는지 상상한다. 내게 하고 싶은 말을 마음껏 하게 한다.

⑤ 그가 말을 다 했으면 다시 심호흡을 크게 세 번 하고, 나의 기분이 어떤지 느낀다. 자, 두 사람의 사이가 더 가까워진 것 같은가, 더 멀어진 것 같은가?

샤오미는 눈물을 뚝뚝 흘리며 그동안 아빠에게 하고 싶었던 말을 다 털어놓았고, 뒤이어 딸을 책망만 하던 아빠가 실은 딸을 사랑한다는 사실도 어렴풋이나마 알게 되었다. 아빠를 원망하는 마음을 내려놓자 샤오미는 아빠에게 이전에 느껴보지 못했던 친숙감이 느껴진다고 말했다. 또 이번 일을 계기로, 두려운 상황에서도 자신의 나약함을 솔직하게 표현하고 자아를 잃지 않으면 다른 사람과 감정적으로 더 가까워질 수 있다는 점을 배웠다고도 했다.

가벼운 상처는 혼자서도 치유할 수 있지만, 버거운 과거의 상처는 꼭 전문가의 도움이 필요하다. 일반적으로 1년이 지나도 여전히 괴로운 상처와 고통은 혼자 내려놓기 어려우므로, 훈련을 쌓은 전문가의 도움을 받는 것이 좋다.

샤오미에게서 자신의 모습이 보이는가? 사람은 누구나 다정하고 따뜻한 사랑을 받을 권리가 있다. 하지만 그전에 '공부'가 필요하다. 자신이 변하지 않으면 상대만 바꿔가며 계속 똑같은 패턴을 되풀이하게 된다. 과거를 내려놓는 방법을 배우고 타인과 소통하는 능력을 키우면, 사랑하는 관계에 먹구름이 끼지 않게 되고 서로 갈등하는 일도 많이 줄어든다.

스스로 자신을 사랑해야만 자신을 구할 수 있다

해마다 누군가는 연인이나 배우자 없이 밸런타인데이를 맞는다. 사랑이 어려운 이유는 남이 대신 찾아줄 수 없기 때문이다. 대부분의 사람들은 으레 남이 먼저 자신을 좋아해 주길 바란다. 하지만 실상을 알려주자면, 스스로 자신을 사랑해야만 자신을 구할 수 있다. 스스로 자신에게 평생의 연인이 되어주자. 그러면 누군가를 꿈꾸며 하염없이 기다리지 않게 되고, 누가 내 연인이 될까 쓸데없는 추측을 할 필요도 없게 된다.

스스로 자신의 연인이 되어줄 때, 다른 사람에게도 좋은 연인이 되어줄 수 있다. 그렇지 않으면 상대방에게 지나치게 많은 것을 기대게 되고 바라게 되며 스스로 자신의 가치를 떨어뜨리게 된다. 하지만 어느 세계나 다 그렇듯, 감정의 세계에서도 스스로 자신의 가치를 낮추는 사람을 진실로 존중하고 사랑하는 사람은 드물다.

트레이시 맥밀런(Tracy McMillan)은 '가장 이상적인 결혼 대상은 누구인가'라는 주제의 TED 강연에서 "가장 이상적인 결혼 상대는 자기 자신이다."라고 했다. 트레이시의 어머니는 성노동자였고, 아버지는 인생의 절반 이상을 교도소에서 살았다. 아홉 살 때까지 23개 가정을 전전한 그녀는 결혼을 자신의 안식처라고 생각하고 남자가 자신의 인생을 구제해 주길 바랐다. 하지만 세 번의 이혼 끝에 자아 탐구의 길에 들어섰고, 결국 다른 사람에게 사랑받고 싶으면 먼저 자기 자신을 사랑해야 한다는 사실을 깨달았다.

이른바 '절처봉생(絕處逢生 : 길이 끊긴 곳에서 살길을 만난다)'은 타인에게 건 모든 희망이 물거품이 된 뒤에야 자신에게서 그동안 꽁꽁 감추어져 있던 힘과 지혜를 발견하고, 다시 자기 자신을 깊이 사랑하게 되는 것을 뜻한다.

사람은 평생에 두 번 태어난다. 첫 번째는 어머니의 뱃속에서 인간 세상에 나올 때이고, 두 번째는 삶의 온갖 역경을 겪은 뒤에 스스로 자신을 돌보는 '어머니'가 되어 자기 자신을 사랑하게 될 때이다. 많은 사람은 행여 이기적인 사람처럼 보일까 두려워 자기 자신을 사랑하는 것을 겁낸다. 하지만 자기 자신에게 의지하지 않고 남에게 의지하는 것이 더 이기적이다. 이기적인 사람과 함께 있으면 누구나 불쾌함을 느끼지만, 자기애가 넘치는 사람과 함께 있으면 마음이 홀가분해진다.

스스로 자신의 연인이 되어 자기 자신과의 사랑에 빠지게 되면, 자신을 사랑해 주는 사람이 벌 떼처럼 몰려온다. 하지만 다른 사람에게 사랑받기만을 원하고 누가 자신을 사랑해 줄 때만 기다리면, 되레 사람들이 놀라고 질려서 도망친다.

자기 사랑의 중요성을 전에는 몰랐지만 이제 알게 되었다면, 지금부터라도 연인을 대하는 마음으로 자신을 대하자. 예전과는 사뭇 다른 세상이 펼쳐질 것이다. 자신을 있는 모습 그대로 받아들이면 아무도 자신에게 상처를 줄 수 없다.

난 혼자 이슬을 밟거나 노을을 보며 대자연을 산책하는 것을 좋아한다. 그러다 보면 노루 떼를 만나기도 하고, 대지의 풀숲 사이에 당돌하게 핀 보랏빛 야생 꽃을 꺾어 나 자신에게 선물하기도 한다. 여름밤에는 하늘을 한가득 수놓은 별과 둥근 달을 올려다보며 매미 울음소리를 듣고, 마른 나뭇가지에 눈이 소복이 내려앉은 겨울에는 나 자신과 자주 데이트를 하며 대자연의 아름다움에 빠져든다.

스스로 자기 자신과 사랑에 빠져 자신을 보살피면, 정신적으로 풍요로운 사람이 될 수 있다.

나 자신을 사랑하는 방법 :
미워하는 마음 내려놓고 그만 불평하기

'이것'을 못하면 자주 욱하게 되며, 우울하고 불만스럽다. 뭘까? '내려놓기'이다. 여전히 많은 사람은 헤어진 연인, 다 지난 일, 자신의 체면, 잘 나가던 과거에 대한 기억, 성공과 실패에 대한 집착, 영예와 치욕에 대한 기억 등을 내려놓지 못한 채 괴로워한다.

살면서 많은 사건을 겪고 다양한 사람을 만나다 보면 오직 내려놓을 때 마음이 편안하고 자유로우며, 과거를 마음속에서 지우는 것이 가장 큰 행복인 것을 깨닫게 된다. 과거에 어떤 갈등이 있었고 어떤 마음의 걸림이 있든, 모두 내려놓고 용서하자.

타인에게 잘 보이려 하거나 도움을 주기 위해서 과거를 용서하자는 게 아니다. 스스로 자신을 사랑하게 된 이상 이제는 타인을 내려놓는 것이 곧 자신을 내려놓는 것임을 알기 때문에 용서하자는 것이다.

사람은 스스로 받아들이기에도 벅찬 자신의 부족함과 나약함을 누가 톡 건드렸을 때 상처를 받는다. 남에게 인정받는 것을 중요시하지 않는 사람은 남에게 자신이 누구인지를 증명할 필요가 없기 때문에, 마음이 진실로 자유롭고 즐겁다.

불평은 심리적으로 젖을 끊지 못한 성인의 징징거림이다. 말을 못하는 아기가 우는 방식으로 엄마의 관심을 끄는 건 필요한 것을 얻기 위해서이다. 성숙한 성인은 결코 자신의 필요와 바람을 감정적으로 표현하지 않는다. 또한 필요와 바람이 충족되지 않더라도 독립적으로 자신의 문제를 해결한다. 다 큰 성인이 불평을 한다는 것은 심리적으로 성숙하지 않다는 증거요, 우는 아이처럼 관심을 끌어 다른 사람이 문제를 대신 해결해 주길 바라는 것이나 다름없다.

불만, 분노, 원망, 질책, 공포, 초조한 기분으로 하루를 시작하면 남에게 신체적, 감정적, 사상적 쓰레기와 상처를 주게 마련이다. 하지만 그 전에 자신이 먼저 오염되고 상처 받는다는 점이 더 끔찍하다.

활력과 따뜻함이 넘치는 사람과 함께 있는 것을 마다할 사람은 없다. 날마다 자신에게 '오늘 난 세상을 좀 더 따뜻하게 만들었는가, 어둡게 오염시켰는가?' 라고 묻고, 자신을 좀 더 부드럽고 사랑스럽게 대하자.

어떤 사람은 타인의 기억에 좋은 사람의 향기를 남기지만 어떤 사람은 그런 사람이 있었나, 라고 고개를 갸우뚱할 정도로 존재감이 미미하다. 마음에 선의, 평화, 기쁨, 사랑이 있는 사람과 질투, 불만, 원망, 투쟁, 트집이 있는 사람을 모두 만나보라. 그러면 누구를 떠나보내고 누구를 옆에 남겨야 하는지 알 수 있게 되고, 마음의 평화와 조화로움을 얻을 수 있다.

외도는 사랑일까 기만일까

이미 결혼해서 자녀가 있는 사람도, 더 이상 활기찬 청춘이 아닌 사람도 한번쯤 '내 생에 다시 한 번 사랑이 찾아올까?'라고 자문해 본 적이 있을 것이다.

뭐, 어쩌다 보니 뜨거운 감정을 일으키는 상대를 만났다고 하자. 과연 이 감정이 얼마나 지속될까? 감정이 식은 뒤에 뒷일을 감당할 수 있을까?

사랑은 격렬한 감정을 동반한다. 하지만 격렬한 감정을 사랑의 핵심, 나아가 사랑의 전부라고 생각하면 곤란하다. 요새 많은 사람의 감정 관계가 취약한 주요 원인도 격정을 사랑의 전부라고 생각해서이다.

유명 디자이너인 샤오만은 자신과 미래의 배우자에 대한 기대치가 매우 높다. 그녀는 지금껏 독립적이고 자주적으로 돈을 벌어 쓰는 여자만이 '진짜 여자'라고 생각해 왔다. 때문에 자신의 반쪽도 재력과 지위를 갖춘 데다가 낭만적이고 자신을 다정하게 보호해 줄 수 있는 '진짜 남자'이길 바랐다. 하지만 몇 해가 바뀌어도 그런 남자가 나타날 기미는 보이질 않았다.

그러던 어느 날 마침내 거래처에서 돈, 지위, 외모를 다 갖춘 낭만적인 남자를 만났다. 이미 가정을 이룬 그는 아내와 자녀를 버릴 생각이 없다고 밝혔지만, 샤오만은 꿈에 그리던 사랑을 얻기 위해서 자신이 할 수 있는 모든 노력을 다했다. 어차피 짧은 인생 이것저것 잴 필요가 뭐 있는가. 데이트는 상대 남자가 다른 지역에 사는 탓에 한 달에 한두 번 하는 게 전부였다. 하지만 새로운 사랑에 푹 빠진 샤오만은 그를 볼 수 없을 땐 상상과 동경으로 부족한 사랑을 혼자 채워 나갔다.

샤오만은 자신은 온종일 애인 얼굴만 쳐다보고 돈 달라, 선물 달라 칭얼거리는 어린 여자가 아니라는 생각에 당당했다. 그녀 말을 빌리면 "애인이 선물을 사주지 않아도 속상해 하지 않고, 아예 자신에게 돈을 쓰기를 바라지도 않았다." 샤오만은 한 번도 애인의 돈을 탐낸 적이 없기 때문에 너무도 당당하게 '불륜녀'가 아니라고 생각했고, 두 사람이 함께 여행하거나 쇼핑할 때도 언제나 계산을 도맡았다. 샤오만에겐 내 남자에게 지갑을 열 기회를 절대 안 주는 것이 진짜 사랑이었다.

"작은 것 하나까지 전부 내 돈으로 계산한 건, 어느 날 그의 부인을 만났을 때 죄책감을 느끼지 않기 위해서였어요. 돈 보고 만난 게 아니라,

진짜 사랑한다는 걸 보여주려고요."

샤오만의 '진짜 남자'는 시종일관 '3불' 원칙을 지켰다. 그 원칙은 '샤오만에게 많은 시간을 쓰지 않는다' '샤오만을 걱정하지 않는다' '샤오만에게 돈을 쓰지 않는다'이다. 샤오만은 스스로 자신을 다독였다.

'이런 게 진짜 사랑 아니겠어? 아무것도 바라는 것 없이 오직 순수하게 사랑하는 것. 그가 이런 내 마음을 알까? 난 남자 재력이나 보고 달려드는 속물들과는 달라. 그런 건 진짜 사랑이 아니야.'

하지만 아무리 다독여도 몸과 마음의 진실한 느낌마저 속일 순 없었다. 샤오만은 끊임없이 '이런 게 진짜 사랑이야.'라고 되뇌었지만, 내면의 균형은 이미 오래 전에 깨져 불만이 가득했다.

한 달에 한두 번 광란의 데이트를 즐기는 것만으론 외로움을 채울 수 없었던 것이다. 또한 애인이 자신에 대해 전혀 신경을 쓰지 않아서 몹시 서운했다. 한 달에 한두 번 만나다가 한두 달에 한번 만나는 정도로 사이가 뜸해지자, 어떡하든 애인의 마음을 되돌리고 싶었다.

"당신에게 아무것도 바라지 않아. 그 모습 그대로의 당신을 사랑해. 그래서 말인데, 우리 사이에 사랑의 결정체가 있었으면 좋겠어."

샤오만은 아이가 있으면 멀어지는 애인의 마음을 붙잡을 수 있을 것이라고 생각했다.

간절하면 통한다더니, 샤오만은 소원대로 아이를 가졌다.

하지만 임신한 뒤에 애인은 샤오만 앞에 딱 두 번 모습을 드러냈을 뿐이었다. 샤오만이 아이를 낳고 조리원에 있을 때도 바쁘다고 찾아오지 않아 샤오만 혼자 아이를 안고 퇴원했다. 다른 사람들이 애 아빠는 어디 있느냐고 물을 때마다 샤오만은 아무 말도 못하고, 진주알만한 눈물만 뚝뚝 흘렸다. '아마 무슨 일이 생겨서 못 오는 걸 거야.'라고 스스로 자신을 속이던 그녀는 조금씩 '이게 진짜 사랑일까?'라는 의구심이 고개를 내밀기 시작했다.

샤오만의 생각은 이제 '그래, 남자가 여자를 버릴 수는 있어. 하지만 자기 자식은 못 버릴 거야.'라고 바뀌었다. 샤오만은 하루에도 몇 번씩 아이 핑계를 대고 애인에게 전화했다. 그러자 애인은 슬슬 전화를 피하다가 아예 자취까지 감추고 말았다. 아이는 하루가 다르게 쑥쑥 자라나, 어느 날 샤오만에게 물었다.

"친구들은 다 아빠가 있는데, 왜 나는 없어요?"

그때마다 샤오만은 심장이 바늘에 콕콕 찔리듯이 아팠지만 어디서도 '진짜 사랑'을 찾을 수 없었다.

'진짜 사랑'은 아름다웠지만 남겨진 현실은 잔혹했다.

일시적인 격정을 사랑의 모든 것이라고 착각하고 성급하게 '계산서'에 사인해 버리면, 평생의 행복을 담보로 잡히고 빚을 갚아야 하는 상황이 발생한다.

남자가 날 사랑하는지 어떻게 알까

남자가 진실로 자신을 사랑하고 있는지 어떻게 알 수 있을까? 답을 알려면 막 감정이 시작되는 초기에 직감을 동원해서 추리해야 한다. 예컨대 필요할 때 나타나지 않고, 계산할 때 계산하지 않고, 친구를 소개해 주지 않고, 여자의 부모님을 만나려고 하지 않고, 자기 부모님도 보여주지 않으면 그 남자의 마음속에 나의 자리는 없는 것이다.

남자가 내게 시간, 열정, 돈을 쓰지 않을 때 그 남자가 날 사랑한다는 거짓과 환상으로 자신을 속이면 안 된다. 어느 정도로 불쌍해지고 어느 정도로 비참해져야 이것이 '사랑'이 아님을 확실히 알겠는가? 언제까지 티 없이 순수한 '진짜 사랑'을 하고 있다고 자신을 속일 것인가? 남자에게 나는 티타임 시간에 있어도 그만, 없어도 그만인 디저트 같은 존재일 수도 있다. 이 사실을 모른 채 그저 자신의 감정만 생각하고 불나방처럼 남자에게 뛰어들면, 자기 인생만 뒤죽박죽 꼬이고 만다.

상대가 매력적이고 완벽하고 자기 자신과 잘 맞는다 해도 이미 결혼한 사람이라면 '쳐다보지' 말자! 혼자 착각에 빠져 유부남에게 마음을 주었다가 스스로 관계에서 빠져나오지 못하고 악몽 같은 상황에 빠진 여자가 한둘이 아니다. 세상에 진심으로 결혼생활을 깨고 싶어 하는 남자는 극히 적다는 걸 기억하자! 남자는 가끔 새로움을 찾기 위해서 '다른 여자'를 만나기는 한다. 하지만 등에 짊어진 껍데기가 무겁다고 껍데기를 버리는 달팽이를 봤는가? 달팽이에게 껍데기는 집이다. 달팽이의 재산과 모든 것이 껍데기 안에 다 들어 있다. 달팽이가 껍데기를 버리면 인생을 즐기거나 감정을 갖고 노는 것이 아니라, 목숨을 내던진 것이다! 감정을 갖고 노는 사람은 많지만, 목숨을 내던지는 사람은 지극히 적다.

혼자 상처 받고 마음 아파하며 우는 여자들이 공통적으로 하는 말이 있다.

"그이는 더 이상 아내를 사랑하지 않아요. 날 진짜로 사랑한단 말이에요. 그이에게 그런 여자는 어울리지 않아요. 심지어 둘은 서로 사랑하지도 않아요!"

남자가 아내를 사랑하지 않고 그냥 애 때문에 마지못해 사는 것이라고 말했다고 치자. 그렇다면 왜 그는 당신에게 청혼하지 않을까? 만약에 그가 진짜로 아내와 이혼하고 당신과 결혼할 생각이라면, 왜 이렇게 시간이 오래 걸릴까? 적어도 아내와 사는 집에서 짐을 싸 나와야만 하는 것 아닌가.

그러면 여자들은 말한다.

"그이도 힘들어요. 저 때문에 그이의 입장이 난처해지는 걸 바라지 않아요."

그녀들은 행여 남자의 입장이 곤란해질까 혼자 마음고생을 다했다.

여기 남편이 아닌 다른 남자와 사랑에 빠진 여자가 또 있다. 여자와 남자는 서로 이혼한 뒤에 함께 결혼하기로 약속했다. 여자는 남자의 말을 철석같이 믿고 진짜로 남편과 헤어졌다. 하지만 남자는 5년이 지나도록 이혼하지도 않고 계속해서 이 핑계 저 핑계만 댔다. 여자가 관계를 정리하려고 할 때마다 남자는 말했다.

"내가 진짜 사랑하는 사람은 오직 자기뿐이야. 자기는 내게 꼭 필요한 사람이야. 자기의 사랑이 없으면 난 단 하루도 못 살아."

하지만 말과 달리 남자는 여자와 있다가도 시간이 되면 재까닥 집으로 돌아갔고 모든 명절과 휴일을 아내, 자녀와 함께 보냈다. 여자는 늘 어둡고 외로운 시간을 보내며 혼자 상처를 삭였다. 내가 "왜 그와 헤어지지 않아요?"라고 물었을 때, 그녀는 "그이가 괴로워할 것 같아서요."

라고 대답했다. 난 말했다.

"지난 몇 년 동안 본인이 받은 상처도 생각해야죠. 앞으로 어떻게 할 거예요? 그 남자는 사적인 시간을 일부 공유하며 당신을 멋대로 쥐고 흔들고 있어요. 이런 사랑을 원해요?"

그녀는 말했다.

"당연히 아니죠."

"그러면 어떤 사랑을 원해요?"

그녀는 말했다.

"낮이건 밤이건 날마다 함께 지냈으면 좋겠어요. 불가능하겠지만."

난 말했다.

"맞아요. 그 남자와 그렇게 지내는 건 거의 불가능할 거예요. 하지만 어딘가에 당신과 온종일 함께 지낼 수 있는 사람이 있지 않겠어요? 이 남자는 5년 전에 서로 열렬히 사랑할 때도 아내와 이혼하겠다는 약속을 지키지 않았어요. 앞으로 이혼할 가능성이 얼마나 될 것 같아요?"

한참을 생각한 그녀는 힘겹게 세 글자를 토해 냈다.

"없어요."

사실 사람은 변화를 가장 두려워한다. 열악한 환경에 처해도 변화를 선택하는 사람은 그리 많지 않다. 고통스러워도 익숙한 것을 안전하다고 생각하기 때문이다. 하지만 이것은 물이 서서히 끓어오르는 줄도 모르고 평온해하는 개구리와 뭐가 다른가? 실로 많은 사람이 이런 식으로 불필요한 고통을 겪으며 한평생을 보낸다.

출구는 언제나 존재한다. 그저 현실을 직시하라. 그러면 현실이 투명하게 보일 것이다. 하지만 많은 사람은 현실을 직시하지도 않고, 직시하고 싶어 하지도 않는다.

자신의 사랑이 진짜인지 가짜인지 가슴으로 느껴보자. 머리로 자신을 설득하면 가짜인 것이 진짜가 되는가? 진짜 사랑은 성실하고 따뜻하고 자유롭고 홀가분하다. 만약에 현재의 사랑에서 이런 점을 못 느낀다면 상대방에게 속고 있거나, 스스로 자신을 속이고 있는 것이다.

잔잔한 사랑이 오래간다

꽃그늘과 달빛 아래처럼, 또는 태양이 작열하는 백사장처럼 때로는 낭만적이고 때로는 열정적인 것을 사랑의 핵심, 나아가 사랑의 전부라고 생각하는 사람들이 있다. 이들은 격렬한 감정이 차분해지고 가족처럼 덤덤한 사이가 되면, 더 이상 서로 사랑하지 않는다고 생각한다.

사실 격렬한 감정이 가라앉고 담담한 감정이 시작될 때 진짜 사랑이 시작된다. 언제나 열정적일 수 없기 때문에 감정은 필연적으로 옅어질 수밖에 없다. 따라서 뜨겁게 사랑하는 것보다 오랫동안 사랑하는 게 더 중요하다.

사랑하는 관계에서 애초의 달달함은 사라지고 갈등거리가 하나 둘씩 불거지기 시작하면 '이제 사랑이 끝났구나.'라고 생각하지 말고, 사랑의 수준이 더한층 깊어지는 신호로 받아들이자. 갈등 속에서 연인은 상대가 진실로 무엇을 좋아하고 무엇을 싫어하며, 언제 나서야 하고 언제 물러나야 하는지를 이해해 최종적으로 서로 편안하게 지낼 수 있는 방식을 찾아야 한다.

격렬한 감정은 쉽게 끓어올랐다가 쉽게 가라앉는다. 하지만 진실한 사랑은 두 사람이 해로할 때까지 온도가 따뜻하게 유지된다.

성격이 안 맞을 때가 서로 맞춰가기에 알맞은 때이다

연인이나 부부 사이에 갈등이 생기는 근본 원인으로 많은 사람이 성격 차이를 든다. "차라리 강산이 바뀌는 게 빠르지, 사람 속은 절대 안 바뀌어요."라고 상대방을 탓하고 비난하기만 하면 결국은 헤어지는 수밖에 없다.

난 결혼 전에는 서로를 칭찬하고 높게 평가하던 커플이 결혼 뒤에는 서로를 탓하는 경우를 숱하게 봐왔다. 사실 칭찬과 비난은 같은 선상에 있는 성격적인 특징이다. 예를 들어 어떤 여자는 결혼 전만 해도 남자친구가 훤칠하게 크고 잘생기고 재미있어서 좋았다. 어딜 가나 주목받는 남자친구 때문에 그와 함께 있는 것이 즐거웠고 자랑스러웠다. 하지만 결혼한 뒤에도 여전히 당당하고 재미있는 성격 때문에 여자들이 많이 따르자, 둘 사이에 끊이지 않고 싸움이 일어났다.

어느 부부는 연애할 때만 해도 서로 부족한 점을 보완할 수 있는 완벽한 한 쌍이라고 생각했다. 긍정적이고 소탈한 성격의 남자는 웬만하면 지나간 일을 후회하지 않고 미래를 걱정하지 않으며 현재가 즐거우면 모든 게 다 'OK'인 사람이다. 이에 비해 여자는 유능하고 책임감이 강한 편이다. 어려서부터 엄마가 아프고 아빠가 외지에서 일한 탓에 모든 집안일을 도맡아 해야 했고, 첫째답게 남동생과 여동생, 아픈 엄마까지 살뜰히 보살폈다. 그녀는 열심히 일하고 책임질 줄만 알지, 편하게 쉬고 재미있게 놀 줄은 몰랐다. 때문에 날마다 걱정 없이 '허허' 웃는 남자에게 끌렸고, 그와 함께 있을 때만은 편안하고 즐거워서 처음으로 '이렇게 살 수도 있구나!'라는 희열까지 느꼈다.

하지만 결혼생활은 꿈처럼 흘러가지 않았다. 남편은 아예 '생각'이 없는 사람이었다. 집안일, 사업, 부모님 모두 신경 쓰지 않았고 "걱정 마. 하늘이 무너져도 솟아날 구멍은 있으니까."라고 입버릇처럼 말했지만 뒷일을 책임지지 않았다. 책임지는 것에 익숙하고 뭐든지 계획을 세우고 차례차례 해결해야 마음이 놓이는 그녀는 언제나 남편이 저지른 일을 뒤처리하기에 바빴다. 예전에는 남편이 신바람 많고 소탈하고 현재를 중시해서 좋았지만, 이제는 완전히 무책임한 남자로만 느껴졌다. 둘은 하루가 멀다 하고 싸웠고, 싸움이 잦아질수록 남편의 얼굴에서 웃음기가 사라져 갔다. 어느 순간부터 남편이 툭하면 늦게 들어오기 일쑤이더니, 급기야는 아예 집에 들어오지도 않아 부부는 자연스럽게 별거에 들어갔다.

사랑이 형성되는 초기에는 상대의 특정한 점을 보고 반한다. 하지만 시간이 지나 중기, 후기가 되면 그 점 때문에 상대가 미워진다.

세상의 실상은 유능한 사람은 책임감이 강하고, 진지하고 세심한 사람은 생각이 지나치게 많으며, 낙관적이고 소탈한 사람은 사소한 것에 별로 신경 쓰지 않고 산다는 것이다.

사람은 딱 한 가지 성격만 있는 게 아니고, 그때그때 상황에 따라서 성격이 조금씩 달라진다. 때문에 같은 사람도 어느 때에 보느냐에 따라서 인상이 달라질 수 있다. 예를 들어 오늘 내 기분이 어떠냐에 따라서 어떤 사람이 개성 있고 훌륭하게 느껴질 수도 있고, 성격에 문제가 많은 사람처럼 느껴질 수도 있다. 상대가 변해서일까? 아니다. 상대는 그대로인데 단지 내 기분에 따라 달리 보이는 것이다. 따라서 상대방의 좋은 점을 칭찬하는 동시에 부족한 점도 받아들여야 한다. 양면을 모두 인정하고 받아들일 때, 상대방을 완전하게 이해할 수 있게 된다.

서로의 차이점이 눈에 띌 때가
곧 관계를 새롭게 시작할 수 있는 때이다

사랑하는 관계에는 근본적으로 '성격 차이'가 존재할 수 없다. 오직 사랑하느냐 안 하느냐의 문제만 있을 뿐이다. 함께 생활하며 서로에게 어느 정도 익숙해지면, 점점 서로의 차이점이 눈에 띄기 시작한다. 이때 두 사람의 사이가 약간 멀어질 수 있는데, 이것은 관계가 일정한 단계에

접어든 것에 따른 필연적인 결과이지 결코 서로 성격이 안 맞는 게 아니다. 서로의 차이점이 눈에 띌 때가 곧 관계를 새롭게 시작할 수 있는 때이다.

사랑하는 사람과 갈등을 겪고 있다면, 서로 다음의 물음에 답해 보자.

① 당신이 좋아하는 것은 무엇인가?
② 당신에게 필요한 것은 무엇인가?
③ 당신은 내가 어떻게 말하고 행동하길 바라는가?
④ 당신은 내가 어떤 일을 하고 어떤 일을 하지 않았으면 좋겠는가?
⑤ 내가 어떻게 하면 당신의 마음이 편하겠는가?

예를 들어 상대방에게 이렇게 물어보자.

"난 10점 만점에 10점짜리 애인이고 싶은데, 자기에게 난 몇 점짜리 애인이야?"

만약에 상대방이 "한 6점?"이라고 대답하면 뒤이어 말한다.

"6점이 뭐야. 적어도 8점은 줘야지. 어떻게 하면 내가 8점짜리 애인이 될 수 있겠어?"

이제 두 눈을 감고 느껴보자. 기분이 안 좋을 때 애인이 침착하고 다정하게 위와 같이 물으면 당신의 기분이 어떻겠는가? 당신은 뭐라고 대답할 것인가? 그리고 그렇게 대답했을 때 어떤 결과가 생길 것 같은가?

연인이나 부부가 서로 성격이 안 맞는다면, 둘 사이에 갈등이 있다는 것을 의미한다. 하지만 태어날 때부터 앙숙인 관계는 없으니, 서로 적응하고 맞춰 가면 얼마든지 갈등을 풀어낼 수 있다.

관계 개선 수업 때 남편들에게 물었다.

"아내가 어떻게 해줬으면 좋겠어요?"

어떤 남편은 "아무것도 안 바라요. 그냥 존중하는 눈빛으로 날 쳐다보고 말하면 10점을 주겠어요."라고 대답했고, 어떤 남편은 "불평불만만 안 하면 10점을 줄 거예요."라고 대답했다.

의외로 부부 사이에 솔직하게 대화하지 않는 가정이 많다. 집에 돌아가서 남편 또는 아내에게 이렇게 말해 보자.

"여보. 내가 점수를 매겼는데 당신은 10점 만점에 6점짜리 남편이야. 난 적어도 당신이 8점짜리 남편이면 좋겠는데, 이런저런 점을 좀 노력해 주면 고맙겠어."

애인이나 배우자에게 "내게 좀 더 잘해 주고 나를 좀 더 이해해 주면 좋겠어."라고 말하면 안 된다. 좀 더 잘해 주고 좀 더 이해해 주는 것은 추상적이고 주관적인 느낌이다. 상대방을 이해시키려면 구체적으로 설명하는 것이 좋다. 예전에 내게 상담받은 부인이 있었는데, 그녀도 남편이 자신에게 좀 더 잘해 줬으면 좋겠다고 말했다. 내가 "어떻게 하는 게 좀 더 잘해 주는 거예요?"라고 묻자 그녀는 "날마다 때리지 말고 일주일에 네 번만 때렸으면 좋겠어요."라고 대답했다. 당시에는 그녀의 말을 듣고 깜짝 놀라서 입을 다물지 못했다. 좀 더 잘해주는 것이 고작 그런 의미일 줄이야, 한 번도 생각해 보지 못한 일이었다.

어쨌든 상대방에겐 구체적으로 어떻게 대해 주길 바란다고 말해야 한다.

엎드려 절 받기도 아니고 내 입으로 말하는 건 의미가 없다, 라고 생각하는 사람도 있을 것이다. 하지만 문제를 해결하는 것이 먼저이고, 문제를 해결하려면 자신이 원하는 것을 상대방에게 구체적으로 이해시킬 필요가 있다.

어느 부인은 관계 개선 수업을 들은 뒤에 집에 돌아가서 남편에게 "이왕 안아줄 거면 꼭 안아줘요. 얼굴도 이마에 가까이 대고요."라고 말했다. 내가 "기분이 어땠어요?"라고 묻자 그녀는 말했다.

"결혼하고 몇 년 만에 처음으로 남편 가슴이 탄탄하고 어깨가 단단하다는 걸 느꼈어요. 남편에게 내가 원하는 대로 안아달라고 말할 수 있어서 행복했어요."

배우자에게 사랑하는 방법을 알려주자

배우자에게 날 어떻게 대해 주면 좋겠어요, 라고 알려주면 당장은 서툴러도 조금씩 나아지는 모습을 발견할 수 있을 것이다.

예를 들어 내 남편은 행동으로 사랑을 표현한다. 결혼하고 처음 몇 년 동안 난 남편을 볼 때마다 "안아줘요."라고 말했다. 남편이 "에이, 가족끼리 무슨 포옹이야."라고 말해도 아랑곳하지 않고, 남편이 앞에 있을 때마다 계속해서 "안아줘요."라고 말했다. 처음에 남편은 마지못해 안아줬지만, 습관이 된 뒤에는 내가 말하지 않아도 남편 앞에 서 있으면 자동으로 안아줬다. 내가 사랑받고 싶은 방식이 있으면 배우자에게 알려주자. 사랑을 키우려면 단순히 한 가지 방법에 의존하지 말고, 지혜와 창의성을 발휘해야 한다.

사람들은 상대에게 뭔가를 대놓고 요구하면 자신의 가치가 떨어지고, 상대가 알아서 뭔가를 해주면 자신의 가치가 올라간다고 생각하기 일쑤이다. 하지만 이것은 큰 착각이다.

어떤 부인이 "남편에게 한 번도 칭찬을 들은 적이 없어요."라고 말해서 "부인이 원하는 걸 남편에게 가르쳐 주세요. 남편은 부인이 아니잖아요. 부인이 어떤 말을 듣고 싶어 하는지 남편이 어떻게 알겠어요?"라고 말해 줬다. 그날 부인은 남편과 대화중에 부정적인 표현을 듣고 "여보. 방금 그 말을 이런 식으로 바꿔 말해 주면 좋겠어요."라고 말했다. 그러자 남편은 다시 한 번 더 듣기 좋게 말해 줬다. 나중에 다시 만났을 때, 부인은 내게 "비록 시켜서 한 것이지만, 그래도 남편이 듣기 좋게 말해 줘서 좋았어요."라고 말했다.

연습을 통해서 얼마든지 서로 좋아하는 방식으로 맞추어 나갈 수 있다. 따라서 상대방에게 대우받고 싶은 것이 있다면 "난 당신이 이렇게 말하고 행동해 줬으면 좋겠어요."라고 알려줘야 한다.

"애당초 나와 맞는 부분이 하나도 없어."라고 불평하는 사람은 상대방이 자신에 대해 모든 것을 다 알고 있을 것이라는 착각에서 빨리 깨어나길 바란다. 평소에는 입 꾹 닫고 상대방이 알아서 해주길 기다리다가, 싸울 때에는 갑자기 "당신은 처음부터 날 사랑하지 않았어." "내가 몸종으로 시집온 것도 아니고, 어쩌면 집안일에 그렇게 손가락 하나 까딱 안 할 수가 있어?"라며 뒷일을 생각하지 않고 아무 말이나 막 하면 배우자는 당황할 수밖에 없다.

변화는 자신에게서 시작되어야 한다. 남을 먼저 바꾸려고 하면 관계만 더 어렵게 꼬인다.

그러면 자기 변화는 어떻게 시작해야 할까?

편안한 환경에서 일주일에 한번씩 '자기반성' 시간을 가져보자.

"이번 주에 나 어땠어? 당신에게 10점짜리 아내가 되고 싶은데, 어떻게 해야 당신이 더 만족할까?"

이렇게 물으면 남편은 틀림없이 기분이 좋아져서 첫째, 둘째, 셋째, 넷째, 쭉 열거할 것이다. 남편의 조건 중에서 자신이 할 수 있는 것과 할 수 없는 것을 구분한 다음 할 수 있는 것은 바로 행동에 옮기고, 할 수 없는 것은 왜 할 수 없는지를 남편에게 말해 주면 된다.

더 이상 "우리 부부는 성격이 안 맞아요."라고 핑계대지 말자. 성격이 안 맞는다는 말은, 상대가 내 요구를 안 들어주고 나도 상대의 요구를 안 들어준다고 돌려 말하는 것이나 다름없다. 상대방이 자신을 이해해 주지 않는다고 원망하기 이전에 상대방에게 어떻게 대해 달라고 말해 본 적이 있는지 생각해 보자. 사람들은 내가 굳이 말하지 않아도 상대가 알아서 척척 잘해 주길 바라는데, 사실 마음이 통하는 관계는 거저 얻어지지 않는다. 두 사람 모두가 서로 마음을 맞추기 위해서 열심히 소통하고 노력한 결과물이라는 것을 기억하자.

심리학자는 '성격 차이' 문제를 어떻게 해결할까

결혼하고 얼마 안 되었을 때, 남편이 휴가를 얻어 대학원에 다니는 나를 보러 왔다. 그런데 같은 날 공교롭게도 대학원 친구가 놀러 왔다. 셋이서 기분 좋게 보낼 수도 있었던 그날 저녁에 난 그만 남편과 한바탕 다투고 말았다.

아무리 대학원 친구이지만 엄연히 손님인데, 남편은 대화도 하지 않고 방에 들어박혀서 나오질 않았다.

작은 방과 거실이 전부인 기숙사에서 남편은 창가에 앉아 책만 읽었다. 방에 누가 들어오면 한번 뒤돌아볼 법도 한데, 남편은 내 친구가 들어와도 일어나서 인사도 하지 않고 내가 불러도 들은 체 만 체했다.

당시에 친구와 내가 얼마나 난처해했는지 모른다. 난 예의도 없고 아내의 체면을 살려줄 줄도 모르는 이상한 남자와 결혼했다는 생각에 화가 치밀었다. 열정적으로 손님을 응대하는 나의 모습과 창가에 붙박이처럼 얼어붙어 있는 남편의 모습이 얼마나 대조적이었는지, 그 순간만은 남편과 한 공간에 있는 것조차 불편했다.

친구가 돌아간 뒤에 남편과 한바탕 '절충'하는 시간을 가졌다.

내가 말했다.

"내 친구와 계속 대화하는 건 바라지도 않아요. 하지만 사람이 방에 들어오면 적어도 인사 정도는 하는 게 기본 예의 아니에요?"

남편이 말했다.

"난 가식적이고 싶지 않아!"

내가 말했다.

"인사하는 게 왜 가식이에요? 이건 기본 예의에 관한 문제예요!"

남편이 말했다.

"당신이 판단하기에 예의가 없으면 그냥 예의가 없는 거구만!"

이후에도 비슷한 싸움을 몇 번 더 했다.

남편은 인격적으로 훌륭하고 좋은 습관도 많은 사람이다. 하지만 일상생활에서 내가 받아들이기 어려운 점이 몇몇 있었다. 예를 들어 여러 차례의 대화 끝에 남편은 집에 손님이 찾아오면 미소를 짓고 약간의 대화를 나누기로 합의했지만 손님이 자기 마음에 안 들면, 물론 처음에 비하면 많이 나아졌지만 종종 아는 체를 하지도 않았다.

훗날 남편은 집에 단둘이 있을 때에는 손님이 찾아오지 않게 했으면 좋겠다고 말했다. 그도 그럴 것이 신혼 초에 우리 부부는 단둘이 있는 시간이 매우 적었다. 하지만 난 친구가 많았고, 남편은 기숙사에 찾아오는 친구들 때문에 단둘이 있는 시간을 빼앗긴다고 생각했던 것이다. 남편은 말했다.

"내가 차갑게 굴어도 친구들이 그렇게 많이 찾아오는데, 친절하게 대해 봐. 당신 친구들이 얼마나 많이 찾아오겠어? 당신도 쉬어야 하잖아."

이 말을 듣고 난 기뻐할 수도 없고, 화를 낼 수도 없었다.

남편은 집이 깨끗하게 정리된 것을 좋아한다. 사실 나도 실내가 깨끗하게 정리된 것을 좋아한다. 하지만 둘이 살림을 합친 뒤에 나의 정리 능력은 빠르게 퇴화되었다. 남편의 기대치가 얼마나 높은지, 내가 아무리 열심히 치워도 남편이 만족해하지 않아 서서히 정리정돈에서 손을 놓게 되었다. 남편은 어쩌다 출장을 다녀왔을 때 집안이 어지러워져 있으면 화를 냈고, 평소에도 내가 물건을 아무 데나 놓으면 언짢아했다.

훗날 난 방법을 하나 생각해 냈다.

"당신은 더러운 것에 매우 민감하고 집이 어질러진 것을 가장 빨리 알아차리잖아요. 난 당신보다 조금 둔감한 편이고요. 그러니 앞으로 이렇게 하는 게 어때요? 퇴근했을 때 집안이 어지러우면 나와 싸우는 대신에 당신이 얼른 정리하세요. 어쨌든 집안이 깔끔하면 서로 좋잖아요."

말도 안 되는 소리 하지 말라는 남편의 말에 난 사근사근하게 말했다.

"다른 방법이 없잖아요. 당신도 알다시피 내가 당신보다 더 예민한 부분도 있어요. 예를 들어 집에 손님이 왔을 때, 당신은 전혀 신경 쓰지 않고 내가 도맡아서 응대하잖아요. 내가 잘하는 분야에선 내 능력을 발휘하고, 당신이 잘하는 분야에선 당신의 능력을 발휘해 보자고요. 안 그러면 정리정돈 때문에 번번이 싸우게 될 거예요."

남편은 일리가 있다고 생각했는지 결국 내 의견에 동의했다. 처음에 남편은 현관문을 열고 들어올 때마다 인상을 찌푸렸다. 하지만 내가 "약속한 것 잊지 말아요."라고 기억을 되새겨 주자, 어느 순간부터 알아서 집을 치우기 시작했다.

지금은 더 이상 정리정돈 문제로 싸우지 않는다. 따라서 '성격 차이' 문제는 얼마든지 해결할 수 있는 것이다.

성격 차이는 두 사람의 관계가 너무 가까울 때 드러나게 되는데, 서로 조금만 멀어지면 쉽게 조화를 이룰 수 있다. 생각해 보면 친하지 않은 사람과는 갈등을 겪지 않지만, 친한 사람과는 마찰을 빚고 충돌하는 일이 잦다. 왜일까? 사이가 너무 가까운 나머지 행동 습관과 사고방식이 도드라져 보이기 때문이다. 이것은 밤송이와 멀리 떨어져 있으면 찔릴 일이 없지만, 옆에 두면 자기도 모르게 이곳저곳을 찔리는 것과 같은 이치이다.

'성격 차이'는 해결할 수 있는 문제이다. 오직 이별과 이혼이 정답이라고 생각하지 말자.

직시하고 기꺼이 배우려고 하면 모든 것을 바꿀 수 있다

다음은 내 수업을 듣고 어떤 수강생이 쓴 글이다.

남편과의 관계에서 문득 나 자신을 발견했다. 안정감이 극도로 부족하고 남편을 통제하고 싶어 하는 나 자신을 말이다. 남편이 휴대전화의 비밀번호를 수시로 바꿔도 난 번번이 알아내는 데 성공했다. 한번은 남편이 탐정과 함께 사는 것 같다고 농반진반으로 말했는데, 난 지난 몇 년 동안 그것을 자랑스럽게 여겼다. 남편의 수입이 고정적이라서 먹고사는 데는 걱정이 없었다. 하지만 나 자신을 표현하며 행복하게 살지 못했고, 늘 이것저것 불평하다가 30대에 자궁암에 걸리고 말았다. 자궁 안에 8센티미터 크기의 혹이 자라서 수술이 필요하다는 의사의 진단을 듣고 하늘이 무너져 내리는 줄 알았다.

관계가 살고 죽는 것을 결정한다는 말에 깊이 공감한다. 그동안 널뛰는 감정을 주체하지 못해 남편과 많은 갈등을 겪었다. 스스로 통제하지 못할 정도로 내 감정은 롤러코스터를 타는 것처럼 하루에도 몇 번씩 오르락내리락했다. 남편이 집에 없을 땐 남편이 집에서 쉬었으면 좋겠다고 생각했고, 막상 남편이 집에 있으면 집안일을 돕거나 아이들과 놀아주길 바랐다. 물론 남편이 집안일을 도와주고 아이들과 놀아줘도 여전히 만족스럽지 않았다. 내가 어떤 관계를 원하는지 나조차도 알 수 없었다.

난 불합리한 모든 기대를 내려놓고, 관심의 초점을 나 자신에게 돌렸다. 느린 변화이지만, 남편도 전보다 집에 있는 것을 더 좋아하고 한결 홀가분해 한다. 요새는 출근하는 남편을 아이들과 함께 안아주기도 하고, 일찍 들어오라는 말도 한다.

외부의 것은 그대로이다. 하지만 내가 변하자 남편도 변했고, 우리 집은 출근하자마자 바로 돌아가고 싶은 정겨운 곳이 되었다.

난 서로 갈등하고 싸우다 지쳐 이혼을 염두에 두고 관계 개선 수업에 참여했다가 다시 처음 만났을 때처럼 사랑을 회복하는 커플을 무수히 목격했다.

문제를 직시하고 방법을 배우면, 모든 관계를 바꿀 수 있다.

제 4 장

이왕이면 힘들이지 않고 자녀의 마음을 사는 부모가 되자

성장 과정에서 부성애와 모성애를 충분히 느끼지 못한 채 자란 아이는 쉽게 열등감과 우울함에 빠지게 되고, 친구들과 잘 어울리지도 못한다. 또 툭하면 화를 내는 등 감정생활과 인간관계에 어려움까지 겪는다. 이들 중 상당수는 남을 사랑할 줄도 모르고 감정을 잘 느끼지도 못해 늘 외롭다.

Not perfect is more beautiful

자녀의 마음을 사로잡은 아빠가 성공한 아빠

오바마는 첫 번째 대선 레이스가 펼쳐지는 21개월 동안 학부모 회의에 한 번도 빠지지 않고 참석했다. 그는 스스로도 이것을 자랑스러워했다. 그의 부인인 미셸은 어느 연설에서 대통령이 된 뒤에도 여전히 두 딸과 함께 저녁식사를 하고, 딸들의 물음에 인내심을 갖고 대답해 주며, 학교에서 친구를 사귀는 방법 등을 알려주는 오바마가 자랑스럽다고 밝혔다. 오바마는 작은딸 샤샤의 농구 경기를 관람하러 갔을 때에도 딸의 팀이 득점하자 흥분해서 "화이팅!"을 몇 번이나 외쳐댔다.

얼마 전 데이비드 베컴은 '미니언' 문신을 해서 전 세계의 이목을 끌었다. 그가 미니언 문신을 한 이유는 단순하다. 막내딸인 하퍼 세븐이 미니언을 좋아하기 때문이다. 그 전에 베컴은 이미 보석 같은 딸과 영원히 함께하겠다는 의미에서 목에 '귀여운 아가씨 하퍼(Pretty Lady Harper)'라는 문신을 새겨 넣기도 했다.

아마 대다수의 아빠는 문신으로 딸에 대한 사랑을 표현하는 것에 대해 고개를 갸우뚱할 것이다. 하지만 베컴에게 문신은 네 돌을 맞은 딸에게 보낼 수 있는 최고의 선물이었다. 딸도 아빠의 몸에 자기 이름이 새겨진 것을 보고 '아빠에게 난 중요한 사람이자 자랑이야. 아빠는 날 좋아하고 사랑해.'라고 생각할 것이다.

오바마와 베컴은 전 세계에서 최고로 바쁘고 유명한 인물들이다. 하지만 일이나 행사가 있어 바쁘다는 이유로 자녀의 요구를 무시하거나, 자녀와 함께 놀아주는 것을 소홀히 하지 않았다.

많은 가장이 "우리 아들딸을 제가 얼마나 사랑하는데요. 그래서 이렇게 열심히 일하잖아요."라고 말한다. 하지만 정작 자녀에겐 다정한 눈빛과 사랑을 주지 않고 바쁜 뒷모습만 보여준다. 아이는 부모의 포근한 품과 따뜻한 말에서 사랑을 느낀다.

사실 어른도 누가 친구처럼 따뜻하게 격려해 주고 도와줄 때 사랑을 느낀다.

현재 많은 부모가 자녀에게 물질적으로 좋은 환경을 만들어 주기 위해 눈코 뜰 새 없이 바쁘게 일한다. 특히 아빠들은 돈을 버느라 고생이 많다. 예전에 어느 부인이 남편에게 "적어도 아들에게 억대 재산을 물려줄 만큼은 벌어야 해요."라고 말했다는 소리를 듣고 "아드님이 무능해

지길 바라세요?"라고 톡 쏘아준 적이 있다. 어떤 부모는 자녀나 그 후손에게 평생 돈 걱정 없이 살 수 있을 만큼의 재산을 물려주기 위해서 열심히 일한다. 하지만 이것은 무엇을 의미할까? 자녀에게 "얘야. 넌 무능하니 평생 부모덕만 보고 살아라." 또는 "얘야, 특별히 하고 싶은 일이 없으면 평생 내 등골이나 빼먹으며 기생충처럼 살아라."라고 무언의 메시지를 보내는 것이나 마찬가지이다.

예전에 좌절 훈련 캠프에 참가한 청소년들을 상담할 기회가 있었다. 그때 많은 청소년이 울면서 말했다.

"전 게임기도 필요 없고, 큰 집도 싫어요. 집에 수영장이 있으면 뭐 해요? 차가 많은 것도 싫고, 그냥 엄마가 날 밀어내지 않고 꼭 안아줬으면 좋겠어요."

"아빠가 저와 놀아줬으면 좋겠어요."

"저를 다른 아이와 비교하는 게 너무 싫어요. 부모님이 제게 욕도 안 하고, 안 때렸으면 좋겠어요."

"아빠 엄마가 제 얘기를 안 들어줘요."

"엄마 아빠가 제발 그만 싸웠으면 좋겠어요."

"엄마 아빠의 웃는 얼굴을 보고 싶어요."

……

아이들의 말에서 무한한 슬픔이 느껴졌다. 대체 부모는 아이에게 어떤 영향을 줘야 할까? 아이는 부모에게 뭘 바랄까?

아이들은 큰 집을 바라지 않는다. 마음 한편에 있는 작은 '방'을 부모가 사랑으로 채워주길 바란다. 그저 부지런히 돈을 모아서 아이에게 큰 집을 물려줘야 한다고 생각하는 부모는 아이의 허전한 옆자리와 깊은 외로움을 못 보고 있는 것이다.

성장 과정에서 부성애와 모성애를 충분히 느끼지 못한 채 자란 아이는 쉽게 열등감과 우울함에 빠지게 되고, 친구들과 잘 어울리지도 못한다. 또 툭하면 화를 내는 등 감정생활과 인간관계에 어려움까지 겪는다. 이들 중 상당수는 남을 사랑할 줄도 모르고 감정을 잘 느끼지도 못해 늘 외롭다.

아버지의 가장 중요한 임무는, 자녀와 좋은 관계를 형성하고 자녀에게 어려움을 극복하는 능력을 키워주는 것이다. 아버지가 자녀에게 할 수 있는 최고의 교육은 말과 행동으로 모범을 보여주는 것이고, 최고의 선물은 자녀와 함께 놀아주는 것이다.

지금 고생하지 않으면 나중에 외롭다

'시나 자녀교육 채널'의 설문조사 결과, 94.4%의 엄마는 아빠가 자녀와 놀아주는 것을 매우 중요하게 생각하는 것으로 나타났다. 아빠를 자녀 교육에 참여시킬 수 있는 방법은 뭘까? 자, 지금부터 다섯 가지 팁을 알려드리겠다.

(1) 남편에게 '지금 고생하지 않으면 나중에 외로워진다'고 말한다

남편을 양육 과정에 의식적으로 참여시키는 것은 매우 중요하다. 부부의 자녀인데 부부가 함께 키우는 것은 당연하지 않은가? 남편에게 하루 또는 일주일 동안 해야 할 일을 명확하게 알려주자. 모든 일을 엄마가 도맡아 하지 말고, 아빠에게도 분담을 시켜야 한다.

예전에는 기저귀 갈기, 분유 타기, 아기 재우기 등의 일은 언제나 엄마나 할머니 차지였다. 이제는 남편이 조금 피곤하다고 해도 아이를 돌보게 해야 한다. 아이는 자신과 시간을 많이 보내는 사람을 더 따른다.

(2) 아이가 아빠의 사랑을 느낄 수 있는 시간을 방해하지 않는다

남편이 아이를 볼 때 이것도 하지 마라, 저것도 하지 마라, 지적하는 엄마들이 있다. 남편은 남편대로 할 말이 있다.

"제가 아이를 보기 싫어서 안 보는 줄 아세요? 아이 엄마가 이것도 틀렸다, 저것도 틀렸다, 하도 잔소리를 해대서 아이 보기가 겁나요."

비록 남편들은 아이의 기저귀를 아무 데나 팽개쳐 놓기 일쑤이고 분유 양을 잘못 맞추기도 하지만, 작은 실수에 연연하지 않고 아이가 스스럼없이 마음껏 뛰어놀게 해준다.

남편이 아이를 볼 때 잔소리는 그만하고 옆에서 지켜보자. 지켜볼 수 없다면 아예 자리를 피하자. 자기 아이를 미워하고, 일부러 다치게 할 아빠는 이 세상에 아무도 없다. 남편에게도 남편만의 사랑 방식이 있다. 엄마 눈에는 한없이 부족하게 보일지라도, 아이는 아빠의 사랑 방식이 더 마음에 들 수도 있다. 아내가 남편에게 자기 방식을 강요하는 것은, 아이에게서 아빠의 사랑을 느낄 수 있는 기회를 빼앗고 또 한 명의 엄마를 만드는 것과도 같다.

(3) 아빠와 아이가 관계를 형성할 수 있는 공간을 마련해 준다

아이가 조금 크면 부자(父子) 또는 부녀(父女)가 함께 놀 수 있는 공간을 마련해 주자. 그러면 아내가 잠깐이든 오랫동안이든 외출했을 때, 남편과 아이가 그곳에서 그들만의 방식으로 재미있게 논다. 아빠와 아이가 관계를 돈독하게 쌓을 수 있는 공간을 마련해 주는 것을 꼭 기억하자.

(4) 아이 앞에서 남편의 흉을 보는 것은 아이의 생명에 독소를 뿌리는 것과 같다

남편이 무뚝뚝해서 자녀에게 사랑 표현을 잘 못한다면, 아내가 아이에게 대신 말해 줄 수 있다.

“동동아, 너 자는 모습이 너무 귀여워서 아빠가 아침에 네 볼에 ‘쪽’ 뽀뽀하고 출근했어. 아빠가 동동이 많이 사랑하는 거 알지?”

“샤오밍, 오늘도 아빠는 열심히 일하러 갔어. 그래야 사랑하는 샤오밍이 편안하고 즐겁게 살 수 있고, 또 장난감도 사줄 수 있거든.”

“아빠가 가끔 무섭게 혼내는 건 샤오팅이 나쁜 버릇에 물들지 않고 바르게 자라길 바라서야. 아빠도 샤오팅이 너무 귀엽고 사랑스럽대.”

아이 앞에서 남편의 흉을 보는 것은 부자, 부녀 사이에 큰 장벽을 세우는 것이나 다름없다.

“이것 봐. 애들 보는 건 언제나 내 차지지. 지금 몇 시인데, 아직도 집에 안 들어오는 거야? 애들이 있으면 좀 일찍 들어와서 같이 놀아주면 좋잖아. 애들이 아프든 말든 신경도 안 쓰고…….”

“엄마가 너 가졌을 때 아빠에게 맞아서 하마터면 너도 못 낳을 뻔했

어."

남편과 자녀 사이에 사랑의 연결고리를 만들어 줄 수 없다면, 적어도 파괴는 하지 말자. 아이 앞에서 남편의 흉을 보게 되면, 남편과 자녀의 관계뿐 아니라 자녀의 자존감과 존재감도 함께 무너진다. 쉽게 말해서 자녀가 '아빠도 날 싫어하는데 누가 날 좋아하겠어.'라고 생각하게 된다.

아이 앞에서 남편의 흉을 보는 것은 아이의 생명에 독소를 뿌리는 것과 같다.

엄마라면, 진실로 아이를 사랑한다면, 아이에게 최고의 교육과 사랑을 주고 싶다면, 남편을 사랑하라. 나머지는 곁가지에 불과하다. 이것은 남편에게도 똑같이 해당되는 조언이다.

(5) 남편과 꼭 의견이 같을 필요는 없다

아빠에게 아빠만의 방식으로 사랑받고, 엄마에게 엄마만의 방식으로 사랑받고 자란 아이는 성장해서 사회에 잘 적응한다.

모든 부모는 저마다 생김새, 가치관, 행동방식 등이 다 다른 사람들 사이에서 아이가 잘 적응하고 독립적으로 생활하기를 바란다. 따라서 부부의 의견이 일치하지 않을 때는, 아이에게 의견이 서로 다른 사람들 사이에서 어떻게 판단하고 선택해야 하는지를 교육시킬 수 있는 기회로 삼아야 한다. 물론 이 기회를 빌려 아이를 자신의 뜻을 이루기 위해서 이용하거나, 영원히 '자기 편'으로 만들 생각은 하지 말자. 아이에게 엄마 아빠는 항상 의견이 같다는 거짓된 인상을 심어줄 필요는 없다. 아이를 판단력이 뛰어난 진실한 사람으로 키우고 싶다면, 부모 스스로 진실한 사람이 되어야 한다. 부모가 진실한 정보를 전달하면 아이도 거짓된 정보에 휩싸여 고민하지 않고, 부모도 아이 때문에 고민하지 않게 된다. 아이는 늘 어른보다 진리에 가까이 있다.

돈을 조금 덜 벌고, 행복을 조금 더 키우자

〈유에스에이 투데이(USA Today)〉의 설문조사에 따르면 미국인의 71%는 아빠가 되는 것이 남자의 가장 중요한 역할이라고 생각하고, 64%는 엄마가 되는 것이 여자의 가장 중요한 역할이라고 생각하는 것으로 나타났다. 또 80%의 미국인은 아이는 양쪽 부모가 다 있는 가정에서 자라는 것이 중요하다고 생각했다.

이제는 많은 부모가 양육 과정에서 부모 역할의 중요성을 이해하고, 아이와 함께 많은 시간을 보내기 위해서 노력해야 한다. 노력하지 않으면 아무것도 얻을 수 없다. 세상에서 자신의 모든 것을 쏟아 부어도 아깝지 않을 일이 있다면, 아이를 건강하고 행복하게 키우는 것이리라. 아이가 활짝 짓는 행복한 미소에 부모는 더없이 행복해지고, 온 가족의 마음은 따뜻해진다.

사랑은 따뜻하게 격려하는 눈빛이요, 부드러운 포옹이다. 또 상대방의 두 손을 꼭 잡아주는 것이요, 상대방의 말에 귀를 기울이는 것이다. 아빠가 아이에게 할 수 있는 최고의 사랑 고백은, 오바마와 베컴처럼 제 아무리 바빠도 아이를 위해서 기꺼이 시간을 내어 친구처럼 놀아주며 아빠식 사랑을 표현하는 것이다.

자녀 교육 실패는 어떤 성공으로도 만회가 안 된다

요즘도 자녀를 자신의 부속물이라고 생각하면서, 마음대로 때리고 욕하며 벌주는 부모가 있다. 자녀는 부모의 몸을 빌려 세상에 태어났지만 부모의 부속물도 아니고, 부모의 통제를 받아야 하는 대상도 아니다. 모든 아이는 이 세상에서 완성해야 하는 자기만의 꿈과 사명이 있다. 부모의 임무는 아이가 부모의 꿈이 아니라 스스로의 꿈을 이룰 수 있도록 도와주는 것인데, 아이의 꿈을 비난하고 걱정하는 것은 아이를 저주하는 것이나 다름없다. 자녀에게 줄 수 있는 최고의 사랑은 자녀의 뜻을 있는 그대로 존중해 주는 것이다.

아이의 실수를 접했을 때, 곧바로 아이를 비난하거나 욕하거나 화를 푸는 계기로 삼으면 안 된다. 아이는 아직 많이 배우고 성장하고 직접 경험해야 한다. 아이에겐 실수도 학습의 일종이요, 성장 과정이다.

부모가 열심히 노력해서 가꾼 풍요로운 환경이 때로는 자녀에게 상처의 근원이 되기도 한다. 어려서부터 너무 유다른 환경에서 자란 탓에, 자녀가 친구들과 어울리지도 못하고 질투와 공격의 대상이 될 수도 있는 것이다. 또래 친구들에게 따돌림을 당할 경우, 부모에게 어떤 선물을 받는다 해도 깊은 외로움과 부모의 빈자리가 채워지지 않는다.

수학, 물리, 화학 점수가 높으냐 피아노, 바둑, 서예, 그림에 능하냐는 아이의 행복과 무관한 일이다. 아이의 건강과 행복을 결정하는 요인은 사랑받고 자란 경험, 남을 사랑할 수 있는 능력, 정확하게 선택하는 혜안, 좌절하지 않고 어려움을 해결하는 끈기이다. 교사와 부모가 할 수 있는 최고의 교육은 아이에게서 독특한 장점을 발견하고, 아이가 잘못했을 때 무턱대고 비난하지 않고 스스로 잘못을 바로잡을 수 있도록 도와주는 것이다.

어떤 사람은 자녀에게 유혹에 흔들리지 않는 방법, 걱정하지 않는 방법, 겁먹지 않는 방법을 가르쳐야 한다고 말한다. 난 이 의견에 동의하지 않는다. 유혹과 걱정과 두려움이 없는 인생이 어디 있는가? 불가능한 목표를 세우면 실망과 좌절밖에 안 남는다.

어려움, 걱정, 두려움은 사는 동안 누구나 경험하는 감정이다. 따라서 자녀에게 이들 감정에 저항하지도 말고 회피하지도 말고 그저 묵묵히 느껴라, 그 과정에서 진짜 자신을 발견하고 남을 이해하고 자기만의 인생을 창조하라, 라고 가르쳐야 한다.

아이에게 장기 목표를 세워주려면

아이에게 장기 목표를 세워주고 싶은 부모는 다음의 내용을 참고하자.

① 아이와 좋은 관계를 유지한다. 관계가 좋으면 아이가 먼저 대화하려고 한다.
② 아이 스스로 자신이 어떤 방면에 소질이 있고 어떤 일을 좋아하는지 발견할 수 있도록 돕는다. 사람은 소질에 맞는 일을 해야 제 능력을 발휘할 수 있다.
③ 좌절을 극복하는 능력을 키워준다. 좌절 극복 능력이 있으면, 일이 뜻대로 풀리지 않아도 의기소침해 하지 않고 목표를 향해서 꿋꿋이 나아간다.

부모와 사이가 좋고 소질 있는 분야에서 일하며 좌절을 이겨내는 능력이 뛰어난 사람은 도랑에 물이 고이는 것처럼 자연스럽게 행복이 찾아온다.

실패한 자녀 교육은 부모의 어떤 성공으로도 만회가 안 된다. 자녀가 잘 되면 가정이 잘 되고, 각 가정이 잘 되면 국가 전체가 잘 된다. 사람들이 온종일 바삐 일하는 것도 다 가족의 행복을 위해서이다. 하지만 많은 사람이 물질만 추구하느라 행복을 느끼지 못한 채 살아가고 있다.

아이의 문제는 사실 부모의 문제이다.

자녀 교육은 자녀를 보습학원에 보내고, 없던 재능을 키워주는 것으로 끝나는 게 아니다. 엄마가 할 수 있는 최고의 자녀 교육은 남편을 사랑하는 것이고, 아빠가 할 수 있는 최고의 자녀 교육은 아내를 사랑하는 것이다. 사랑의 힘은 위대하다. 사랑은 교실에서 글로 배우는 것보다 가정에서 직접 경험하는 것이 최고이다.

예전에 어떤 아이가 상담 중에 말했다.

"우리 아빠는 맨날 술이나 마시고 마작이나 하면서, 저한테만 공부 열심히 하래요. 저는 아빠가 미워요. 그래서 아빠가 공부하라고 하면 괜히 하기가 더 싫어져요."

아이가 어떤 사람이 되길 바란다면, 부모가 먼저 그런 사람이 되어야 한다. 아이는 부모의 말보다 행동을 본다.

부모가 취할 수 있는 최고의 태도는 기쁨과 즐거움

어떤 아이는 벤츠가 아니라 다른 집 아이들 처럼 버스를 타고 학교에 가고 싶었다. 하지만 아이의 아빠는 한사코 벤츠를 고집했다. 그게 편하고 체면이 섰기 때문이다. 훗날 아이는 벤츠를 타고 등교하는 것을 거부했고, 아빠가 비싼 장난감을 사줘도 한쪽에 팽개쳐 둔 채 해진 양말을 신고 낡은 책가방을 메고 학교에 갔다. 부모가 큰돈을 써도 아이가 기뻐하지 않으니, 완전 헛수고이지 않은가.

자녀 교육 과정에서 어떤 부모는 노력만큼 성과를 못 얻는다. 악착같이 벌어 좋은 차도 사고 집도 마련하고 마침내 자녀를 최고로 좋은 학교에 보냈건만, 자녀는 부모의 마음을 몰라주고 말도 안 듣고 부모 자식

사이에 감정의 골만 깊어간다.

부모와 자녀의 관계가 좋은 정도에 따라서 자녀가 부모 말을 듣는 정도가 달라진다. 따라서 자녀를 잘 교육시키려면 먼저 자녀와 좋은 관계를 형성해야 한다. 자녀를 단속하고 교육하기 전에 먼저 자신에게 물어보자. 자녀와의 관계를 점수로 환산하면 10점 만점에 몇 점일까? 그 다음에는 자녀에게 엄마나 아빠에게 몇 점을 줄 수 있느냐고 물어보자. 만약에 아이가 6점이라고 대답한다면, 어떻게 해야 8점을 받을 수 있겠느냐고 되묻는다. 그러면 아이가 매우 성의껏 답해 줄 것이다. 어떤 당돌한 꼬마 아가씨는 엄마에게 "나와 함께 있을 때 휴대전화를 보거나 만지지 않으면 8점을 줄게요."라고 말했다.

부모와 자녀의 관계가 8점 미만이면, 성급하게 아이에게 이래라저래라 할 것이 아니라 먼저 관계 개선부터 해야 한다. 그러지 않으면 부모가 무슨 말을 해도 소용이 없어 괜히 화만 솟구친다.

모든 부모는 다 자녀를 사랑한다고 말한다. 하지만 이것은 어디까지나 부모의 생각이고, 자녀가 그렇게 느껴야 진짜이다.

어떤 아이가 말했다.

"전 아빠 엄마와 함께 식사할 때가 가장 행복해요. 아빠 엄마가 없는 집은 집이 아니라 콘크리트 덩어리예요. 세 가족이 다 함께 있어야 진짜 집이에요. 집에 로봇이 있느냐, 피아노가 있느냐는 중요하지 않아요. 엄마 아빠가 싸우지 않는 게 더 중요하죠."

사실 자녀는 평수가 작은 집, 값싼 장난감, 물려 입은 옷 때문에 상처받지 않는다. 부모가 자신의 가치를 낮게 평가하여 걱정하고 믿어주지 않을 때 상처를 받는 것이다. 어떤 부모는 하루가 멀다 하고 싸우면서, 자녀에게는 모든 방면에서 뛰어난 사람이 되라고 요구한다. 하지만 이런 환경에서 자란 아이는 자신감이 부족하게 마련이고, 자신의 앞길이 순탄하지 않을 것임을 예감하게 된다. 모든 성취의 시작점에는 언제나 자신에 대한 신념 및 부모의 신뢰가 있다.

줄 수만 있다면 자녀에게 어떤 인생을 주고 싶은가? 많은 부모는 건강하고 행복한 인생을 주고 싶어 한다. 그러면 어떻게 해야 아이가 어려움 속에서도 꾸준히 노력하며, 건강하고 행복하게 자랄 수 있을까?

자녀에게 막대한 재산을 물려주기 위해 부지런히 돈만 버는 부모는 자녀에게 스스로 사업을 일으키고 재산을 형성하는 능력을 키워주는 것이 가장 중요하다는 것을 모른다.

여러 인간관계 중에서 가장 중요한 관계는 부모와 자식 간의 관계이다. 이 관계가 부실하면 부모의 가치관과 이념이 자녀에게 잘 전달되지 않아, 부모의 모든 노력이 허사가 되기 일쑤이다.

아이를 변화시키려면
부모가 먼저 변해야 한다

어떤 엄마가 "왜 우리 집 아이는 툭하면 화를 버럭 낼까요?"라고 물었다. 내가 "화를 어느 정도로 내죠?"라고 묻자 그녀는 "막 소리를 지르면서 물건을 던져요."라고 대답했다. 내가 "따님이 화를 낼 때 사모님은 어떻게 반응하세요?"라고 묻자 그녀는 "저도 똑같이 소리 지르면서 윽박질러요. 뭐, 가끔 때릴 때도 있어요."라고 대답했다.

"사모님은 남편분에게 어떻게 화내세요?"

"소리 지르고 물건을 집어던져요."

"따님이 화를 낼 때 누구를 닮은 것 같나요?"

그녀는 머뭇머뭇하다가 약간 창피해하며 말했다.

"절 닮았네요."

난 그녀에게 "따님은 엄마의 행동을 보고 배웠어요."라고 말해 주었다.

또 다른 부인은 아이가 온종일 스마트폰을 끼고 살아서 불만이었다. 학생이 공부와 숙제는 안 하고 쓸데없이 휴대전화만 만지작거린다고 혼냈지만, 아이는 통 말을 듣지 않았다. 어쩌면 좋으냐는 그녀의 물음에 난 아이에게 물었다.

"왜 엄마 말을 안 듣니?"

아이는 대답했다.

"엄마는 퇴근하면 스마트폰만 해요. 그런데 저에게는 하지 말래요. 엄마는 계속 하면서요."

난 부인을 보고 말했다.

"사모님 스스로 답을 얻으셨죠?"

훗날 두 부인을 만났을 때, 그녀들은 자신이 변하자 아이도 변했다며 무척 흐뭇해했다.

아이들은 주로 TV 프로그램에 출연하는 연예인이나 부모의 말과 행동 등을 따라 하기 십상이다. 이것은 성인도 마찬가지이다. 아이의 어떤 행동이 마음에 안 들면, 기본적으로 자신이 그렇게 행동하는 게 마음에 안 드는 것이다. 왜냐하면 아이의 사고방식과 행동방식은 부모의 행동에서 알게 모르게 영향을 받기 때문이다. 따라서 부모 스스로 행동을 고치지 않으면, 자녀의 행동을 고치기는 매우 어렵다.

부모가 노력해서 변할 때 자녀는 자연스럽게 변화한다.

자녀가 숙제를 안 하는 것은 부모의 문제이다

"숙제 다 했니?"라는 말에는 많은 부모의 무지함과 무기력함, 사랑하는 능력의 부족함이 반영돼 있다. 이 말의 다른 편에는 많은 어린이의 한숨 섞인 스트레스와 따뜻하게 격려받고 싶은 마음이 있다.

리우 여사의 아들은 초등학교 때부터 "숙제 다 했니?"라는 엄마의 말을 귀에 딱지가 앉을 정도로 들었다. 그러자 이 말이 듣기 싫다고 이성적이고 논리적으로 표현할 수 없었던 아들은 말대답하기, 늑장 부리기, 거짓말하기, 공부 안 하고 도망치기 등과 같은 자기만의 방식으로 엄마에게 저항하기 시작했다.

리우 여사는 말했다.

"아들은 이제 겨우 열 살이에요. 반에서 공부를 잘하는 편이지만, 전 더 잘했으면 좋겠어요. 제가 아들과 주로 충돌하는 부분은 공부예요. 날마다 숙제 때문에 싸우죠. 아들이 숙제를 대충 하기 일쑤고, 어느 땐 일부러 늦게 해요. 제 말은 듣지도 않고 다 잔소리 취급해요. 가끔씩 너무 화가 날 땐 그냥 아들 머리를 콱 쥐어박아요. 그러면 아들이 어떻게 나오는지 아세요? 제가 걱정하게 일부러 숙제를 안 하고 도망쳐요. 얼마 전 주말에 학교에서 심리 수업이 열렸는데, 선생님에게 수업은 9시에 시작되니 관심이 있으면 참관하라는 연락을 받았어요. 전 늦지 않으려고 잠이 덜 깨 비몽사몽 하는 아이를 채근해서 서둘러 학교에 갔어요. 그런데 가서 보니, 아들 또래를 위한 수업이 아니지 않겠어요? 우리를 위한 자리도 없었고요. 그래도 제가 듣겠다고 하니까, 선생님이 자리를 마련해 주셨어요. 뭐, 아들은 화가 많이 났겠죠. 선생님이 아이에게 오라고 한 적도 없고, 또 와서 보니 자기 또래를 위한 수업도 아니고, 그런데도 자신이 주말 아침에 교실에 앉아 있게 된 건 다 엄마 때문이라고 생각했을 거예요. 저도 마음이 불편했지만 그렇다고 잘못을 인정하고 싶진 않았고, 교실에서 나온 뒤에 저를 대하는 아들의 태도가 불량해서 화가 났어요. 그래서 둘이 감정이 격해져 싸우는데, 아들이 갑자기 멀리 도망쳐 버리지 뭐예요? 요즘 들어 아들이 가끔씩 살아도 그만, 안 살아도 그만인 것처럼 행동해서 큰 걱정이에요."

리우 여사의 설명을 듣고 난 말했다.

"제가 여사님 아들이어도 사는 게 재미없겠어요."

그녀는 내 말을 도저히 이해하지 못하겠다는 듯이, 무엇이 잘못되었느냐고 물었다. 난 말했다.

"먼저 주말은 아이에게 쉬는 시간이에요. 그런데 여사님은 자는 아이를 깨워, 관심도 없는 수업을 듣게 했어요. 알고 보니 자기 또래를 위한 수업도 아니고, 웬 모르는 사람들과 같이 수업을 들었어요. 자기 자리도 없는 상태에서요. 어느 아이가 이런 상황을 좋아하죠? 아마 어른도 싫어할 걸요? 아이가 싫어하는 건 당연해요. 불만스러운 것도 당연하고요. 하지만 여사님의 대응 방법은 적절하지 못했어요. 사과는커녕 화내고 질책하고 아이가 도망친 것만 문제 삼으셨죠. 한번 생각해 보세요. 어느 누가 자기 잘못을 인정하지 않고 억지만 부리는 사람과 함께 있고 싶어 할까요?"

리우 여사는 자신의 잘못을 어느 정도 인정했지만, 여전히 "다 아이를 위해서 한 일이에요. 심리 수업을 듣고 성적이 올라갈 수도 있잖아요."라면서 자신의 주장을 강변했다.

난 다시 물었다.

"성적이 오르길 바라는 건 여사님의 바람이에요, 아드님의 바람이에요?"

그녀는 잠시 아무 말도 못하다가, 결국 자신의 바람이라고 인정했다. 내가 다시 말했다.

"아이의 동의 없이 여사님 마음대로 일을 추진한 게 이번이 처음은 아닐 거예요. 그렇죠?"

그녀는 멋쩍게 웃으면서, 그렇다고 대답했다.

자녀와 좋은 관계를 유지하기 위해선 자기 생각만 옳다고 강요하면 안 된다. 자녀가 자신의 요구나 의견을 따르지 않는다고 해서 화를 내거나 불평하게 되면, 자녀와의 사이만 멀어질 뿐이다. 부모는 감독관으로서 자녀를 잘 감시할 권리는 있지만, 아이의 결정권을 빼앗거나 미래를 결정할 권리는 없다. 부모의 역할은 아이에게 영감을 주고 바르게 인도하며 본보기를 보여주는 것이다.

리우 여사는 일을 독단적으로 처리하는 것 외에 아들과 감정적으로 충돌할 때 자제력을 잃고 똑같이 아이가 되어 아들과 싸우는 것도 문제였다.

리우 여사에게 물었다.

"누가 소리를 지르고 화를 내면서 여사님을 위협하고 있어요. 이런 상황이라면 도망치고 싶지 않을까요?"

리우 여사는 말했다.

"그렇군요. 저부터 변해야겠네요. 하지만 가끔씩 아들 녀석이 터무니없는 걸 요구할 때가 있는데, 그것까지 다 들어줄 순 없잖아요?"

난 말했다.

"맞아요. 아이의 요구를 무조건적으로 다 들어줄 필요는 없어요. 마찬가지로 여사님의 요구도 아이가 100프로 다 들어줄 필요는 없을 거예요. 그렇죠?"

그녀는 고개를 끄덕이면서 물었다.

"그러면 어떤 요구를 들어주고, 어떤 요구를 안 들어주면 되죠?"

난 대답했다.

"어떤 요구는 들어주고 어떤 요구는 들어주지 않느냐, 판단 기준은 단순해요. 먼저 여사님 스스로 아이의 요구를 들어줄 필요가 있는지 생각해 보세요. 그 다음에는 아이에게 요구를 들어주면 좌절을 극복하는 능력이 향상될 것 같으냐고 물어보세요."

리우 여사가 또 물었다.

"제 아들은 툭하면 도망치는데 어떡하죠?"

난 몇 가지 방법을 제시했다.

① 부모가 소리를 지르며 혼내면, 아이는 무서워서 도망치고 싶어진다. 아이가 도망치는 문제를 해결하고 싶으면, 먼저 소리 지르며 혼내는 것을 멈춰야 한다.

② 아이에게 매우 사랑하고 있으며 건강하게 잘 자라달라고 말한다. 그러곤 "앞으로 엄마와 어떻게 지낼까? 10점은 '매우 잘 지내고 싶어요'이고, 0점은 '잘 지내고 싶지 않아요'야. 자, 0~10점 중에서 엄마 몇 점 줄 거야? 지금 엄마와 네 관계는 몇 점이야?"라고 묻는다. 만약에 아이가 5점이라고 대답하면 다시 "8점짜리 엄마가 되려면 어떻게 해야 되겠니?"라고 묻는다. 아이가 잘 대답해 줄 것이다.

③ 뒤이어 아이에게 묻는다. "엄마가 화낼 때 네가 집을 나가 버리면 너무 마음이 아프고 걱정돼. 엄마가 어떻게 하면 네가 집을 안 나갈까?"

아이가 대답하면 그 내용을 무시하지 않고 따른다. 아이들은 대부분

사리에 맞는 말을 한다.

훗날 리우 여사는 아들과의 관계가 무척 좋아졌다고 말하며 활짝 웃었다.

나는 지금까지 사리에 안 맞는 부모는 만나봤어도, 사리에 안 맞는 아이를 만나본 적은 없다.

모든 아이의 내면에는 부모에게 인정과 격려와 존중과 관심을 받고 부모와 가깝게 지내고 싶어 하는 마음이 있다. 따라서 부모가 아이를 충분히 존중하고 혼자 결정할 수 있는 여지를 주면, 아이도 부모의 조언이 자신에게 도움이 된다는 것을 알고 잘 따르게 될 것이다. 부모가 끝도 없이 욕심을 부리면, 천진한 아이라도 반항하기 십상이다.

사랑하면 마음대로
상처를 줘도 된다는 생각은 오산이다

난 리우 여사에게 다시 말했다.

"여사님은 방법이 적절하진 않지만, 아드님을 지극히 사랑하는 분이에요. 아이가 여사님 의견을 따르길 바라니까 여쭐게요. 만약에 아이가 여사님 의견을 따르면 커서 어떤 사람이 될 것 같아요?"

리우 여사가 대답했다.

"생각해 본 적이 없지만, 인재는 못 되더라도 최소한 사람다운 사람은 되겠죠? 에이, 솔직히 지금은 아이가 커서 어떤 사람이 될지 잘 모르겠어요."

난 이 물음을 끈질기게 잡고 늘어졌다.

"여사님 의견을 고분고분 따르면 어떤 사람이 될까요? 생각해 보세요."

리우 여사는 말했다.

"자기 생각은 없고 남이 시키는 대로 사는 사람이요."

난 계속 물었다.

"아드님이 그런 사람이 되는 것에 만족하세요?"

리우 여사는 대답했다.

"아니요. 별로예요."

난 말했다.

"여사님의 의견을 안 따라도 문제, 따라도 문제네요. 아드님은 어떤 사람이 되어야 할까요?"

리우 여사는 말했다.

"자기 생각이 뚜렷하고 책임감이 강하고 감사할 줄 아는 사람이 되었으면 좋겠어요."

난 말했다.

"아드님은 자기 주관이 뚜렷한 동시에 여사님 의견도 따라야 하는 거네요. 하지만 여사님 의견을 따라야 하면 자기 주관은 언제 키울까요?"

리우 여사는 그 뒤로 오랫동안 생각에 잠겼다.

"세상에 자녀를 사랑하지 않는 부모는 없다. 단지 잘못된 사랑을 주고 있을 뿐이다."

예전에 인터넷에서 많은 사람에게 공감을 얻은 말이다. 그렇다. 세상에 자녀를 사랑하지 않는 부모는 거의 찾아보기 어렵다. 하지만 잘못된 방식으로 자녀를 사랑하는 부모는 부지기수이다. 많은 부모는 본능적으로 자신의 관점에서 아이의 미래를 설계하고, 아이에게 최고의 것을 주기 위해서 노력한다. 하지만 부모가 설계한 '아름다운 인생'은 아이가 원하는 인생과 반대인 경우가 많다.

예전에 자아 탐구 수업 때 어느 40대 부인이 '지금껏 한 번도 자신이 원하는 대로 살아본 적이 없고, 평생 부모의 꼭두각시 노릇을 하며 살았다'며 꺽꺽 울었다. 그녀의 부모는 지역에서 나는 새도 떨어트릴 정도로 권세가 막강했다. 그래서 초등학교, 중학교, 고등학교, 대학교는 물론이고 그녀가 어느 직장에서 일하고 누구와 결혼하는 것까지 모두 마음대로 정해 버렸다. 그녀는 말했다.

"전 지금까지 제 의견을 주장해 볼 기회가 단 한 번도 없었어요. 선택이란 걸 해볼 기회도 없었고요. 부모가 조종하는 대로 움직여야 하는 꼭두각시나 다름없었으니까요. 그렇다고 불평할 수도 없었어요. 그랬다간 키워준 은혜도 모르는 배은망덕한 딸이라고 혼났을 테니까요. 제가 열심히 노력해서 이룬 것도 사람들은 다 부모덕을 봤을 거라며 멋대로 추측했어요. 숨이 턱턱 막히며 살고 싶지도 않아요. 이제는 제가 누구인지도, 어떻게 살아야 하는지도 모르겠어요."

결국에 그녀는 마흔 살이 넘어 처음으로 가족에게 '대역무도'한 짓을 저질렀다. 자신을 아는 사람이 아무도 없는 곳에서 제2의 삶을 시작하고자 부모의 품과 익숙한 환경을 떠난 것이다. 그곳에서 그녀는 자신이 누구인지, 왜 살아야 하는지 이유를 찾을 계획이다.

그녀는 말했다.

“부모님이 미워요. 살면서 다양하게 경험할 수 있는 기회를 당신들 멋대로 제게서 앗아가 버렸잖아요.”

그녀에게 물었다.

“혼자 외지에서 살면 고생하지 않겠어요?”

그녀는 말했다.

“모든 것을 새로 시작하고 제 손으로 직접 해결해야 하니까 고생은 되겠죠. 하지만 벌써부터 마음은 편안하고 자유로워요. 제 능력과 두 손으로 삶을 개척하고 제 스스로 인생의 주인이 된다는 건 참 멋진 일 아닌가요?”

부모들은 자녀에게 물질적으로 안정된 생활을 마련해 주고 싶어 한다. 자녀가 고생하는 것을 보고 싶지 않아서이다. 또한 물질의 많고 적음으로 고생의 여부를 판단하기 때문에, 어떡하든 물질을 많이 모으려고 노력한다. 하지만 진짜 고생은 물질적으로 적게 가졌을 때가 아니라, 선택할 수 있는 자유를 박탈당할 때 시작된다.

자유롭게 선택할 수 있는 사람은 자신이 원하는 만큼 부를 창조할 수 있다. 하지만 다른 사람, 예컨대 부모가 주는 것을 받기만 하는 사람은 자존감과 동력이 떨어져 그렇게 하질 못한다.

사람은 세상에 공헌하고 새로운 것을 창조하기 위해서 태어난다. 따라서 자녀에게서 그런 기회를 빼앗는 것은 생명의 의미를 빼앗는 것과 마찬가지이다.

자녀 교육은 아무 때나 원점으로 돌아가 다시 시작할 수 없다. 적절한 시기가 거의 정해져 있기 때문이다. 시간은 한번 흘러가면 다시는 돌아오지 않는다. 자녀가 옆에 있을 때, 차분하게 함께 공부하고 즐겁게 놀아주자. 방법을 잘 모를 땐 자녀에게 "엄마가 어떻게 하면 좋은 엄마가 될까?"라고 물어보면 된다. 그러면 아이가 알려줄 것이다.

아이는 최고의 스승이다. 따라서 아이의 말에 귀를 기울이고 함께 재미있게 놀아주며 부모 스스로 모범을 보이면, 아이에게 잘못된 사랑을 주지 않을까 걱정하지 않아도 된다.

부모가 된다는 것은, 자녀와 함께하는 모든 순간을 후회가 아닌 기념으로 만들 수 있는 아름다운 여행을 떠나는 것이다.

자녀가 이성과 교제하는 것보다 설레지 못하는 것을 더 걱정하자

이성 교제는 정신적, 신체적으로 어느 정도 성숙한 아이들에게 자연스럽게 드는 욕구이다. 아이들의 자제력은 부모가 생각하는 것 이상으로 뛰어나다. 그러니 이성 교제를 하는 자녀를 믿어주자. 자녀의 이성 교제는 부모에게도 신뢰의 힘을 경험하는 좋은 기회가 될 수 있다. 자녀의 이성 교제를 무조건 반대하면, 부모와 자녀 사이의 신뢰에 금이 가고 자녀가 상처를 받는다. 또한 이것은 부모 본인이 인생의 규칙에 대해 무지하다는 사실을 입증하는 것이기도 하다.

부모도 사춘기를 지나봐서 알겠지만, 사춘기에 이성을 보고 설레지 않는 사람이 어디 있는가?

(1) 자녀가 이성 교제를 할 때가 자녀를 이해하기에 좋은 때이다

자녀가 이성 친구를 사귈 때는 마침 자녀를 새로이 이해하고 발견하며 인도할 수 있는 좋은 기회이다.

예전에 딸에게 "넌 어떤 남자가 이상형이니? 왜 그런 남자가 맘에 들지? 학교에 좋아하는 남학생 있니?"라고 넌지시 물은 적이 있다. 그러곤 이렇게 말해 줬다.

"엄마는 네가 남자친구를 사귀는 걸 반대하지는 않아. 남자친구를 사귀면서 공부도 열심히 한다면 말이야. 그리고 요새 성병에 걸린 사람들이 그렇게 많대. 에이즈에 대해서 너도 들어봤지? 에이즈는 성 접촉을 통해서 전염되는 치명적인 성병이야. 때문에 성은 함부로 대하면 안 되고, 언제 어디서나 네 자신을 소중하게 지켜야 해."

딸이 "엄마, 남자친구도 없는데 무슨 에이즈 걱정까지 하세요."라고 말해서 난 다시 말했다.

"미리 알아서 나쁠 건 없잖아. 엄마는 소중한 내 딸이 아무것도 모르고 있다가 상처 받는 거 보고 싶지 않아서 그래. 남자에 관한 문제는 엄마에게 물어봐. 내가 '베프(절친한 친구)'처럼 알려줄게."

당시에 딸은 내 태도를 마음에 들어 하지 않았다.

딸을 보호하는 최고의 방법은 딸에게 친구가 되어주는 것이다. 그럴 때에 딸을 이해하고 응원하고 도울 수 있는 기회가 생긴다.

부모가 반대하고 막는다고 해서 움직이는 마음이 멈출까? 자녀만 상처 받고 괴로워질 뿐이다. 부모 몰래 이성 친구를 사귀게 되면, 뜻하지 않게 부모에게 거짓말을 해야 하지 않는가.

(2) 이성 교제를 하면 창조력이 좋아진다

자녀가 이성과 교제하는 것보다 설레지 못하는 것을 더 걱정하자!

설렘이란 무엇인가? 학업에 지장이 없는 선에서 연애하는 달콤한 기분을 느끼는 것이다. 설렘은 창조력을 자극한다.

일상에서 이성 교제와 학업을 병행하는 아이는 방종과 자율성 사이에서 균형점을 찾는 방법을 배운다. 또한 이성 교제는 아이에게 적극적으로 탐구하는 능력, 사람을 사귀는 능력, 실패를 받아들이는 능력 등을 키워준다.

사람은 본능적으로 이성을 좋아하고, 사랑은 엔진처럼 큰 동력을 일으킨다. 한데 사랑은 말보다 영향력이 더 크기 때문에, 부모가 상투적인 말로 자녀의 본능을 억누르는 것은 아무 소용이 없다.

사람은 본능을 이길 수 없다. 사춘기 자녀가 이성에 대해 호기심과 설렘을 느끼는 것을 자연스럽게 받아들이자.

(3) 사춘기에 이성 교제를 하면 인생의 역할을 일찍 체험할 수 있다

사실 사람은 살면서 다양한 역할을 맡는다. 어느 때는 아이들의 엄마인 동시에 한 남자의 아내이고, 어느 때는 한 부모의 딸이자 누군가의 동료, 친구이다. 이들 역할은 꼭 중고등학교를 졸업할 때까지 기다리지 않고 좀 더 일찍 연습을 시작해도 된다. 만약에 자녀가 이성 교제를 하고 있다면, 그것을 인생의 규칙을 일찍 학습하는 기회로 만들어 주자. 이성 교제를 통해서 아이는 부모의 귀한 자식이요, 누군가의 좋은 이성 친구이자 학생으로서 책임과 의무를 다하고 감정생활과 학업 사이에서 균형을 이루는 방법을 배울 수 있다.

사춘기의 이른 연애는 이른 연습, 즉 인생의 다양한 역할을 어떻게 연기해야 하는지 조금 일찍 연습하는 것이다.

정리하자면, 아이가 이성 친구를 사귀어도 부모가 바르게 인도하면 이성 친구와 설레며 좋은 감정을 키워나가는 중에도 학생의 주된 목표인 학업을 게을리 하지 않는다.

자녀의 뜻을 존중하고 자녀가 인생의 다양한 역할을 체험하며 각종 상황에 적응할 수 있도록 도와주는 것은 부모가 자녀에게 줄 수 있는 최고의 사랑이요, 응원이다.

자녀가 이성 교제를 할 때 부모는 어떻게 해야 할까

그 전까지 부모가 자녀에게 단순한 친구였다면, 이제부터는 모든 것을 터놓고 말할 수 있는 절친한 친구가 되어야 한다.

부모에게도 어렸을 때가 있었고, 사랑에 빠졌을 때가 있었다. 세일러 셔츠를 입은 남학생을 보고 심장이 쿵쿵 뛰고 얼굴이 발개졌던 여학생 시절이 있었고, 머리를 양 갈래로 땋은 여학생을 숨도 못 쉬고 멍하니 쳐다보던 남학생 시절이 있었다. 그렇게 청춘인 시절을 모두 지나왔다.

아이가 이성 교제를 할 때, 부모는 간섭하거나 통제하거나 비난해서는 안 된다. 부모가 "이성 교제는 안 돼!"라고 말한다고 해서 아이가 두근거리는 마음을 접고 공부에 전념할까? 오히려 관심을 갖고 "이성 친구를 사귀니까 어때? 그 친구 어떤 점이 마음에 들어?"라고 묻고 "예전에 엄마는 네 아빠가 긍정적이고 재미있고 책을 많이 읽어서 좋았어. 네 아빠는 흰 셔츠가 잘 어울리고 옷도 깨끗이 입고 농구를 아주 잘했단다."라고 말해 주는 편이 낫다. 또는 자녀와 함께 이성 친구의 장점을 찾아보며 "와, 너 눈 되게 높구나!" "난 네가 너 자신을 소중하게 잘 지키리라고 믿어."라고 말해 주는 것도 좋고, 이성 친구의 생일파티 때 자녀가 어떤 옷을 입고 어떤 타이를 맬지 함께 골라주는 것도 좋으며, 이성 친구에게 줄 꽃과 선물을 함께 사주러 가는 것도 좋다. 부모가 뭐든지 터놓고 말할 수 있는 친구가 되어주면 자녀는 이성 친구를 사귀는 기쁨과 즐거움은 물론이고, 헤어진 뒤의 슬픔도 부모와 함께 나누며 사춘기를 보낼 수 있을 것이다.

이제 남은 일은 자녀와 전우가 되는 것이다.

자녀가 이성 교제를 할 때, 어쩌면 학교에 '호출'되는 일이 발생할 수도 있다. 이때 학교 편에 서서 교사와 함께 자녀를 혼내야 할까, 자녀 편에 서서 자녀를 이해하고 믿어줘야 할까?

꼭 기억해야 할 점은 자녀가 무슨 일을 저질렀어도 부모는 적이나 스파이가 아니라 반드시 자녀의 전우, 맹우가 되어줘야 한다는 점이다.

이를테면 자녀가 '징계' 처분을 받았을 경우에도 부모는 생활지도 교사처럼 딱딱거리기보다 자녀를 충분히 이해하고 타일러 줄 필요가 있다. 분명히 말하지만 부모 자식 사이에선 신뢰, 존중, 사랑을 보호하는 것이 가장 중요하다.

부모의 책임은 자녀의 성장을 돕는 것이지, 교사를 기쁘게 하고 편들어 주는 것이 아니다. 따라서 무엇을 말하고 행동하기 전에 먼저 그것이 자녀와의 관계에 도움이 되는지를 생각해야 한다. 자녀에게 “선생님이 뭐라고 말씀하시고 친구들이 어떻게 보든, 아빠 엄마는 네 편이야. 우린 널 믿어. 네가 현명하게 자랐으면 좋겠구나.”라고 말해 주자.

아이들 사이의 '제3자'가 되지 말자

자녀가 이성 친구를 사귀면 어떤 부모는 화가 나고 당황스러운 나머지 자녀를 몰래 미행하기도 하고, 일기장이나 메시지를 훔쳐보기도 하며, 교사나 상대 아이의 부모를 찾아가 핏대를 세우며 비난하기도 한다. 한데 '제3자'가 되어 졸렬한 수단으로 둘 사이를 떼어놓으려고 하는 것은 매우 어리석은 행위이다.

청소년 좌절 훈련 캠프에서 어떤 예쁜 여학생은 엄마가 자신과 남자친구에게 한 행동 때문에 치를 떨며 눈물을 흘리기까지 했다. 사연은 이렇다. 어느 날 오후 이 여학생이 학교 수업을 마치고 남자친구와 함께 하교할 때였다. 갑자기 엄마가 길가의 나무 뒤에서 불쑥 나타나더니, 많은 학생들 앞에서 큰 소리로 “이 발랑 까진 계집애야!”라며 욕설을 퍼부었다. 여학생의 엄마는 딸의 남자친구에게도 당장 헤어지라고 윽박질러, 두 아이를 전교생의 웃음거리로 만들었다. 이미 2년 전의 일이지만 여학생은 지금도 엄마가 자신에게 '발랑 까진 계집애'라고 험담을 해서 친구들이 낄낄거리고 웃던 것만 생각하면 온몸이 부들부들 떨린다고 말했다. 문제는 이뿐만이 아니었다. 여학생은 그 뒤로 친구들 사이에서 고개도 못 들고 다니게 되었고, 선생님을 포함한 어떤 사람도 못 믿게 되었다. 심리적으로 고립된 상태에서 얼굴에 여드름까지 나자 여학생은 아예 입을 다물었고, 우울증이 심해져 급기야 칼로 손목을 긋고 말았다.

프랑스에서 유학한 어떤 남자는 잘생긴 데다가 연봉도 높아 여자들에게 인기가 많았지만, 어떤 여자에게도 관심을 주지 않았다.

"학창 시절에 여자친구를 사귀었는데, 절 미행하던 엄마에게 들켰어요. 이성 교제 일로 학교와 집에서 한바탕 난리가 난 뒤에 엄마는 절 방에 가두고 먹을 것만 줬어요. 휴대전화와 컴퓨터는 당연히 빼앗겼고요. 이렇게 한 달을 갇혀 지낸 뒤에 여자친구와 헤어졌어요. 그 당시 얼마나 괴롭던지, 한 달 만에 10킬로그램이 넘게 빠졌어요……."

당시에 너무 큰 상처를 받아 성인이 된 뒤에도 여자친구를 사귀지 않았다는 그는 "어머니께 복수하려면 이 방법밖에 없어요."라고 했다.

자녀는 부모의 몸을 빌려 태어났지만, 부모의 부속물이 아니다. 좋든 싫든 이 사실을 받아들여야 한다. 부모는 자녀를 지도하고 보살필 수는 있지만, 자녀에게서 선택의 기회를 빼앗아선 안 된다. 부모에게는 빙빙 둘러 가는 것처럼 보이는 길이 자녀에게는 꼭 지나가야 하는 길일 수도 있다. 자녀는 경험을 통해 자신의 인생을 창조하고 선택하는 방법을 배운다. 때로는 자녀가 고생길에 들어섰다고 판단되어도 부모가 바로 개입하지 말고, 자녀 스스로 올바른 방향을 찾아 성장할 수 있도록 가만히 지켜봐 주는 것도 사랑이다.

자녀와 대립각을 세우면 걱정하던 일이 벌어진다

어떤 일을 두고 자녀와 대립각을 세우면 결과는 뻔하다. 자녀가 부모 몰래 그 일을 해 결국은 걱정하던 일이 벌어진다.

사춘기는 독립적인 인격이 형성되는 중요한 시기이다. 특히 이 시기의 아이들은 반항심이 강해서 선생이나 어른이 말리는 일들을 더 하고 싶어 하는 충동심리를 가지고 있다. 중국 CCTV에서 〈수수께끼 같은 사춘기〉라는 제목의 다큐멘터리가 방영된 적이 있다. 다큐멘터리의 주인공인 사춘기 남학생은 학교장 추천으로 명문고에 진학할 정도로 성적이 뛰어났다. 한데 좋아하는 여학생이 있어도 성적이 떨어질까 걱정하는 교사와 부모의 반대 때문에 그 여학생과 사귀질 못했다. 혼자 가슴앓이를 하고 스트레스에 시달리던 이 남학생은 훗날 자살을 암시하는 유서를 남기고 사라졌다.

사춘기 청소년이 자살하는 가장 큰 이유 중의 하나는 실연이다. 사춘기 청소년은 극단적인 행동을 통해서라도 자신의 감정을 지키고 싶어 하므로, 부모의 세심한 주의가 필요하다. 자녀의 이성 교제를 왜 반대하는가? 좋아하는 이성과 가깝게 지내고 싶은 마음은 아이나 어른이나 똑같다. 어떤 네티즌들은 내게 이런 글을 보내 아쉬움을 전했다.

"사춘기 자녀의 이성 교제를 반대하면 안 된다는 것을 우리 부모님이 미리 아셨으면 얼마나 좋았을까요. 그랬더라면 제가 연애 숙맥이 되지는 않았을 텐데……. 선생님이 몇 년만 더 빨리 말해서 우리 부모님이 아셨더라면, 적어도 지금쯤은 연애 문제 때문에 고민하고 있진 않았을 거예요."

"풋풋한 사랑 한 번 못 해보고 사춘기를 보낸 것이 너무 아쉬워요."

"연애할 때 어찌할 바를 몰라서 허둥대는 건 어른도 마찬가지 아닌가요?"

자녀가 돌아가고 싶어 하는 집을 만들자

연구 결과에 따르면, 가정에서 따뜻한 사랑을 받지 못하고 자란 사람일수록 이른 나이에 이성 교제를 시작하고 공부를 포기하는 것으로 나타났다. 가정에서 못 받은 사랑을 밖에서 찾아 감정적인 따뜻함을 체험하기 때문이다.

잔원밍(詹文明)은 세계적인 경영학자 피터 드러커(Peter F. Drucker)의 마지막 제자이다. 잔원밍의 막내딸은 대학생이 된 뒤에도 어김없이 주말마다 고향집에 돌아갔다. 한번은 막내딸의 대학 친구들이 물었다.

"넌 주말만 되면 집에 가더라. 집에 뭐 감춰둔 재밋거리라도 있니?"

그러자 그의 막내딸은 대답했다.

"재미있는 건 없지만 확실히 따뜻함은 있어. 온 가족이 모이면 웃고 또 웃느라 정신이 없거든."

웃음소리가 넘치는 집에 어느 누가 돌아가고 싶지 않을까? 어느 누가 그런 집을 놔두고 밖에서 방황할까?

부모들이여, 당신들이 필사적으로 노력해서 축적한 물질이 아이에게는 별로 소중하지 않을 수도 있다. 아이에게 필요한 것은 따뜻한 사랑이 흘러넘치는 '마음의 집'이다. 아이가 학교를 마치자마자 돌아가고 싶어 하는 집은, 서로 사랑하는 부모님이 따뜻하게 보살펴 주고 부드럽게 눈을 마주치며 자신을 응원하고 믿어주는 집이다.

자녀에게 줄 수 있는 최고의 선물은 회복탄력성을 키워주는 것이다

자녀를 엄하게 키우는 것이 좋은지, 칭찬을 자주 해주는 것이 좋은지 많은 부모가 갈피를 못 잡는다. 바꿔 말하면 어느 교육 수단이 더 좋으냐는 물음인데, 사실 교육은 수단보다 아이의 소질과 능력을 키우는 데 초점을 맞춰야 한다. 난 부모와 교사의 자녀 교육 문제를 돕다가, 이들이 궁금해 하는 내용이 다음의 몇 가지를 벗어나지 않는다는 사실을 발견했다.

① 어떻게 대화하면 아이가 부모의 말을 잘 들을까?

② 어떻게 하면 아이가 스스로 공부할까?

③ 아이의 책임감은 어떻게 키울까?
④ 아이의 자신감은 어떻게 키울까?
⑤ 아이의 학습력과 자제력은 어떻게 키울까?
⑥ 어떻게 하면 아이가 자신에게 꼭 맞는 목표를 세울까?
⑦ 어떻게 하면 아이를 긍정적이고 명랑하게 키울 수 있을까?
⑧ 어떻게 하면 아이가 일상생활과 학습 중에 겪는 어려움을 잘 해결할 수 있을까?
⑨ 사교성과 소통 능력이 뛰어난 아이로 키우려면 어떻게 해야 할까?

위 내용은 아이 인생의 성패를 결정하는 중요한 문제이다.

부모가 자녀에게 줄 수 있는 최고의 선물은 뭘까? 아이가 세상에서 독립적으로 살아가려면 도전을 두려워하지 않고 인생의 기복에 잘 적응하는 능력, 다시 말해서 회복탄력성(resilience : 심각한 삶의 도전에 직면하고도 다시 일어나는 능력)이 필요하다. 회복탄력성에는 크게 건강한 신체, 정서 관리, 대인관계, 자존감과 자신감, 긍정적인 성격, 목표 수립, 문제 해결, 충동 조절, 적극적인 탐구의 9개 능력이 포함된다.

회복탄력성이 뛰어난 아이는 어떤 난관에 부딪혀도 계속해서 목표를 향해 나아가고 행복을 추구한다.

그렇다면 회복탄력성은 어떻게 키울 수 있을까?

최근 몇 년 동안 많은 심리학자가 관심을 갖고 연구한 내용은 이렇다. 왜 어떤 사람들은 재난, 고난, 좌절, 고통에 굴하지 않고 용감하게 목표를 좇아 자기 인생뿐 아니라 사회도 행복하게 만들까? 한데 왜 어떤 사람들은 자신감과 자존감을 잃고 남 탓만 하며 자신 인생을 비관하다가, 끝내 죄를 저지르고 사회에 해악을 끼칠까? 두 운명을 가르는 요인은 뭘까?

모든 부모는 자녀가 경쟁, 변화, 스트레스, 어려움, 좌절을 꿋꿋이 이겨내고 성공을 향해 성큼성큼 나아가 사회와 타인에 도움이 되는 사람으로 자라길 바란다.

여기 부모들이 솔깃할 만한 내용이 있다. 과학자들은 연구 끝에 회복탄력성의 유무가 성공과 실패를 결정하는 중요한 요인이라는 사실을 발견했다. 더 고무적인 점은, 회복탄력성은 학습과 훈련을 통해 키울 수 있다는 점이다.

자녀가 8세 이하이면 부모가 자녀에게 회복탄력성을 키워주는 학습을 해야 하고, 8세 이상이면 부모와 자녀가 함께 회복탄력성을 키우는 학습을 해야 한다.

개인이 처한 환경과 시대적 배경은 쉽게 바뀌지 않는다. 따라서 환경과 교육제도를 탓하는 것은 의미가 없고, 그런다고 문제가 해결되지도 않는다.

어느 시대든 다 그 시대 나름의 한계가 있다. 부모가 자녀에게 마땅히 해야 할 일은 자녀가 현실의 환경에서 끊임없이 성장할 수 있도록 돕고, 어려움을 극복할 수 있는 능력과 지혜를 키워주고, 기꺼이 새로운 것에 도전하면서 자신의 꿈을 이룰 수 있도록 지도하는 것이다.

그렇다면 구체적으로 어떻게 해야 할까? 아이가 일상적인 활동을 할 때, 선생님이나 친구나 부모와 충돌할 때, 필요와 바람 사이에서 갈등할 때, 기쁘고 화나고 슬프고 즐거울 때, 부모가 적절한 비판과 격려를 통해서 회복탄력성을 이루는 9개의 능력을 향상시켜 주면 아이가 서서히 자기 인생의 주인이 된다. 부모의 역할은 자녀의 인생을 멋대로 계획하는 것이 아니라, 옆에서 응원하고 도와주는 것이다.

내 소원은 아이에게
어려움을 이겨내는 능력을 키워주는 것

지금부터는 나의 인생 경험을 나누고자 한다. 의사 집안에서 태어난 난 어려서부터 너무 당연하게 의사가 되어야 한다고 생각했고, 실제로 의사가 되었다. 하지만 의사가 된 뒤에 발견한 사실은 무수한 질병 앞에서 의사가 할 수 있는 일은 고작 진단뿐이고, 효과적인 치료 방법이 생각보다 많지 않다는 점이었다. 때문에 많은 환자의 생명을 살릴 수 있는 방법을 찾기 위해서 대학원에 진학해 박사 학위를 땄고, 그 후에 다시 미국으로 건너가서 박사 학위를 또 땄다. 이렇게 의료 현장에서 환자를 진료하고 연구하며 20여 년을 보냈다.

미국에서 신경분자생물학을 연구할 때 세계적인 최신 연구 성과를 접하고 많은 질병의 근원이 공포, 두려움, 초조, 분노, 슬픔 등의 감정이라는 사실을 알게 되었다. 두려움은 신장을 망가뜨리고, 화는 간을 망가뜨리고, 슬픔은 폐를 망가뜨리고, 걱정은 비장을 망가뜨린다는 한의학의 이론은 허무맹랑한 소리가 아니었다. 외려 지혜와 과학에 가까웠다. 현재 이 점은 서양 과학계에 의해 서서히 입증되고 있다.

최근의 연구 결과에 따르면, 내과 질환의 70~90%는 심리적인 요소와 관계가 있다. WHO(세계보건기구)가 발표한 10대 질병 중에서 다섯 가지 질병은 마음의 병이고, 나머지 다섯 가지 질병도 심리적인 요소와 관계 있는 병이다. 감정이 병을 유발하기도 하고 낫게도 한다는 발견은 21세기 과학의 놀라운 연구 성과요, 건강관리 분야가 나아가야 할 방향이다.

앞서 말했듯이, 예전에 난 미국 최대의 심리 건강 센터인 센터스톤에서 32개국 출신의 이민자와 난민에게 심리 치료를 진행했다. 베트남 전쟁과 걸프 전쟁에 참전했다가 퇴역한 노병, 온 가족이 말살되고 혼자 살아남은 아이, 피부색과 언어가 다르지만 전란을 숱하게 겪은 각국의 사람들, 쓰나미를 겪은 재해민, '9·11' 사건의 목격자, 어려서 강간이나 교통사고나 뜻밖의 사고를 당한 피해자, 중병에 걸린 환자, 가족이 심각한 질병에 걸린 사람 등 환자의 국적과 사연도 다양했다.

각양각색의 환자를 치료하며 난 어려움을 극복하고 끝내 성공한 사람들을 직접 만나기도 했고, 가혹한 운명에 무릎 꿇고 절망하는 사람들을 돕기도 했다.

내가 확실하게 말할 수 있는 사실은 재난, 좌절, 갈등은 질병을 일으킬뿐더러 일, 학업, 대인관계 등에도 심각한 영향을 준다는 점이다. 심하게는 스스로 목숨을 끊게도 만들고, 타인에게 해를 끼치기도 한다. 때문에 난 아이들에게 어려움을 극복하는 능력을 키워주는 것을 사명으로 삼았다. 개인적으로, 아이들에게 좌절 극복 능력을 키워주는 것은 국가 경제와 국민 생활에도 관계된 중대한 과제라고 생각한다.

화가 난 상태에서는 생각이 깊을 수가 없고, 도전을 회피하기만 하면 발전할 수가 없다. 두려움 속에서는 새로운 것을 창조할 수가 없고, 초조함 속에서는 즐거울 수가 없다. 따라서 아이가 내면의 안정과 조화를 되찾고 차분한 마음으로 인생의 목표를 추구하며 따뜻한 분위기에서 인생의 즐거움을 느낄 수 있도록 부모와 교사가 함께 응원해야 한다.

사실 모든 아이는 이미 인재이다. 부모가 충분히 사랑해 주고 묵묵히 응원하며 마음의 여유를 갖고 기다린다면, 아이는 언제든지 자신의 재능을 꽃피우게 될 것이다.

시험을 망쳤을 때가 회복탄력성을 키워주기 좋은 때

딸이 어렸을 때의 일이다. 어느 날 출장을 마치고 집에 돌아왔는데, 딸이 시험을 망쳤다고 툴툴댔다. 특히 가장 자신 있는 수학 시험을 잘못 봐서 기분이 안 좋다고 했다.

나 : 성적표가 벌써 나왔어?

딸 : 아니요.

나 : 그런데 어떻게 알아?

딸 : 한 문제를 못 풀었어요. 어떻게 풀어야 되는지 아예 모르겠더라고요. 예전에는 한 번도 이런 적이 없었는데요.

나 : 시험 보기 전까지 최선을 다해서 공부했니?

딸 : 아니요.

나 : 노력도 안 하고 성적이 좋게 나오길 바란 거야?

딸 : 하지만…….(딸은 멋쩍은 표정을 지었다.)

나 : 그러면 복습 기간에는 뭐 했어?

딸 : 혼날까 봐 말 못하겠어요.

나 : 에이, 사실대로 말하면 안 혼낼게.

딸 : 날마다 밤늦게까지 소설 읽었어요.

나 : 몇 시까지?

딸 : 11시까지요.

나 : 소설 읽은 게 시험에 어떤 영향을 준 것 같아?

딸 : 잠을 많이 못 자서 피곤했고, 머리가 빨리빨리 안 돌아가고 멍했어요.

나 : 그러면 정리해 보자. 이번에 시험을 망친 주된 원인이 뭐지?

딸 : 복습을 열심히 안 했고, 잠을 충분히 안 잤고, 머릿속이 멍했던 것이요.

나 : 앞으로는 어떻게 할 거야?

딸 : 열심히 복습하고, 제시간에 꼭 잘 거예요.

나 : 이제 알았으니까 그대로 행동하면 되겠네.

딸 : 그런데 내일 선생님이 점수 불러줄 것만 생각하면 겁나요.

나 : 뭐가 겁나?

딸 : 모르겠어요. 그냥 겁나요.

나 : 선생님이 점수 부를 때 네가 어떤 점을 겁내 하는지 상상해 봐.

딸 : 선생님이 제 이름을 부르고 70점이라고 말했는데, 애들이 막 웃어요.

나 : 어떤 애들?

딸 : 친구들이요. 반 친구들이 막 비웃어요.

나 : 반 친구들이 다?

딸 : 아니요. 두 명만요.

나 : 누구누구?

딸 : 제일 친한 친구랑 라이벌인 애요.

나 : 두 아이 중에 누구 표정을 더 못 참겠어?

딸 : 라이벌인 애요.

나 : 그 친구 표정을 자세히 봐봐. 0~10점 중에 몇 점 정도로 괴롭니?

딸 : 6점이요.

나 : 어떤 점이 괴로워?

딸 : 그 친구가 내 점수를 듣고 아주 고소해하고 있어요.

나 : 그 친구의 표정을 계속 봐봐. 여전히 괴롭니?

딸 : (몇 분이 지난 뒤에)지금은 괜찮아요.

나 : 왜 괜찮아졌어?

딸 : 갑자기 웃더니 자기 할 일 하러 갔어요.

나 : 지금은 몇 점 정도로 괴로워?

딸 : 0점이요.

나 : 지금 기분이 어때?

딸 : 이제는 하나도 안 겁나요.

나 : 네 라이벌인 친구에게 어떤 점을 배웠니?

딸 : 다른 사람에게 부정적인 영향을 받아도 차분하게 자기 할 일을 하

는 것이요.

나 : 이제 라이벌 친구를 어떻게 대할까?

딸 : 고마워할래요.

나 : 이야! 우리 딸 지혜가 또 한 뼘 자랐네. 대단해!

난 부모에게 가장 보람찬 일은 자녀를 건강하고 행복하고 성공하는 사람으로 키우는 것이라고 생각한다. 그러기 위해선 자녀에게 단정한 태도와 성공하는 능력을 키워줘야 하는데, 이런 태도와 능력은 사소한 일에서 배양된다.

어떤 상황에서도 부모는 아이의 회복탄력성, 구체적으로 정서 관리 능력, 친구 사귀기 능력, 충동 조절 능력, 문제 해결 능력, 적극적인 탐구 능력, 신체를 건강하게 보호하는 능력 등을 키워주는 일에 초점을 맞춰야 한다.

모든 아이는 친구들 사이에서 빼어난 존재가 되고 싶어 하는 욕구가 있다. 또 나름대로 옳고 그름에 대한 기준이 있지만 가끔씩 유혹을 이기지 못하여, 공부해야 할 시간에 컴퓨터 게임을 하거나 소설을 읽는다. 어른도 그러지 않는가?

이럴 때 부모가 해야 할 일은 아이가 유혹거리와 공부 사이에서 균형을 이룰 수 있도록 도와주는 것이다. 질책하고 혼낸다고 해서 해결될 문제가 결코 아니다. 내면의 동기가 발동해야, 아이가 유혹거리를 이기고 자율적으로 노력하고 공부한다.

흥미를 유발하는 방식으로 아이의 성적을 올리자

여느 부모가 다 그렇듯, 나도 딸이 책을 많이 읽기를 바랐다. 딸은 초등학교 1학년 때까지 그림책만 봤다. 하지만 내 눈에 그림책은 진정한 책이 아니었다. 적어도 책이라고 불리려면 글자가 빼곡하게 들어차 있어야 하지 않은가? 그래서 딸에게 글씨가 많은 책을 줘봤다. 당시에 읽을 줄 아는 단어가 많지 않았던 딸은 도통 봐도 내용을 모르겠는지 결국 책을 내려놨다.

아무리 강요해 봤자 소용이 없다는 걸 알게 된 나는 딸이 글자가 많은 책을 좋아하게 만들기 위해서 고민하기 시작했다. 개인적으로 학교 교과목 중에서 읽기와 쓰기가 가장 중요하고 나머지는 인문 소양을 쌓거나 세상을 이해하는 공부라고 생각했기 때문에, 어떡하든 책 읽기에 흥미를 붙여줄 수 있는 방법을 찾아야 했다.

사람은 자기가 좋아하는 일은 누가 시키지 않아도 하게 되고, 좋아하는 것을 얻기 위해선 어떤 노력도 마다하지 않는다. 딸은 디즈니 영화에 나오는 보라색 유니콘을 무척 좋아했는데, 마침 절찬리에 판매 중이라는 소문을 들었다. 갑자기 좋은 방법이 생각난 나는 초등학교 1,2학년생이 보기에 적당한 책을 고른 뒤에 딸에게 말했다.

"이것 좀 봐. 네가 좋아하는 유니콘이야. 이 유니콘 갖고 싶지 않니?"

딸은 눈을 반짝이며 말했다.

"갖고 싶어요."

"돈 있으면 이 유니콘 사고 싶어?"

"네. 하지만 돈이 없어요."

"이 책 읽으면 엄마가 사줄게."

딸은 내 제안을 흔쾌히 받아들였다. 평소에 난 생일이나 기념일이 아니면 장난감과 인형을 일체 안 사줬다. 때문에 책을 읽는 것이 유니콘 인형을 살 수 있는 유일한 길이라는 걸 딸도 알았다.

난 유니콘 인형을 사다가, 딸이 날마다 볼 수 있는 곳에 놓아두었다. 그러곤 일기장에 유니콘을 그려 열세 등분으로 나누고 딸이 읽어야 하는 책도 열세 등분으로 나누었다. 책의 각 부분은 유니콘의 머리, 꼬리, 몸통, 앞다리, 뒷다리 등등과 한 세트를 이루었다. 난 딸이 책의 한 부분을 다 읽을 때마다 "와, 유니콘 머리를 모았네. 다음 부분을 읽으면 유니콘의 앞다리, 등을 모을 수 있어."라고 말했다. 딸은 여전히 글자가 많은 책 읽기를 싫어했지만, 좋아하는 유니콘 인형을 얻기 위해서 꾸준히 읽었다. 어느 날 집에 놀러 온 딸의 친구들이 말했다.

"우리, 저 유니콘 갖고 놀자."

딸의 친구들도 모두 유니콘을 좋아했다. 딸은 "안 돼. 엄마가 준 책 다 읽어야 갖고 놀 수 있어."라고 말했다. 그러자 친구들이 "같이 읽으면 더 빨리 읽을 수 있잖아."라고 말했고, 딸은 친구들과 함께 사전을 찾으며 재미있게 읽었다.

몇 달 뒤의 추수감사절에 딸과 친구들은 마침내 책의 마지막 부분까지 다 읽고 유니콘 인형의 포장지를 신나게 뜯었다. 어미 유니콘과 네 마리의 새끼 유니콘이 음악에 맞춰 달그락달그락 움직이자 아이들도 신이 나서 폴짝폴짝 뛰었다.

첫 번째 책을 재미있게 읽은 딸은 내가 시키지 않아도 알아서 나머지 시리즈를 찾아 읽기 시작했고, 결국 열 권이 넘는 시리즈를 다 읽었다. 그 뒤에는 딸의 독서에 관해서 더는 신경 쓰지 않았는데, 지금 딸은 책 읽기를 매우 좋아한다.

아이에게 새로운 습관을 키워주는 것은 매우 어렵지만, 내재된 동기를 자극하면 불가능한 일은 아니다. 단, 동기는 반드시 아이의 바람과 요구를 충족시키는 것이어야 한다.

새로운 습관을 키워줄 땐 질책이나 잔소리를 하면 안 되고, 아이가 무엇을 필요로 하는지 아는 게 중요하다. 만약에 부모가 "넌 영어를 못하니까 영어 단어를 열심히 외워야 돼."라고 말하면, 괜히 아이의 반항심만 자극하는 역효과가 일어난다. 영어 단어를 외우는 것은 아직까지 부모의 바람이지, 아이가 원하는 게 아니지 않은가. 아이가 자발적으로 영어 단어를 외우고 책을 읽게 하려면, 이것을 아이의 흥미와 필요로 만들어 주어야 한다. 그러면 스스로 동기 부여가 되어, 부모가 시키지 않아도 자발적으로 영어 단어를 외우고 책을 읽는다.

대다수의 어른에게 직장은 생계 수단이다. 일을 해야 봉급을 받고, 봉급을 받아 저축을 해야 집도 사고 차도 사고 옷과 식료품도 사고 여행도 갈 수 있다. 사람들이 툴툴거리면서도 일하는 원인은 간단한데, 사람은 자신이 좋아하고 필요한 것이 있을 때 기꺼이 노력하기 때문이다.

아이도 예외는 아니다. 물론 아이의 목표는 어른이 중요하게 생각하는 진학, 승진, 재테크는 아니다. 하지만 아이도 나름대로 특별히 갖고 싶은 것이 있거나, 흥미를 느끼는 활동이 있다. 예를 들어 컴퓨터 게임하기, 만화 보기, 장난감 사기, 스마트폰 게임하기, 햄버거 먹기, 친구와 함께 놀기 등은 어른에게는 시간만 낭비하는 무가치한 일이겠지만 아이들은 좋아한다. 자녀에게 새로운 습관을 키워주고 싶을 때에는 아이의 요구를 충족시켜 주는 방식을 이용하면 일거양득의 효과를 얻을 수 있다. 다른 사람의 요구나 기대를 만족시키기 위해서 최선을 다하는 사람은 없지만, 자신의 필요를 충족시키고 꿈을 이루기 위해서 몸을 사리지 않고 노력하는 사람은 많다.

자녀가 좋은 성적을 내길 바라거든 흥미를 유발하는 방법을 이용하자.

단지 돈을 벌기 위해서 일한다는 인상을 자녀에게 주지 말자

친구네 가족과 함께 여행하는 중에 대화의 주제가 자연스럽게 부동산 투자, 주식 투자로 흘렀다. 딸이 어른들의 대화를 흥미롭게 듣는 것을 보자, 나는 딸에게 돈에 대한 가치관을 알려줄 수 있는 좋은 기회라고 생각했다.

어느 연예인이 어떤 주식을 사서 떼돈을 벌었네, 누구네 엄마가 몇 년 전에 사놓은 부동산의 가격이 몇 배로 뛰어서 이번에 차를 바꿨네, 요새는 어떤 직업을 가져야 돈을 잘 버네, 누구를 찾아가면 돈을 벌 수 있네…… 사람들은 돈에 관심이 많다. 돈은 나쁜 것이 아니다. 나도 돈을 좋아한다. 생활의 편의와 즐거움을 누리려면 일단 돈이 있어야 한다. 하지만 예로부터 군자는 재물을 도에 맞게 취한다고 했다.

돈을 버는 것이 인생의 최고 목적이면 안 된다. 돈은 자신이 좋아하면서도 잘하는 일을 할 때 자연스럽게 따라온다. 풍요롭게 살기 위해선 자신이 좋아하고 잘할 수 있는 일을 찾은 뒤에 끊임없는 학습으로 자신의 능력을 향상시켜야 한다. 자신의 지식과 능력을 발휘해 다른 사람을 도우면 자신도 기분이 좋아지고, 도움을 받는 사람도 기꺼운 감정을 느끼게 된다.

자신이 좋아하면서도 잘하는 일로 사람들을 돕다 보면, 이곳저곳에서 돈과 기회가 찾아와 자연스럽게 기본적인 생활이 보장된다. 많은 사람은 두려운 상태에서 가능성을 선택한다. 하지만 두려운 상태에선 회피하고 방어하는 데 에너지가 쓰여 새로운 것을 창조할 수 없다. 사람들에게 도움과 격려를 주는 에너지는 열정적인 감정, 열렬한 사랑, 창의성에서 비롯된다.

많은 현대인이 돈에 초점을 맞추고 사는 데에는 다 이유가 있다. 사람은 본능적으로 안정을 추구하기 때문에 돈이 필요하고, 그래서 돈을 벌 수 있는 길을 선택한다. 돈은 안정감의 상징이다. 돈이 있으면 생활이 든든하게 보장되고, 심리적으로도 안정이 되기 때문이다. 따라서 사람이 돈을 추구하는 것은 천박한 의식이 아니라, 올바른 의식이다.

부모로서 돈을 벌어 가족을 부양하는 것도 중요하지만, 자녀에게 돈 버는 능력을 키워주는 것도 마찬가지로 중요하다. 돈 버는 능력은 아무리 써도 닳지 않고, 학습의 깊이가 깊어지고 지식과 체험의 폭이 넓어지면 더욱 커진다. 또한 나이가 들어도 녹슬지 않고, 제대로 사용하면 즐거움과 흥분의 에너지를 느낄 수 있다. 돈 버는 능력은 재능의 일종이다. 이 능력이 있으면 다른 사람의 투자 정보에 휘둘리지 않으며, 시대의 잔 흐름을 무시하고 대세를 따를 수 있다. 돈 버는 능력은 내면에서 자연스럽게 흘러나오는 것이기에, 억지로 강요한다고 해서 키워지는 것이 아니다. 자녀의 특기를 발견했는데 마침 사회에 도움이 되는 것이라면, 자녀에게 '철밥통'을 찾아준 것이나 다름없다. 내 친정엄마의 표현을 빌리자면, '철밥통'은 바닥에 떨어져도 깨지지 않고 튀어 오른다.

아이가 고생하는 꼴을 못 보는 것은
아이를 가장 크게 해치는 것이다

부모는 자녀에게 자신을 자유롭게 표현하고 다양한 경험을 쌓을 수 있는 기회와 장소를 최대한 많이 제공해 주어야 한다. 그러면 부모가 강요하지 않아도 물 만난 물고기가 유영하는 것처럼, 공중에서 새가 비행하는 것처럼 아이가 자연스럽게 자신의 재능을 발휘할 수 있다.

세상의 모든 부모는 자녀가 자신이 좋아하면서도 잘할 수 있는 일을 하며 풍족하게 살길 바란다. 그래서 어떤 부모는 자녀를 위해 돈이 되는 전공과 직업을 골라주는가 하면, 본인이 열심히 돈을 벌어 자녀에게 집도 사주고 차도 사주며 심하게는 손자, 손녀까지 먹여 살리기까지 한다.

자녀에게 좋은 것을 물려주고 싶은 마음은 충분히 이해한다. 하지만 모든 게 안타깝다. 한평생 고되게 일해야 하는 부모도 안타깝고, 자녀에게 전달되는 메시지도 안타깝다. 부모는 선의에서 한 행동이겠지만, 자녀에게는 잘못된 메시지로 전달될 수도 있다.

'넌 원래 결정을 못하잖아. 자기 직업도 선택 못하고, 자기가 뭘 해야 하는지도 잘 모르잖니. 혼자 먹고살 능력도 없는 네가 자식은 먹여 살리겠어? 그러니 내가 다 준비해야지.'

많은 부모는 세상도 미래도 모두 청년들의 것임을 잘 모른다. 경험으로 치나 지금껏 먹은 밥그릇 수로 치나 내가 한 수 위인데 무슨 소리야, 라고 생각하는 부모도 있을 것이다. 물론 부모 세대의 경험은 오롯이 부모들의 것이다. 하지만 달리 말하면 청년들의 것은 아니고, 청년들의 시대에 더 이상 유용하지 않을 수도 있다. 청년들이 부모 세대의 경험이 필요하다고 말했는가? 부모 세대의 경험과 지식이 청년 세대에게 도움이 될지, 해가 될지 어떻게 아는가?

'내 자식은 내가 잘 안다.'라고 생각해도, 자녀는 엄연히 독립적인 개체이다. 모두 자기만의 인생이 있고, 부모보다 자기 자신을 더 잘 이해하며, 고유의 장점과 능력을 지니고 있다. 자녀에게 필요한 것은 자신의 재능을 키우고 표현하며 창조할 수 있는 무대이지, 부모의 선택이 아니다.

자녀가 고생할까 걱정하는 마음은 안다. 하지만 고생도 인생의 일부분이다. 고생하지 않고서 어떻게 지혜와 능력과 경험과 행복을 얻겠는가? 자녀를 고생시키지 않는 것은 자녀의 행복을 차단하는 것이나 마찬가지이고, 자녀의 모든 것을 대신 결정하는 것은 자녀의 모든 것을 빼앗는 것이나 마찬가지이다.

물론 자녀가 고생하는 것을 지켜보는 부모의 마음은 아프다. 가만히 지켜보느니 차라리 자신이 대신 고생하는 게 낫겠다고 생각할 것이다. 많은 부모가 자녀의 인생을 대신 설계하는 것도 모두 이 때문이리라. 하지만 부모는 자신이 생각하는 것처럼 그렇게 위대하지 않다. 단지 두 개의 안 좋은 상황 중에서 그나마 덜 나쁜 쪽을 선택하는 것인데, 결과적으로 세상의 풍파를 경험할 수 있는 기회를 부모 탓에 빼앗긴 자녀의 인생만 돌이킬 수 없게 된다.

자녀의 장점과 재능을 발견했다면, 실생활에서 활용할 수 있는 기회를 제공해 장점과 재능을 크게 키워줘야 한다. 그랬을 때 아이가 자신에게 꼭 맞는, 안정적이고 풍요로운 인생의 길을 찾을 수 있을 것이다.

'엄마 친구 아들은…' 이라는 상처

미국의 여성 과학자 바바라 매클린톡(Babara McClintock)은 81세에 노벨 생리의학상을 받았다. 그녀는 수상 소감에서 "전 가을에 피는 데이지예요. 모든 꽃이 꼭 봄에만 피는 것은 아니에요." 라고 말했다. 그렇다. 모든 꽃은 피어나는 시기가 다 다르다. 아이도 어떤 아이는 빨리 자라고 어떤 아이는 늦게 자라는데, 단지 성장 리듬이 다른 것을 두고 누가 더 낫네 못났네, 라고 말해서는 안 된다.

아직도 '친구의 아들'을 키우는가

엄마들 사이에는 '엄마 친구 아들은…'이라고 불리는 불만족이 있다.

"얘, 엄마 친구 아들 통통이는 수학을 얼마나 잘하는지 아니?"

"리우 이모의 아들은 미국 본토 애들 진도 따라잡는 것도 힘들었을 텐데, 이번에 전액 장학금을 받았다더라."

"내가 어쩌다 너 같은 머저리를 낳았을까. 엄마 친구 아들들은 죄다 공부도 잘하고 말도 잘 들어서 걱정할 게 없다는데, 넌 왜 그 모양이니!"

"고종사촌 누나 하는 것 봤지? 넌 그 누나 발끝도 못 따라가."

"꼴통도 이런 꼴통이 없지. 티엔티엔이 피아노 대회에 나가서 상 받는 동안 넌 뭐 했니?"

이 밖에도 잘 나가는 엄마 친구 아들들은 매우 많다.

부모들이여, 아직도 '친구의 아들'을 키우는가?

어느 날 어떤 다섯 살배기 꼬마가 어린이집에 다녀온 사이에 할아버지가 돌아가셨다. 할머니와 가족들이 꼬마더러 할아버지에게 마지막 작별 인사를 하라고 했지만, 아이는 어른들 뒤에 숨어서 나오질 않았다. 친척들이 타이르자 아이는 쭈뼛거리더니, 끝내 울면서 "싫어, 싫어."라고 도리질했다.

아이가 갑작스레 울음을 터뜨리자, 할머니와 어른들은 기분이 언짢아져 꼬마를 나무랐다.

"할아버지가 널 얼마나 귀여워하셨니? 널 가장 예뻐하셨잖아. 할아버지가 아파서 돌아가셨는데 앞에 가서 작별 인사도 하지 않고, 이런 불효가 어디 있어? 할아버지가 괜히 예뻐해 줬나 보네."

어른들에게 혼나도 끝까지 작별 인사를 하지 않고 울기만 하던 꼬마는 결국 엄마 품에 안겨 밖으로 나갔다.

꼬마의 엄마가 말했다.

"그때 정말 난감했어요. 원래 제 성격대로 했으면, 다른 어른들처럼 할아버지에게 빨리 작별 인사를 하라고 강요했을 거예요. 하지만 그날만큼은 아들 편을 들었어요. 울음을 그친 아들에게 '할아버지께 작별 인사 안 할 거야? 할아버지가 널 얼마나 예뻐하셨는데 인사를 안 해.'라고 물었더니, 아들이 '저기에 누워 있는 할아버지는 내 할아버지 아니야. 무서워. 저 할아버지는 얼굴도 하얗고 이상하게 생겼어. 내 할아버지 아니야. 무서워.'라고 말하더라고요."

꼬마의 엄마는 침착하게 설명했다.

"저기에 누워 있는 사람 할아버지 맞아. 사람은 살았을 때와 죽었을 때의 모습이 달라. 이제 조금 있으면 다시는 할아버지 얼굴을 볼 수 없어. 할아버지께 마지막으로 인사할까?"

꼬마는 결국 마음을 바꿨고, 이튿날 할아버지와 마지막 작별 인사를 했다.

만약에 꼬마의 엄마가 강제로 작별 인사를 시켰더라면 어떻게 됐을까? 아마 강렬한 공포와 수치심과 죄책감에 악몽처럼 시달렸을 것이고, 그날의 일이 영원한 상처로 남았을 것이다.

난 이 사연을 듣고 마음이 아팠다. 어떻게 아이의 마음을 그렇게들 모를까? 어른들은 아이가 왜 그렇게 행동하는지 이해할 생각은 하지 않고, 그저 자신들의 관점에서 아이를 나무라기만 했다.

아이가 어떤 행동을 하는 데에는 다 이유가 있다. 어쩌면 부모는 그 이유를 눈치 채지 못할 수도 있고, 아이의 갑작스러운 행동에 화가 날 수도 있고, 설령 이유를 알아도 동의하지 못할 수도 있다. 하지만 아이에게는 그것이 행동하는 이유이다.

자녀 교육에서 체면은 버려야 한다. 다른 사람이 날 부족한 부모라고 생각하면 어떡하나, 아이를 버릇없이 키우는 부모라고 생각하면 어떡하나, 라고 걱정할 필요도 없다. 아이에게는 엄마도 한 명뿐이요, 아빠도 한 명뿐이다. 무슨 일이 있어도 꼭 아이 편에 서야 한다는 것을 기억하자.

그렇다고 제멋대로 굴며 잘못을 저지르는 아이를 가만히 놔두라는 의미는 아니다. 잠시 멈추어서 아이의 감정이 어떻고 그렇게 행동하는 이유가 무엇인지 설명을 들은 뒤에, 아이의 관점에서 아이의 생각과 행동 동기를 이해하자는 것이다. 아이의 마음을 진심으로 이해하고 나면, 아이를 올바르게 지도하고 도울 수 있다.

다른 사람에게 자신이 얼마나 좋은 부모이고, 자녀가 얼마나 말을 잘 듣고 착한지 보여주기 위해서 자녀 교육을 하는 게 아니다. 자녀 교육의 목적은 아이를 스스로 자신을 이해하는 동시에, 각양각색의 사정을 가진 다른 사람들도 이해하고 독립적으로 대할 수 있는 사람으로 키우는 것이어야 한다.

아이를 사랑하는가,
자신의 체면을 사랑하는가

자녀를 키우다 보면, 자녀보다 자기 자신을 위해서 어떤 일을 할 때가 있다. 아마 많은 부모가 이 사실을 인정하고 싶지 않을 것이다. 80% 정도의 부모는 사랑이라는 명목으로 자녀를 위해서 어떤 일을 한다지만, 실제 목적은 따로 있는 경우가 많다. 자신의 초조함을 덜어내고 불만을 해소하기 위해서, 자신의 기대와 필요를 충족시키기 위해서, 동료들 앞에서 자신의 체면을 살리기 위해서, 학부모회의 때 창피를 당하지 않기 위해서, 동창회 때 자랑하기 위해서, 예전에 자신이 못 이룬 꿈을 이루기 위해서, 자신의 인생에 아쉬움을 남기지 않기 위해서…… 그래서 아이를 남에게 보여줄 수 있는 '상품'처럼 키우거나, 자신의 꿈을 이루는 도구로 삼는다. 자신의 필요를 먼저 내세우는 부모는 아이를 진정한 주체이자 독립적인 개체로 인정하지도 않고, 아이가 무엇을 필요로 하고 원하는지 고려하지도 않는다.

어떤 아이는 사과 같지만, 수박이 더 크고 맛있고 갈증도 가신다고 생각하는 부모 때문에 강제로 수박처럼 자란다. 어떤 아이는 데이지 같지만, 모란꽃의 향기를 좋아하는 부모 때문에 억지로 모란꽃이 된다. 또 어떤 아이는 독수리 같지만, 부모 때문에 물고기처럼 자란다.

자신의 체면을 지키기 위해서 자신이 시키는 대로 자녀가 자라길 바란 적은 없는지 깊이 반성해 보자. 자녀가 부모의 마음에 드는 성공적인 삶을 살길 바라는지, 아니면 본래의 소양과 재능을 꽃피워 자신이 될 수 있는 최고의 모습, 예컨대 하늘을 훨훨 나는 한 마리의 독수리나 아름답게 피어난 한 송이의 장미꽃이 되길 바라는지 한번 깊이 생각해 보자.

자녀를 남과 비교하는 것보다
밤에 잘 자라고 꼭 안아주는 것이 낫다

부모가 자녀를 남과 자주 비교하게 되면 자녀의 자신감이 떨어진다. 부모가 무심코 한 말이 저주처럼 따라다니며 괴롭히기 때문이다.

올해 28세인 샤오쉬에는 해외 유학을 마치고 귀국했다. 세계 500대 기업의 기획 팀장으로 일하는 그녀는 매우 똑똑하고 유능하지만 "네 자신을 봐. 남보다 나은 게 하나도 없잖아!"라는 내면의 소리에 시달리고 있다. 이 익숙한 소리는 이미 20년 이상 샤오쉬에의 귓전에서 맴돌아 왔다.

샤오쉬에는 태어난 지 얼마 안 되어, 부모님의 사업이 바빠지는 바람에 할아버지 댁에 맡겨졌다. 할아버지 댁에는 그녀보다 6개월 늦게 태어난 사촌 남동생이 있었는데 눈도 크고, 쌍꺼풀도 짙고, 속눈썹도 길고, 콧대도 높고, 얼굴도 동그란 것이 완벽하게 잘생겼다. 이에 비해 샤오쉬에는 눈도 작고 갓 태어났을 때 할머니가 "아기가 왜 이렇게 말랐어? 어떻게 얼굴에 주름이 나보다 많아."라고 말할 정도로 얼굴이 홀쭉하고 쪼글쪼글했다. 사촌 남동생은 잘생긴 데다가 똑똑하기까지 해서 집안 어른들의 사랑을 듬뿍 받았지만, 샤오쉬에는 할아버지의 한숨 소리와 함께 이런 말을 숱하게 들었다.

"네 사촌 동생 좀 봐라. 어떻게 사촌지간에 이렇게 차이가 날 수 있는 거여? 어휴!"

지역의 유명 인사인 할아버지는 사촌 남동생을 장차 대성할 인재로 대했지만, 샤오쉬에에겐 아예 아무런 기대를 하지 않았다.

이때부터 샤오쉬에는 사촌 남동생은 완벽하지만 자신은 모든 면에서 부족하다고 생각하기 시작했다. 그녀가 자신의 가치를 느낄 수 있을 때라고는 사촌 남동생보다 변기를 깨끗하게 닦아 할아버지께 칭찬을 들었을 때뿐이었다. 장성한 뒤에도 그녀는 여전히 자신에게 불만족스러워했고 가혹했다.

사실 열등감에 시달리는 아이들은 모두 사연이 있다. 그리고 거의 모든 문제의 뿌리를 추적해 보면, 어린 시절에 부모에게 혼날 때 남과 비교하는 말을 자주 들은 데서 연유한다. 부모가 무심코 "남보다 잘하는 게 뭐야……."라고 감정적으로 말한 것이 아이의 마음에 깊은 상처로 남은 것이다.

많은 부모에게 물어봤다.

"왜 자녀를 다른 집 아이와 비교하세요?"

돌아온 대답은 이랬다.

"롤 모델이 있으면 더 열심히 노력하지 않겠어요?"

내가 다시 물었다.

"만약에 남편이 '옆집 장씨 아저씨네 며느리 좀 봐. 얼굴도 예쁘고 살림도 알뜰하게 잘하고, 거기에 현명하고 시부모까지 잘 모시고 얼마나 보기 좋아. 생긴 거야 어쩔 수 없는 노릇이지만, 당신도 장씨 아저씨네 며느리처럼 현명하고 유능하면 얼마나 좋겠어!'라고 말하면 기분이 어떨 것 같아요? 아! 남편에게 격려받았으니 이제 그 여자를 롤 모델로 삼고 열심히 노력해야지, 라고 생각할 것 같아요?"

돌아온 대답은 이랬다.

"저라면 '그 여자가 그렇게 좋으면 같이 살아!'라고 소리 지를 것 같아요. 밥도 안 해주고요."

왜 부모는 '롤 모델'을 보고 노력하지 않고 화를 낼까?

내 자녀와 다른 집 자녀를 비교할 시간과 에너지가 있다면, 차라리 아이를 한 번이라도 더 안아주고 함께 대화하자. 부모의 응원하는 눈빛과 따뜻한 포옹은 자녀에게 사랑의 원천이자 원동력이 된다. 사실 모든 아이는 다이아몬드로 태어난다. 하지만 어린 시절에 사랑과 칭찬을 못 받고 심리적인 욕구를 충족시키지 못한 채 어른들에게 끊임없이 비판과 비교를 당하고 스스로 부족한 사람이라는 인식을 갖게 되면서 한낱 유리가 되고 만다. 잘못된 인식과 신념은 성인이 된 뒤에 직장 생활, 여가 생활, 연애에도 나쁜 영향을 끼친다.

미국의 저명한 영성 지도자인 디팩 초프라(Deepak Chopra)는 "우리는 애초에 이렇게 태어나지 않았다. 어른들의 잘못된 틀에 맞춰진 결과 지금의 모습으로 변형되었다."라고 말했다. 사람이 인간 세상에 태어난 건 잠시 출장을 온 것과 같다. 이번 출장의 주요 임무는 최초의 다이아몬드 상태를 회복하는 것이다!

꽃이 피는 시기는 따로 있다

생명은 때가 되면 피는 꽃이다. 어느 꽃은 봄에 피지만 어느 꽃은 여름에 피고, 어느 꽃은 가을에 피지만 어느 꽃은 겨울에 핀다. 계절마다 피는 꽃이 다 다르기에 우리는 사시사철 꽃을 볼 수가 있다.

외부 세계의 온갖 소음에 정신이 팔린 부모는 꽃이 피는 시기가 다 따로 있다는 사실을 잊은 채 자녀에게 빨리 꽃을 피우라고 재촉한다.

이제는 비판하는 태도를 내려놓고, 생명이 본래 가진 가치와 의미를 받아들이자. 세속적인 관념을 맹목적으로 따르고 비교하면, 자녀의 마음에 열등감의 씨앗만 뿌려진다.

많은 부모는 자녀가 학교에서 좋은 성적을 내고 나중에 성공해서 행복하게 잘살길 바란다. 한데 생각해 보라. 성공한 사람은 학창 시절에 전교 1등만 했는가?

모든 생명은 저마다 고유한 인생 여정을 타고난다.

어려서 공부를 잘한 사람이 반드시 행복하지 않으며, 명문 대학 나와서 일류 기업에 들어간 사람이라고 해서 반드시 즐겁게 살진 않는다. 모든 생명은 자기만의 리듬이 있다. 중요한 것은 운명, 학교, 직업에 상관없이 과거를 내려놓고 미래를 걱정하지 않고 편안한 마음으로 현재를 즐기며 사는 사람으로 자녀를 키우는 것이다.

다른 생명보다 더 귀하거나 천한 생명은 없다. 자녀는 세상에 둘도 없는 보물이다. 결코 누구보다 못났다고 여겨서는 안 된다.

부모는 자녀가 어느 계절에 꽃을 피우든, 있는 모습 그대로 받아들이고 감상해야 한다.

제 5 장

일은 즐겁고도 성취감이 있어야 한다

잠시 바쁜 발걸음을 멈추고 마음을 차분히 가라앉힌 뒤에 자신에게 물어보자. 내가 잘하는 일은 무엇인가? 어떤 일을 하고 싶은가? 현재 어떤 일을 하고 있는가? 만약에 세 물음의 대답이 같고 그 일로 생활이 충분히 유지되는 사람은 이미 '평생직장'을 얻은 것이다.

Not perfect is more beautiful

즐겁지 않은 일은 생명을 죽인다

일은 행복해야 한다. 많은 사람은 안정적인 대기업에 입사하면 먹고사는 데 지장이 없을 것이라고 생각한다. 나도 어릴 땐 전 세계 500대 기업에 들어가기만 하면 밥 굶는 일은 없겠다고 생각했다.

훗날 전 세계 500대 기업의 한 곳에 자문을 해줄 때였다. 당시에 이 기업은 구조조정 중이었는데, 어느 부서는 4,50명이나 되는 인원이 한꺼번에 해고되었다. 40~50대가 대부분이었던 이들 직원은 자신들이 해고될 것이라고 꿈에도 생각지 못했을 것이다. 평생 일할 수 있는 '철밥통'을 찾았고 그동안 만족스럽게 살아왔는데 하루아침에 해고라니,

충격을 못 이긴 사람 중에는 자살이나 살인의 충동까지 느끼는 사람도 있었다.

난 이 일로 큰 충격을 받았다. 공기업이건 전 세계 500대 기업이건, 사람들이 '철밥통'으로 여기고 있는 직장조차 더 이상 안전지대가 아니었다. 그렇다면 어떤 직장이 진정한 '철밥통'일까?

두 명의 평범한 사람이 있다. 첫 번째 사람은 패션 디자이너이다. 그는 원래 미용실에서 손님의 머리를 감겨주는 역할을 담당했지만 일하는 마인드가 남달랐다. 단순히 돈을 벌기 위해서 일하는 게 아니라, 그는 자기가 하는 일을 진심으로 좋아했다. 손님에게 머리를 감겨줄 때에도 어떻게 하면 손님을 더 편하게 모시고 머리를 더 잘 감길 수 있을까 늘 고민했다.

마침내 커트를 할 수 있게 되었을 땐 어떻게 하면 손님의 머리를 더 예쁘고 세련되게 다듬을 수 있을까만 연구했다. 얼마나 연구를 열심히 했던지, 나중에는 손님의 두상만 봐도 머리 손질을 어떻게 해야 할지가 저절로 보일 정도였다.

훗날 패션에 큰 관심을 갖게 된 그는 결국 엄청난 수입을 올리는 패션 디자이너가 되었다.

두 번째 사람은 상하이에서 만난 어느 운전기사이다. 운전하는 것을 좋아하는 그는 사장이 어느 곳에서 내리고 타든 늘 제 시간에 딱딱 맞춰 도착했다. 교통 체증이 심한 상하이에서 지각할 이유는 많았지만, 그래도 그는 단 한 번도 지각하지 않았다. 항상 웃는 얼굴에다 대기 중에는 선비처럼 책을 읽고 자기 일을 좋아해서 사장에게 깊은 신임을 얻었다.

결과적으로 그는 몇몇 대기업에서 수십만 위안의 연봉을 주고 서로 데려가고 싶어 하는 운전기사가 되었다. 사장의 BMW도 마음대로 운전할 수 있었고, 차에 드는 비용은 일체 부담하지 않아도 되었다.

때 되면 다른 사람이 기름 넣어주고 보험료 지불해 주고, 자신은 오직 운전만 하면 되는 기사가 세상에 과연 몇 명이나 될까? 내가 만났던 다른 운전기사들은 자신의 팔자가 안 좋다는 둥, 운전기사라고 사람들이 깔본다는 둥 불평불만이 많았고 결국 다른 사람으로 금세 교체되었다.

가치 있는 사람이 되는 것이 곧 '철밥통'

사람들은 하루 중 대부분의 시간을 일하며 보낸다. 수면 시간을 제외하고 깨어 있는 70%의 시간 중에서 일할 때 행복을 못 느끼면 평생 며칠이나 행복할 수 있을까? 만약에 일이 즐거워 열정적으로 일하는 사람이면 다른 사람보다 70%는 더 행복한 것이다.

하지만 현실의 많은 사람은 그저 일을 돈벌이 수단으로만 생각해, 일에서 행복을 느끼질 못한다.

진정한 평생직장은 누가 거저 주지 않는다. 자신이 하고 싶은 일을 스스로 창조해 내야 한다. 평생직장을 거저 주는 곳은 없기 때문에 스스로 가치 있는 사람이 되어야 하고, 가치 있는 사람이 되면 진정한 평생직장을 가질 수 있다.

평생직장을 가지기 위해서 다음의 몇 가지 특징을 참고해 보자.

첫째, 자신이 좋아하는 일을 한다. 자신이 좋아하는 일을 하면 조건 없이 몰입할 수 있게 되고, 또 노력도 하게 된다.

둘째, 자신이 잘하는 일을 한다. 자신이 잘하는 일을 하면 영감을 얻을 수 있고, 다른 사람보다 더 잘할 수 있다. 자신이 좋아하면서도 잘하는 일을 할 때 인생의 의미가 깊어지는 것을 경험해 봤을 것이다. 사람은 자기가 좋아하는 일을 할 때 순간적으로 물아일체(物我一體)를 경험한다. 물아일체는 특별히 즐거운 상태이고, 이 즐거움은 섹스의 즐거움보다 차원이 높다.

그러면 자신이 어떤 일을 좋아하고 잘하는지는 어떻게 알 수 있을까? 검증 방법은 이렇다. 돈을 거의 못 벌거나 아예 못 벌어도 하고 싶은 일, 예컨대 낚시처럼 누가 돈을 주지 않아도 또는 돈을 벌 수 없어도 시간만 나면 하고 싶은 일이 자신이 좋아하면서도 잘할 수 있는 일이다.

모든 사람은 자신이 특별히 좋아하고 잘할 수 있는 일을 찾을 수 있다. 꼭 박사 학위를 따야 대단한 일을 하는 게 아니다. 자신의 취미와 장점과 열정을 이용하는 방법만 제대로 알면 진정한 '철밥통'을 찾을 수 있다.

셋째, 자신이 좋아하면서도 잘하는 일로 남의 생활을 쉽고 편리하게 만들어 주거나 남의 고충을 해소해 주면, 돈을 지불하고 싶어 하는 사람이 나타난다. 예를 들어 본인이 게임을 좋아하고 프로팀에서 돈을 받으며 게임을 해도 될 정도로 실력이 뛰어나면, 게임을 하며 먹고살아도 상관없다. 이 정도의 실력을 썩히면 외려 나중에 자신의 가치를 몰라보고 인생을 헛되게 보낸 것에 대한 후회만 남을 것이다.

진정한 '철밥통'은 어딜 가나 밥을 먹을 수 있어야 한다

한 달에 얼마를 벌든 상관없이 가끔은 끼니도 거른 채 본인이 좋아서 자발적으로 일하는 사람은 동료들보다 실력이 뛰어날 수밖에 없다. 회사에 이런 직원이 있다면 어느 사장이 싫어하겠는가? 만약에 회사에 승진이나 월급 인상 기회가 있게 되면 고민할 것도 없이 이런 직원에게 기회가 돌아갈 것이고, 감원 계획은 이런 직원을 피해 갈 것이다. 자신이 할 수 있는 선에서 최선을 다해 일하면 평생직장은 당연히 보장되고, 자연스럽게 수입도 높아지고 승진 기회도 얻을 것이다. 또한 혼신을 다해 일하면 일에 대한 즐거움과 열정을 느낄 수 있고, 평생직장을 식은 죽 먹기로 구할 수 있다. 자기 일을 최대한도로 즐겁게 하는 사람은 날마다 자신의 재능을 사용하는데, 재능은 쓰고 또 써도 고갈되지 않고 오히려 늘어난다. 만약에 시장의 수요까지 있으면 재능을 마음껏 쓸 수 있으니, 더 이상 '밥그릇' 걱정은 하지 않아도 될 것이다.

직장에서 가장 중요한 임무는 외부 소식에 민감해지는 것이 아니라, 자기 자신을 '평생직장'으로 만드는 것이다. 이 세상의 불변의 법칙은 바로 세상은 언제나 변한다는 것이다. 외부 세계에 변화가 발생하면 앞에서 소개한 것처럼 대기업도 부서 전체를 해고한다. 충분히 준비되지 않은 상태에서 그런 상황을 맞이하면 속수무책으로 당할 수밖에 없다.

진정한 평생직장은 다른 사람, 환경이 아니라 자신의 재능과 태도에 의지하는 것이다. 그러면 평생 해고되지 않고, 언제 어디서나 굶을 걱정

없이 일할 수 있다.

잠시 바쁜 발걸음을 멈추고 마음을 차분히 가라앉힌 뒤에 자신에게 물어보자. 내가 잘하는 일은 무엇인가? 어떤 일을 하고 싶은가? 현재 어떤 일을 하고 있는가? 만약에 세 물음의 대답이 같고 그 일로 생활이 충분히 유지되는 사람은 이미 '평생직장'을 얻은 것이다.

상사를 '관리'하자

"부장님은 아부꾼만 좋아해요. 늘 특정 직원만 편애하고, 이건 공정하지 않아요. 아부를 못하는 전 어떡하면 좋죠?"

직장에서 동료는 승승장구하는데 자신만 승진에서 자꾸 제외될 때 내보이기 쉬운 첫 번째 반응은 비난과 불평이다. 다른 사람은 죄다 상사에게 아부해서 승진했고, 상사가 공정하지 않아서 그런 사람들만 잘 나간다고 생각하는 것이다. 하지만 그게 사실일까?

일반적으로 사람은 함께 있을 때 편한 사람을 좋아한다. 상사가 '아부꾼'을 좋아하는 것은 그들이 하는 말과 일하는 방식에서 자신에 대한 존중과 편안함을 느낄 수 있어서이다.

사실 상사만 ‘아부꾼’을 좋아하는 것이 아니다. 사람은 누구나 자신을 존중하고 칭찬하고 인정해 주는 사람과 함께 있는 것을 좋아하게 마련이다. 그게 인간의 본성이다. 따라서 상사에게 아부하는 것처럼 보이는 사람은 사실상 상사를 심리적으로 편안하게 해주는 사람일 것이다.

일설에 의하면 인간 교류의 98%는 순전히 감각에 의존해서 이루어지고, 나머지 2%는 자신이 왜 그렇게 느끼는지 그 이유를 찾기 위해서 이루어진다고 한다. 이것이 정확한 주장인지, 과학적인 연구 자료가 있는지는 확실하지 않지만 적어도 인간의 교류 상태만은 잘 설명해 준다. 무슨 말인고 하니, 사람의 이성은 감정의 지배를 받는다는 것이다. 그래서 기분이 좋을 땐 만사가 다 괜찮아 보이지만, 기분이 나쁠 땐 만사가 다 불만거리가 된다. 이 사실을 이해하면 어느 곳에서 일하든, 상사를 흉보거나 아부하는 사람을 얕잡아 보는 데 쓸데없이 시간과 에너지를 낭비하지 않을 것이다. 또한 상사의 신임을 받고 중용되는 사람들을 관찰해서 자신의 ‘아부’ 능력을 키울 수도 있을 것이다.

스스로 재능이 있는 것을 알면
표현하자

사람의 본성에 대한 이해가 부족하면 다른 사람의 승진을 아부의 결과라고 쉽게 치부하고, 자신은 그런 삼류 ‘짓거리’를 하지 않아서 피해를 본다고 생각하게 된다.

사실 이렇게 불평하는 진짜 속내는 상사에게 인정받지 못하는 것에 대한 일종의 분풀이이자 자기기만이다. 하지만 이런 식으로 현실을 회피하고 자신을 속인다면, 일에 대한 염증만 커지게 되고 승진의 기회에서 자꾸 멀어질 수밖에 없다.

옛말에 "아무리 술맛이 좋아도 술집이 골목 깊숙한 곳에 있으면 찾기 어렵다."라는 말이 있다. 만약에 스스로 인재라고 생각한다면 상사에게 자신의 재능을 보여주어라. 단 전제 조건은 상사가 보고 싶어 해야 하고, 그러기 위해서는 먼저 상사에게 편안함을 주는 직원이 되거나, 그게 싫다면 적어도 미움 받는 직원이 되어서는 안 된다. 상사와 불편한 관계일 때 중용될 확률이 얼마나 될 것 같은가?

이 사실을 직시하지 못하면 직장 생활은 반드시 순탄하지 못할 것이다. 어떤 회사든 승진하려면 상사에게 인정을 받아야 한다. 따라서 '아부'를 깔보며 자신의 처지를 위로해서는 안 된다. 만약에 어떤 사람이 승진했으면 그 사람이 평소에 얼마나 눈에 거슬렸고 상사에게 얼마나 아부했든, 분명히 나보다 더 나은 점이 있을 것이다. 이럴 때 필요한 것은 왜 나는 그보다 승진이 늦을까, 왜 상사는 그를 좋아할까, 아부 외에 그가 또 어떤 일을 했는가, 그가 어떤 일을 잘하는가, 라고 자신에게 끝까지 되묻는 것이다. 상사가 좋아하고 중요한 일을 맡기는 사람이면 반드시 상사에게 도움이 되는 뛰어난 면이 있다는 것을 기억하자.

어떻게 상사의 '관리자'가 될까

상사를 관리하는 관점에서 생각할 때, 아부는 효과적인 수단이 될 수 있다. 하지만 아부하는 것에 거부감이 있다면, 상사와 소통하기 좋은 다른 방법을 찾아내야 한다. 상사와 소통을 잘하는 것은 직장에서 꼭 필요한 능력이다.

어떻게 하면 상사를 잘 관리할 수 있을까? 첫 번째는 일에 관해 불평불만을 하지 않고 쓸데없는 소리를 하지 않으며, 몰래 상사를 험담하지 않고 회사의 나쁜 점을 들추지 않는다. 두 번째는 상사가 업무를 주면 싫은 내색을 하지 않고 열심히 해서 제 시간 내에 완성한다. 상사가 마음에 안 들면, 상사가 아니라 자신의 능력과 경험과 인맥을 키우기 위해서 일한다는 사실을 떠올리자. 세 번째는 상사가 지시한 업무를 훌륭하게 완성함과 동시에, 자신의 업무 범위를 벗어난 일까지 기대 이상으로 수행해 낸다. 또 상사의 입장에서 생각하고 상사의 고민을 함께 나눈다.

물론 한계를 둘 필요는 있다. 예를 들어 상사의 입장에서 생각하고 상사의 고민을 들어줄 때, 반드시 정도는 지켜야 한다. 정도를 지키지 않으면 상사에게 잘 보이려다가 오히려 일을 망칠 수도 있기 때문이다. 이때 필요한 또 다른 능력은 판단력이다. 상사에게 무엇이 필요하고 무엇이 필요하지 않은지를 이해한 뒤에 자신이 할 수 있는 일이면 상사가 목표를 이룰 수 있게끔 최대한 도와야 한다. 단 이 과정에서 정도를 벗어나 상사를 대신해서 일을 지휘하거나, 상사 앞에서 자만하는 모습을 보여서는 안 된다.

네 번째는 경력을 더 쌓고 싶지만 진심으로 상사가 마음에 들지 않는다면, 부서에 필요한 기능과 능력을 키우고 더 높은 직위에 있는 상사들의 눈에 띌 수 있도록 업무를 훌륭하게 완성시킨다. 그러면 어느 날 마음에 안 드는 상사를 뛰어넘어 자신이 더 높은 상사가 될 수도 있는데, 이것이 가장 바람직한 노력 모델이다.

"어차피 상사는 아부꾼만 좋아해."라고 핑계를 대며 노력을 게을리하기보다는 어떻게 하면 상사에게 중요한 사람이 될 수 있을까를 고민하는 사람이 되자.

물론 "상사가 날 좋아하든 말든 신경 안 써요."라고 말하는 사람도 있을 것이다. 진실로 그렇다면 '자유인'이 된 것을 축하한다. 하지만 진짜 '자유인'은 상사는 아부꾼만 좋아한다고 말하지 않는다.

인맥을 쌓기 위해서 사람을 사귀면 안 된다

"상사는 아부꾼만 좋아해요." 외에 직장인이 자주 하는 말이 또 하나 있다. "아무개는 '빽'이 있지만 저는 없어서 승진하기 어려워요."이다.

직장에서 문제가 생길 때마다 '빽' 타령을 하는 사람들이 있다. 이들은 능력 좋은 것보다 빽이 좋은 것이 더 낫다, 빽이 없으면 높은 직위에 못 올라간다, 빽이 좋으면 무슨 일이든 다 된다, 라고 입버릇처럼 말한다. 《삼국지연의(三國志演義)》에서 유비의 아들인 아두는 사람들에게 '어리석은 아두'라고 불렸다. 한데 아두는 빽이 든든하지 않았나? 사람들은 왜 아두를 '어리석은 아두'라고 불렀을까? 스스로 빽이 없어서 아무것도 할 수 없다고 말하는 사람은 '어리석은 아두'일 수도 있고, 아닐 수도 있다. 하지만 든든한 빽이 있어도 '어리석은 아두'인 사람은 많다. 따라서 빽 타령을 하는 사람은 자신의 무능함을 감추기 위해 엉뚱한 핑계를 대는 것일 수도 있다.

부모, 친척, 친구들이 모두 평범한 사람은 어디서도 '빽'을 구할 수가 없다. 물론 빽이 있으면 좋을 것이다. 하지만 가장 중요한 것은 부모나 친척, 친구의 빽이 있어도 본인 스스로 능력이 떨어지는 데다 노력까지 부족하면 결국엔 '어리석은 아두'가 될 수밖에 없다는 것이다.

만약에 당신이 회사를 경영하는 사장이라면 '낙하산' 직원을 채용하겠는가? 회사에 특별한 관계를 이용해서 입사한 사람이 있게 되면 일이 복잡하고 번거롭게 꼬일 수가 있다. 이렇게 되면 '낙하산' 직원도 보살펴야 하고, 특별한 관계가 틀어지지 않도록 계속 신경 써야 하고, '낙하산' 직원이 일을 잘 못해도 마음대로 혼내지도 못한다. 해고할 때도 '낙하산' 직원을 소개시켜 준 특별한 관계, 예컨대 권력자나 오래된 친구나 동창과 감정이 상하지 않게끔 조심해야 한다. 만약에 내게 인사권이 있다면 '빽'이 전혀 없는 사람을 고용하겠다. 이유는 간단하다. 다른 외부적인 것에 신경 쓰지 않고 오로지 원칙에 따라서 일을 공정하게 처리하기 위해서이다.

사실 다른 사람을 통해서 알게 된 관계는 믿음직스럽지도 않고, 회사 입장에서도 매우 부담스럽다. 권력자나 친인척을 통해 형성된 관계이니 계속 신경 써야 하지 않겠는가. 어느 회사에서 두 사람을 채용할 계획이다. 한 사람은 지인의 조카이고, 다른 한 사람은 '모르는 사람'이다. 지인의 조카는 자격증도 없고 경력도 없는 '어리석은 아두'이지만, '모르는 사람'은 공모전에서 수상도 많이 한 인재이다. 당신이 사장이라면 누구를 채용하겠는가? 아마 깊게 생각할 것도 없이 후자를 선택할 것이다.

'낙하산' 중에는 물론 스스로 열심히 노력하는 사람도 있다. 하지만 이런 사람은 순전히 노력을 통해 성과를 얻는다 해도 주변에서 "뒤를 봐주는 사람이 있는데 당연히 뭘 해도 되겠지."라고 수군거리기 일쑤이다. 억울하고 답답해도 어디 가서 하소연도 못 한다.

따라서 '빽'이 직장 생활에 늘 플러스 요인이 된다고 생각하지 말자. 오히려 마이너스로 작용하는 경우도 많다.

다른 사람에게 짐이 되지 말자

관계에 대해서 잘못된 인식을 가진 사람들이 많은데, 어떤 사람들은 높은 지위에 있는 사람과 친분이 있으면 '그 사람 내가 잘 알아.'라고 생각한다. 진정한 관계는 자신이 누구를 아느냐의 문제가 아니다. 상대방이 날 알고 날 존중해서 높게 평가하고 날 믿을 때 관계의 기초가 형성되는 것이다.

권력, 명예, 돈이 있는 사람과 친해지고 싶은 것은 알게 모르게 관계를 통해서 이익을 얻으려는 목적이 있기 때문이다. 한데 상대방도 이 사실을 안다. 자신이 짐짝 취급을 당하는 줄도 모른 채 상대방에게 기대어 이익을 얻으려고 한다면, 가치 있는 관계가 되기는커녕 결과적으로 인맥의 범위만 좁아지게 된다. 계산기를 두드리며 '저 사람과 가깝게 지내면 어떤 이익을 얻을 수 있을까?'라고 생각하는 사람과 누가 진정한 관계를 맺고 싶어 하겠는가?

지인의 소개를 통해서 맺어진 관계도 진정한 관계, 인맥이라고 할 수 없다. 이른바 인맥은 내가 다른 사람에게 도움을 줄 수 있을 때, 또는 다른 사람이 나의 인품이나 재능을 좋아해서 가깝게 지내고 싶어 할 때 쓸 수 있는 말이다. 그렇지 않으면 '아는 사람' 정도로 표현하는 것이 낫다.

그렇다면 어디서부터 어떻게 관계를 형성해야 할까?

주변의 동료, 상사부터 시작해 보자. 함께 일하는 동료들에게 '좋은 사람'이라고 인정받고, 상사에게 '훌륭한 직원'이라고 인정받고, 더 윗선에선 '우리 회사에 꼭 필요한 인재' '회사에 도움이 되는 직원'이라고 평가받을 수 있게끔 노력하자.

성공하는 사람은 든든한 '빽'이 없는 것을 불평하지 않고, 오로지 자신의 능력을 믿고 노력한다. 열심히 일하기 때문에 불평할 시간도 없다.

미국에 갓 도착했을 때, 사장에게 "안녕하세요."조차 영어로 멋지게 인사하지 못할 정도로 내 영어 실력은 형편없었다. 많은 외국인은 미국에 가면 같은 동포끼리 어울리는 것을 좋아한다. 동포끼리 식사하고 쇼핑하고, 주말에도 함께 시간을 보내며 활발하게 교류한다. 나도 중국인과 함께 노는 것이 좋았다. 하지만 영어를 빨리 배우기 위해서 가급적 중국인 친구를 안 만나기로 결심했고, 오로지 영어만 쓸 수 있는 환경에서 영어로만 말하기 시작했다. 퇴근하면 날마다 똑같은 할리우드 영화를 되돌려 보며 문장을 따라 외웠고, 기회가 있을 때마다 미국인에게 말을 걸었다. 모르는 영어 표현은 일단 적어두었다가 나중에 사람들에게 묻거나 사전을 찾았다.

한번은 동료에게 '어리석다'의 스펠링이 어떻게 되냐고 물었을 때 동료가 내 영어 이름을 적어준 것을 내가 장난스럽게 채근해 동료가 깔깔거리고 웃은 적이 있다. 훗날 이 동료가 내게 "난 똑똑하지만 넌 바보야."를 중국어로 어떻게 말하느냐고 물어서 가르쳐 줬다. 한데 '나'와 '너'의 발음을 헷갈린 이 동료는 정작 다른 사람들에게 자신의 중국어 실력을 뽐낼 때 "넌 똑똑하지만 난 바보야."라고 말해 듣는 사람들의 배꼽을 빼놓았다.

지금도 미국 생활 초기에 동료들과 함께 웃고 떠들며 일하던 때가 사뭇 그리운데, 당시에 영어 실력이 조금씩 늘자 일할 때 날 도와주는 사람들이 많아졌다. 물론 나도 동료가 도움을 요청하면 바로 도와줬다. 난 열심히 일했고, 야근이 잦아도 불평하지 않았다. 나의 근성이 마음에 든 사장은 나중에 내가 심리학을 공부하기 위해서 직장을 그만둘 때 "공부 마치고 관련 일자리를 못 찾으면 언제든지 다시 돌아와요. 당신의 호탕한 웃음소리가 그리울 거예요."라고 말했다.

혈혈단신으로 미국에 건너간 나는 안과 분야에서 세계적으로 유명한 인물과 함께 일할 기회를 어렵사리 얻었다. 그리고 일하는 동안 안과 영역의 유명 인사를 많이 사귀었다. 하지만 전공을 심리학으로 바꾸게 되면서 그간 쌓은 인맥은 전혀 쓸모없게 되어버렸다. 난 각고의 노력 끝에 미국 최대 심리 건강 센터인 센터스톤에 들어갔다. 미국에서 심리 상담사를 하려면, 미국 문화를 잘 이해하고 영어를 유창하게 구사해야 한다. 때문에 이민 1세대 중에서 심리 상담사로 일하는 사람은 매우 적다. 서른 살이 넘어 처음 미국에 간 난 중국 악센트가 섞인 영어를 구사했고, 미국 문화에 대한 이해도 부족했으며, '빽'은커녕 사람들과 일상적인 교류를 하는 것조차 어려웠다. 천 명이 넘는 직원 중에서 중국 출신의 심리 상담사는 나 한 명뿐이었는데, 내담자에게 상담을 해줄 때도 영어를 잘 이해하지 못해서 수시로 사전을 찾았다.

당시에 난 센터스톤에 입사한 것만으로도 매우 감사했기 때문에 승진 같은 것은 아예 꿈도 꾸지 않았다. 그저 일이 너무 좋아서 앞뒤 재지 않고 모든 열정과 노력을 일에만 쏟아 부었다.

먼저 내담자에게 불만이 접수되지 않게 하는 것이 급선무였다. 내담자는 대부분 미국인이었는데, 각 지역의 사투리를 쓰는지라 영어를 알아듣기가 무척 어려웠다. 난 책상에 영중사전을 펴놓고 모르는 단어가 나올 때마다 내담자에게 써달라고 한 뒤에 일일이 사전을 뒤져 확인했고, 그런 과정에서 많은 비속어와 욕도 배우게 되었다. 내담자의 말도 이해 못하는 사람이 무슨 심리 상담을 하느냐고 생각하는 사람이 있을 것이다. 인간 교류의 93%는 목소리, 말투, 말하는 속도, 표정, 자세와 같은 몸짓 언어를 통해서 이루어지고, 나머지 7%는 문자를 통해서 이루어진다. 언어를 뛰어넘어 나의 진실하고 따뜻한 관심이 전해졌기 때문에, 내담자들은 기쁘게 나의 영어 선생님이 되어주었다.

난 집에서 키운 채소와 꽃을 출근길에 가져가 동료들에게 나누어줬고, 동료들과 농담도 자주 했다. 이때의 경험으로 난 환경은 스스로 창조하는 것임을 깨닫게 되었다.

센터스톤에서 나의 주된 업무는 전 세계 32개국에서 온 이민자와 난

민의 심리를 치료하는 것이었다. 훗날 이들을 상담하며 난 이민자와 난민을 집중적으로 치료하는 기관이 따로 필요하다는 생각을 하게 되었다. 이민자와 난민은 특수성을 가진 집단이다. 나 또한 이민자이고 이들의 어려움에 공감했기에, 이민자와 난민에게 봉사하는 프로젝트를 진행하기로 마음먹었다.

어느 날 우연히 센터스톤의 CEO를 만난 자리에서 난 다수의 이민자와 난민을 위한 전문적인 심리 건강 프로젝트를 실시하자고 과감하게 제안했다. 그 당시 CEO였던 조지 스페인(George Spain)은 내 말을 듣고 눈빛을 반짝이며 "좋은 아이디어군요. 보고서를 작성하세요."라며 흔쾌히 승낙해 주었다. 난 바로 보고서를 작성해서 제출했고, 뒤이어 이 프로젝트의 책임자가 되었다. 덩달아 내 연봉도 올랐다. 나중에 이 프로젝트가 테네시 주가 주는 '올해의 우수 프로젝트 상'을 수상하는 바람에 나와 CEO의 관계는 매우 돈독해졌다.

모든 상사는 근면 성실하고 새로운 것을 창조하며 회사에 공헌하는 사람을 좋아한다. 직장에서 자신이 누구의 친척, 친구이고 어떤 사람을 아는지는 중요하지 않다. 자신에게 가치를 만들어 낼 수 있는 자원이 있느냐가 중요한 것이다.

남에게 도움이 되는 존재일 때 관계가 형성된다

"에이, 미국이니까 이런 일이 가능하죠. 미국은 인재를 존중하지 않습니까! 우리나라에선 어림없어요."

분명히 이렇게 말하는 사람이 있을 것이다. 그러면 이번에는 내가 중국에 돌아온 뒤에 일어난 일을 말해 주겠다. 난 원래 의학을 공부하다가 마흔 살이 다 되어 갑자기 심리학으로 전공을 바꿨다고 했다. 과거에 쌓은 인맥이 전혀 쓸모없어진 상태에서 난 어떻게 새로운 사람들과 관계를 형성했을까? 귀국하고 2년째 되는 해에 원촨 대지진이 일어나 많은 사람이 마음의 상처를 받았다. 그동안 조국의 은혜에 보답하지 못한 것에 늘 죄책감을 느꼈던 난 마침내 조국을 위해서 뭔가 할 수 있는 일이 생겼다고 생각했다. 한편으로 원촨 대지진은 내게 기회였다. 마음의 상처를 치유하는 전문가로서 재난 지역에서 대량의 사례를 분석하는 것은 심리 상담에 많은 도움이 된다. 또 그간 쌓은 경험과 이론을 대규모로 시험할 수 있는 기회이기 때문에 난 굉장한 몰입 상태로 원촨에서 3년을 지냈다.

원촨에서의 헌신과 노력이 조금씩 알려지자 난 다방면에서 관심을 받기 시작했다. 같이 일해 보자는 기관도 나타났고, 강의를 해달라고 찾아오는 사람도 있었다. 난 인생에서 같은 길을 걷는 사람들, 구체적으로 가치관과 취미가 같고 날 인정하고 존중해 주는 사람들을 만나 서로 격려하고 힘을 얻었다. 진정한 인맥은 이런 것이다.

진정한 관계는 내가 타인의 인생에 도움이 될 때 형성된다. 상대가 사회적으로 높은 곳에 있든 낮은 곳에 있든, 먼저 그 사람에게 도움을 주는 쓸모 있는 존재가 되어야 한다. 이렇게 될 때 진짜 인맥, 진정한 관계가 시작된다.

더 이상 누구는 '빽'이 있어서 되고 자신은 빽이 없어서 안 된다고 생각하지 말자. 외려 빽이 없는 것을 다행으로 여기고 기뻐하자. 빽은 엉성한 벽이라서 금방 허물어지지만, 빽이 없는 사람은 흰 도화지와 같아서 자기 안에 무엇이든 다 담을 수 있다. 빽이 없으면 다른 사람에게 불필요한 기대를 안 받아서 좋고, 자신의 독보적인 재능을 발휘하면서 자신이 원하는 대로 삶의 무대를 지을 수 있으니 얼마나 좋은가.

인간쓰레기, 인간 노동자, 인재, 인물

부서에서 자신이 꾸어다 놓은 보릿자루 같다느니, 상사에게 찍혀서 승진하기는 글렀다느니, 동료들 사이에 경쟁이 심하다느니, 자신이 근무하는 회사에 대해 불평하는 사람들이 더러 있다. 일은 인생에서 매우 중요한 부분을 차지한다. 오죽하면 일의 상태에 따라 인생이 다르게 느껴질까. 하지만 회사에서 본인의 컨디션과 위치를 결정하는 사람은 다른 사람이 아닌 본인 자신이라는 사실을 기억해야 한다.

난 2011년부터 마음 훈련 수강생을 받기 시작했다. 1기 수강생 중에는 건강이 나빠서 하루 수업을 듣는 것조차 힘들어 하는 여학생이 있었다. 공대를 나온 그녀는 특별한 재능도 없고 말주변도 없고 옷도 수수하게 입어서 처음엔 별로 눈에 띄지 않았다. 하지만 그녀에게는 몇 가지 특별한 점이 있었다. 그녀는 성적에 플러스가 되지 않아도 본인이 좋으면, 다른 사람들이 꺼리는 일이나 시간이 많이 걸리는 어려운 일도 개의치 않고 했다. 또 모든 수업에 성실하게 참여했고 숙제도 열심히 했으며, 한번 마음먹은 일은 중간에 그만두지 않았고, 도움이 필요한 사람은 그냥 지나치지 않았다. 그녀는 나와 친해지고 주목받기 위해서 애쓰지도 않았고, 얻고 잃는 것에 상관없이 그저 주어진 일만 묵묵히 했다. 이렇게 5년을 노력한 결과 그녀는 동기들의 수준을 훌쩍 뛰어넘어 후배 수강생들에게 존중과 신뢰를 받는 선배가 되었다. 처음 들어왔을 때 그녀의 존재감은 미미했지만, 지금은 수강생 사이에서 중요한 영향력을 발휘하고 있다.

어느 단체에 속하든 지위와 존중은 남이 거저 주지 않는다. 본인이 쟁취해야 한다. 당장은 상사의 눈에 안 띌 수도 있고, 부서에서 적절한 위치를 못 찾을 수도 있다. 하지만 스스로 자신을 존중하며 꾸준히 노력하면 머지않아 상사의 눈에 띌 것이다. 풀은 빨리 자라지만 일찍 시들고, 나무는 천천히 자라지만 가지가 우거지면 오래도록 푸르다. 사람도 이와 같다.

중요한 점은, 스스로 어떤 사람이 되고 싶은지를 스스로 정해야 한다는 것이다.

직장에서 어떤 사람이 되고 싶은가

수시로 어떤 사람이 되고 싶은지 자신에게 물어보자. 누군가는 모든 회사에 인간쓰레기, 인간 노동자, 인재, 인물의 네 부류가 존재한다고 말했다.

인간쓰레기는 뭘까? 회사에서 그냥 시간만 때우는 직원이다. 아침에 출근하면 언제 퇴근하나 시계만 쳐다보고, 억울한 일이 있으면 이 사람 저 사람 붙잡고 불평만 늘어놓는다. 늘 동료와 회사를 헐뜯고 안 좋은 점만 들추어내기 때문에 온종일 불만 상태이다. 일할 땐 최대한 꾸물꾸물 늑장을 부리고, 남보다 조금이라도 일을 더 할라치면 큰 생색이나 내며, 아침에 출근하면 사적인 일부터 처리한다. 표현이 조금 거칠지만, 회사 입장에서 이런 사람은 인간쓰레기이다. 이들은 친구, 연인, 자녀에게는 중요한 인물일지 모르겠지만 회사에선 그저 소모적이고 파괴적이고 어수선하고 기여하는 것 하나 없는 인간쓰레기일 뿐이다.

인간 노동자는 또 뭘까? 상사의 요구 사항에 맞춰 일을 딱딱 해내는 직원이다. 하지만 상사가 시키는 일만 하고, 회사에 기여되는 일은 능동적으로 하지 않는다. 이들은 상사의 명령이 떨어지자마자 최선을 다해서 일을 하기는 한다. 그래야 월급을 떳떳이 받을 수 있다고 생각하기 때문이다.

그렇다면 인재는 어떨까? 인재는 업무 기준에 맞춰 일을 완성하는 것은 기본이고, 누가 시키지 않아도 회사에 도움이 되고 이익이 되는 일을 적극적으로 찾아서 한다.

사람들은 명문대를 졸업하고, 똑똑하고, 전문 지식과 상식이 많고, 학위가 높고, 관련 경험이 풍부하면 인재일 것이라고 생각한다. 이것은 잘못된 생각이다. 물론 조건을 갖춰서 나쁠 것은 없다. 하지만 이것은 기껏해야 기본 자질에 불과하다. 인재를 판단하는 중요한 기준은 회사에 어떤 기여를 하느냐이다. 그리고 이보다 더 중요한 점은, 성실하고 믿을 수 있는 사람이어야 한다는 것이다. 직원들과 잘 어울리고, 자신의 능력을 발휘함과 동시에 동료가 능력을 발휘할 수 있도록 도와주고, 회사에 적극적으로 공헌하면 인재라고 할 수 있다.

학벌이 높고 전문 지식이 충분한데도 불구하고 등용되지 않는 어떤 사람은 상사가 안목이 없어서 자기 같은 인재를 못 알아본다고 생각한다. 내가 강조하고 싶은 점은, 인재는 어떤 능력을 가졌느냐의 문제가 아니라는 점이다. 자신이 가진 능력을 최대한 이용해서 회사에 실질적인 도움과 이익을 줄 수 있느냐가 인재를 판단하는 기준이다. 스스로 나는 인재야, 나는 천재야, 라고 우쭐대는 것은 아무 소용도 없는 허세일 뿐이다. 쓰이지 않는 인재는 인재가 아니다. 본인이 금덩이여도 광이 나지 않으면 돌이나 마찬가지이다.

마지막으로 인물은 뭘까? 자기 사업을 하듯이 회사에서 열정적으로 일하는 직원이다.

많은 사람에게 긍정적인 영향을 주고, 설정한 목표는 높든 낮든 주변 사람들과 함께 노력해서 꼭 이룬다. 인물은 어떤 특징이 있을까? 믿음이 깊다. 믿음은 뭘까? 결과를 알 수 없는 모호한 상태에서도 목표로 하는 일이 잘 될 것이라고 확신하는 것이다. 때문에 사람들은 인물을 믿고 따른다. 이에 비해 결과를 알고 추종하는 것은 속물근성인데, 믿음과 속물근성을 구분하는 것은 자못 중요하다.

회사에서 내게 뭘 줬고 어떻게 대우했는지를 따지기 이전에 인간쓰레기, 인간 노동자, 인재, 인물 중에서 자신은 어떤 유형의 직원인지 생각해 보자. 어느 회사건 연봉과 업무 성과가 가장 좋은 사람은 인물이고, 인재, 인간 노동자가 그 뒤를 잇는다. 인간쓰레기는 아직 상사에게 들켜서 잘리지 않은 것을 다행으로 여기고 다시는 불평불만 하지 말자.

일은 인생에서 매우 중요하다. 따라서 직장인은 직장에서 어떤 사람이 되고 싶은지 끊임없이 자신에게 되물어야 한다. 나무 같은 사람이 되고 싶으면 최소한 인재가 되어야 하고, '철밥통'을 차지하고 싶으면 최소한 인재 이상은 되어야 한다. 회사에 감원 바람이 불 때 가장 먼저 해고되는 사람은 인간쓰레기, 그 다음은 인간 노동자이다. 인재와 인물은 오히려 회사가 나서서 남아달라고 부탁한다.

기회를 못 만난 게 아니라 능력이 부족한 것

자신은 능력이 없는 게 아니라, 능력을 펼칠 수 있는 기회를 아직 못 만났을 뿐이라고 생각하는 사람들이 있다. 사람들은 책을 한 수레나 읽어 박학다식하고 재주가 많으면 인재라고 생각한다. 또 명문대를 나와 석·박사 학위를 받은 사람들은 자기들이 인재인 줄 안다. 이들은 자신이 중요하게 쓰이지 않는 건 아직 자신의 진정한 가치를 알아보는 백락(伯樂 : 춘추 시대 때 말을 잘 감정하던 명인)을 만나지 못해서라고 생각하고 늘 기회 타령을 한다. 하지만 내가 볼 땐 기회를 못 만난 게 아니라, 아직 능력이 덜 찬 것이다. 유능하다는 평가를 받고 싶다면, 적어도 다음의 네 가지 능력을 갖추고 있어야 한다.

(1) 지식과 재능

사람들은 시를 낭송하고, 그림을 잘 그리고, 피아노 연주를 잘하고, 책을 많이 읽고, 천문 지리와 세계사에 해박하고, 물건을 잘 수리하고, 솜씨가 좋은 것을 재능의 전부라고 생각한다. 하지만 약간의 지식과 능력, 학위, 솜씨는 재능의 일부에 불과하다.

(2) 자신의 지식과 재능을 다른 사람에게 도움이 될 수 있도록 변환시키는 능력

아무리 아는 게 많고 팔방미인 같은 재능을 갖추었다 해도, 그런 지식과 재능이 다른 사람에게 도움이 안 되면 아무 소용이 없다. 남에게 도움이 안 되는 능력은 자기 자랑, 잔재주에 불과하다.

(3) 자신의 지식과 재능을 남에게 알리는 능력

자신이 무엇을 알고 어떤 것을 할 수 있는지 남에게 알릴 필요가 있다. 두렵거나 부끄럽다는 이유로 자신의 재능을 알리지 않는다면, 다른 사람에게 인정을 받을 수 없다. 자신의 지식과 재능을 펼칠 수 있는 가장 좋은 기회는 누가 도움을 요청할 때 도와주는 것이다.

(4) 지식과 재능을 발휘할 때 상대에게 즐거움과 신뢰를 주고 협력하는 능력

재능이 아무리 뛰어나다고 해도 거만해서 사람들이 같이 일하고 싶어 하지 않는다면, 이 또한 아무 소용이 없다.

기회를 못 얻은 게 아니라,
지식과 재주의 저장고에 불과한 것

능력이 뛰어난데도 기회를 얻지 못하는 인재는 지식과 재주의 저장고에 불과하고, 다른 사람에게 도움이 안 되는 재능은 장식품에 지나지 않는다. 따라서 "난 능력이 없는 게 아니라 능력을 발휘할 수 있는 기회를 아직 못 얻은 거야."라고 불평해선 안 된다.

구직 활동을 할 때 명문대를 졸업한 일부 사람들은 내가 이런 데서 일하기에는 조건이 차고 넘치지만 한번 일해 보겠다, 라는 교만한 태도로 조건을 따지고 처음부터 좋은 대우를 받기를 바란다. 그러다가 회사 쪽에서 거부하면 "능력이 있으면 뭐 해? 쓸 기회가 없는데."라고 한탄하기 일쑤이다. 수십 년의 업무 경험과 뛰어난 능력을 가졌다고 스스로 자부하는 사람들도 회사에서 중용되지 않으면, 기회가 없어서 능력을 발휘할 수 없다고 투덜거린다.

이렇듯이 능력을 발휘할 기회가 없다고 불평하는 사람들에게는 몇 가지의 공통점이 있다. 먼저 박학다식하지만 과장이 심하고, 스스로 수준이 높다고 생각하지만 실제로 다른 사람들에게 도움이 되는 경우는 드물다. 또한 다른 사람의 말을 경청하지 않고, 그들에게 어떤 것이 필요한지 관심을 갖지도 않는다. 늘 본인은 옳고 남은 틀리며, 사교성이 떨어지고, 동료가 승진이라도 하면 '빽'이 좋거나 아부를 잘해서 승진했다고 생각한다.

자신이 그렇게 능력이 뛰어나다면, 백락을 찾지 말고 스스로 백락이 되어 재능을 발휘할 수 있는 기회를 창조하라. 기회 타령을 하는 것은 달리 말하면 다른 사람에게 인정받고 싶다는 것인데, 다른 사람에게 인정을 받으려면 앞에 소개한 네 가지 능력을 갖춰야 한다. 그래야만 자신의 재능을 온전히 발휘할 수가 있다. 자신의 재능은 남의 눈에 참나무로 보일 수도 있고 잡목으로 보일 수도 있는데, 본인이 참나무가 아니라 잡목인 것을 알게 될 때 가장 괴롭다.

기회 타령을 하는 것은 이상에 능력이 못 미치기 때문

요즘 사람들은 이미 많이 배우고도 더 배우느라 바쁘다. 지식이 곧 재능이고 지식이 많을수록 재능이 더 뛰어나다고 생각해서이다. 하지만 이것은 과거에나 해당되는 말이다. 전 세계 곳곳에 인터넷망이 촘촘히 깔린 지금은 지식이 넘쳐난다. 인터넷을 검색하면 모든 정보가 다 나오므로 굳이 기록할 필요도 없고 외울 필요도 없으며, 궁금한 것이 있을 때에는 그때그때 찾아보면 된다. 따라서 누구든 지식 자랑을 했다가는 창피를 당하기 일쑤이고, 곧바로 '아웃' 될 수도 있다.

재능의 유무를 판단하는 중요한 기준은 무엇을 아느냐, 무엇을 할 줄 아느냐가 아니다. 다른 사람에게 도움을 줄 수 있느냐, 성실하게 일하느냐, 회사에 얼마나 기여할 수 있느냐이다. 예를 들어 금은 귀한 광물이지만, 채소를 써는 용도로는 적합하지 않다. 따라서 요리용 칼로 쓰여야 하는 사람이 자신을 금으로 여기면 결국엔 자기 자신만 초라해질 뿐이다.

자신이 어떤 사람인지 이해했고 하고 싶은 일을 정한 후에는 이왕이면 남에게도 도움이 될 수 있도록 모든 역량을 집중해서 그 분야의 고수가 되어야 한다. 대충대충 해서는 어느 것도 제대로 할 수 없다.

사람을 고용하는 관점에서 생각해 보자. 회사에서 직원을 채용할 때 능력과 태도 중에서 어느 것을 더 눈여겨볼까? 능력이 아니라 태도이다. 지식과 기술은 가르쳐줄 수 있지만, 태도는 양성시켜 주기 어렵다. 태도를 보면 그 사람의 품성과 개성, 사람을 대하고 지식을 받아들이는 방식, 사람들과 어울려 지내는 능력 등을 알 수 있다.

아무리 능력이 뛰어난 사람일지라도 성격이 독선적이고 까다로우면, 아무도 같이 일하고 싶어 하지 않는다. 이것이 직장의 법칙이다. 사람의 선택은 겉으로 보기엔 참 이성적으로 보인다. 하지만 실상은 감정에 따라 좌우될 때가 많다. 다른 사람에게 아부해도 괜찮다. 아부도 능력이다. 또한 인재를 판단하는 중요한 기준 중의 하나이기도 하다. 아부는 사람들과 함께 일할 때 자신을 낮추고 상대방의 긴장감을 풀어주며 상대방의 필요를 이해하는 능력이다.

기회가 없어서 능력을 펼칠 수 없다고 불평하는 사람은 아직 백락을 못 찾은 것이 아니라, 스스로 자신의 재능을 높게 평가했기 때문이다. 본인의 생각대로 그렇게 능력이 뛰어나다면 왜 아무도 안 쓰겠는가? 그냥 능력이 부족한 것이다. 이런 사람은 백락을 못 만났다고 불평할 게 아니라, 부족한 부분을 채우기 위해서 열심히 반성하고 공부하고 성장해야 한다.

어려움에 대해서 말할 수 있는 것은 어려움을 겪어봤기 때문

유명세와 돈과 사회적 지위를 이용해서 쉽게 일하는 사람이 남의 어려움에 대해서 너무 함부로 말하는 것 아니냐는 말을 네티즌, 독자, 주변의 친구들에게 많이 듣는다. 내가 남의 어려움에 대해서 말할 수 있는 것은, 나도 똑같이 어려움을 겪어봤기 때문이다.

돈과 사회적 지위를 가진 유명한 사람도 돈과 사회적 지위가 없었던 무명 시절이 있었다. 남의 어려움에 대해서 함부로 말한다고 생각하기 이전에 그들도 그 어려운 시절이 있었다는 것을 기억하자. 과거를 더 거슬러 올라가 보면, 성공한 많은 이들이 어린 시절을 가난과 역경 속에서 힘겹게 보냈다.

사람들은 성공한 유명 인사들이 아무것도 가진 게 없는 빈손 시절에도 모든 자원을 다 가진 것처럼 행동했다는 사실을 잘 모른다. 이들은 결코 "가진 게 없어서 아무것도 할 수 없어요. 그냥 아무것도 안 할래요."라고 말하지 않았다. 유명한 사람들의 성공 스토리를 들어보면 피, 땀, 눈물을 흘린 시절이 있었다는 것을 알 수 있다.

중국의 '담배 왕' 추스젠(褚時健)은 85세의 고령에 '오렌지 왕'으로 변신했다. 하지만 '담배 왕' '오렌지 왕'으로 불리는 그가 과거에 얼마나 많은 시련을 겪었는지에 대해서 아는 사람은 그리 많지 않다. 추스젠은 1980년대 초에 적자 상태의 작은 담배 회사를 아시아 최대 담배 회사로 일으켰고, 1990년대에 천억 위안 이상의 이익을 냈지만 횡령 혐의로 수감되었다. 이 기간에 같이 수감되었던 딸이 교도소에서 스스로 목숨을 끊었다. 일흔 살이 훌쩍 넘어 출소한 그는 수중에 투자할 돈도 없었지만 천신만고 끝에 다시 사업을 시작해 지금의 '오렌지 왕'이 되었다.

난 해마다 그의 오렌지를 사먹는다. 맛이 훌륭한 이유도 있지만, 그보다도 그의 정신력에 감동을 받았기 때문이다. 아시아 최대 담배 회사의 사장에서 한순간에 교도소에 갇히는 수감자 신세로 전락한 것도 모자라 딸까지 잃었으니, 얼마나 마음이 아팠을까. 아마 마음이 갈가리 찢어지는 고통을 느꼈을 것이다. 성공한 사람의 이면을 들추어 보면, 온갖 시련을 겪으며 고통을 이겨내야 했던 시절이 있었던 것이다. 하지만 그렇게 수많은 고통을 감내했기에 지금의 위치에 올랐다.

남이 가지 않는 길을 가면
고생이 뒤따른다

내게 "하이란 박사님. 박사님은 우리처럼 힘들지 않잖아요. 남의 아픔 이해해 주는 척 좀 그만두세요."라고 말하고 싶은 사람이 있을 것이다. 나라고 왜 어려움이 없었겠나. 하지만 그때마다 굵은 땀방울을 흘리며 노력했고, 흘린 땀방울이 무색하게 실패도 했고, 다시 땀방울을 흘리며 어려움을 이겨냈다.

박사 과정 때 난 존재감이 없는 학생이었다. 친구들이 놀러 갈 때에도 밤낮없이 실험에만 매달렸다. 미국에서 공부하고 싶은데, 유학을 신청하려면 연구 성과가 있어야 했다.

더욱이 안과 전공 학생은 생물학, 유전학, 생화학 같은 기초 의학을 전공하는 학생보다 유학 신청이 더 어려웠고, 엎친 데 덮친 격으로 난 기초 의학 방면에서 실력이 많이 부족했다. 따라서 미국에 가자마자 바로 안과 의사를 할 게 아니라면 연구 성과를 내는 수밖에 없었고, 고심 끝에 난 연구 성과로 승부를 보기로 결심했다. 험난한 길이 예상되었고, 결과적으로 엄청나게 고생했다.

스스로 연구 계획을 짤 때 이왕이면 유명한 지도 교수님 밑에서 연구하기로 마음먹었다. 그래야 세계적인 수준의 장비를 갖춘 실험실에서 실험을 할 수 있지 않겠는가. 가만히 있으면 누가 불러주는 것도 아니고 해서 난 먼저 여러 교수님들을 찾아가 연구 방향에 대해서 조언을 구했다. 물론 연구의 가능성과 발전성을 인정받기 위해서 사전에 기초 의학에 관한 자료, 논문, 서적을 수없이 탐독했다. 훗날 내 연구 분야에서 유명한 교수님을 설득하는 데 성공한 난 교수님의 연구실에서 졸업 논문을 썼고, 이 논문 덕분에 미국 유학 자격을 얻을 수 있었다.

미국의 실험실에서 연구할 땐 'P^{32}'를 자주 썼다. 'P^{32}'는 방사성이 강한 맹독 물질이다. 이 밖에도 연구 때문에 암을 일으키는 독성 물질을 자주 다뤘다.

환경적인 측면에서 실험실은 비록 보호 설비를 갖췄지만, 맹독 물질을 날마다 다뤄야 한다는 점에서 이상적인 환경은 아니었다. 하지만 교수님에게 인정받고 미국에서 입지를 다지려면 연구 성과가 필요했기 때문에 실험실을 떠날 수가 없었다. 달리 말하면 연구를 위해서 스스로 '중독'되어야 했다.

길을 정했으면
뒤도 돌아보지 말고 가라

난 소원하는 목표를 이루기 위해서 줄곧 싫어하는 일을 '심혈'을 기울여 한 사실을 뒤늦게 발견했다. 이때 인생의 목표가 얼마나 중요한지를 새삼 깨달은 난 38세에 돌연 전공을 바꿨다. 난 다시 처음으로 돌아가야 했다. 의학계에서 심리학계로 둥지를 옮기는 것은 20년간 의학계에서 쌓은 모든 경험을 버리고 제로에서 다시 시작해야 하는 것을 의미했다. 가시밭길이 예상되었고, 밝은 미래는 그려지지 않았다. 공부를 다 마친 뒤에 직장을 못 구해서 식당에서 접시닦이를 하게 되면 어쩌나 걱정도 되었다. 하지만 심리학이라는 길을 새로 선택한 이상 뒤돌아보지 않고 열심히 공부에만 몰두했다.

공부를 마치고 중국에 돌아갔을 때 원촨 대지진이 일어났다. 원촨은 리히터 규모 7 정도의 대지진이 일어난 뒤에 수시로 여진이 일어났다. 많은 집이 맥없이 무너졌고, 강물이 수시로 넘쳤으며, 전염병이 돌 가능성도 있었다. 이런 상황에서 선뜻 원촨에 가고 싶어 하는 사람은 없었다. 며칠도 아니고 3년씩, 그것도 가족을 데리고 가서 생활하라고 하면 당연히 아무도 가고 싶어 하지 않을 것이다. 하지만 난 남편과 어린 딸을 데리고 그곳에서 3년을 지냈다.

딸아이는 손이 많이 가는 편이고 먹는 것을 참 좋아했다. 남편은 집에서 딸을 돌보느라 일을 할 수 없었기 때문에, 나 혼자 온 가족의 생계를 책임졌다.

문제는 이뿐만이 아니었다. 재해민을 돕기 위해서 온 가족을 데리고 원촨에 갔건만 어찌 된 영문인지 그들에게 환영받지 못했다. 알고 보니 재해민 사이에 "지진 조심, 도둑 조심, 심리 상담사 조심!"이라는 말이 유행했는데, 충분히 훈련받지 않고 열정만 앞선 심리 상담사들이 보고서를 작성하기 위해서 재해민의 아픈 상처만 들추고 심리 상태를 제대로 치유해 주지 않은 것이 원인이었다. 원촨에서 교사들을 상대로 심리 치유 수업을 할 때였다. 이 수업을 듣고 싶어서 자발적으로 찾아온 사람은 몇 사람 되지 않았고, 나머지는 학생들 때문에 억지로 온 교사들이었다. 교사들이 내게 솔직하게 물었다.

"지진이 일어났을 때 선생님은 이곳에 안 계셨잖아요. 집이 무너진 것도 아니고 가족이 다치거나 죽은 것도 아닌데, 어떻게 우리를 이해하겠다는 겁니까? 우리가 받는 고통을 아세요?"

교사들의 말은 옳았다. 때문에 난 재난 상황을 직시하고 재해민을 도울 수 있는 창의적인 방법을 반드시 찾아내야만 했다. 능력과 지혜는 쥐어짜면 나오게 마련이다. 난 내게 도전한 교사들에게 감사했고, 변화무쌍한 환경에 적응할 수 있는 기회가 주어진 것에 감사했다.

누구도 부러워하지 말라

내게 힘들게 살아본 적도 없으면서 남의 아픔을 이해하는 척 좀 그만두라고 말하는 사람은 내게도 어려운 시절, 마음고생이 심했던 시절이 있었다는 걸 모르기 때문일 것이다. 내가 어려움을 겪는 사람들에게 조언할 수 있는 건 나도 어려움을 겪어봤기 때문이다.

작은 성공일지라도 풍파와 어려움을 겪지 않고 성공한 사람은 없다. 따라서 이미 폭풍우를 겪고 평화로운 상태에 도달한 사람과 어려움에 처한 현재의 자신을 비교하며 '난 가망이 없어.'라고 좌절할 필요는 없다. 그 사람도 똑같이 힘든 시절을 겪었다. 다만 그 사람의 고생담이 별로 고생스럽지 않게 들리는 건 이미 지나간 일이기 때문이다.

누군가의 애정 어린 조언을 '오지랖'으로 받아들이고 아무도 자신을 이해하지 못할 것이라고 생각하는 사람은 한 번도 남을 이해하려고 노력한 적이 없는 사람이다. 이런 사람은 다른 사람의 생활을 멋대로 판단하기 일쑤이고, 자기만 빼고 다들 재미있게 산다는 잘못된 환상을 품고 있다. 자기만 고생스럽게 산다고 생각하는 사람은 다른 사람도 일이 뜻대로 되지 않아 어려움을 겪은 때가 있었다는 것을 알려고 하지도 않는다. 사람은 오직 자신의 고통과 어려움만 느낄 수 있기 때문에, 늘 자신이 남보다 더 힘들게 산다고만 생각한다.

확신컨대 단 하루만이라도 다른 사람의 인생을 대신 살게 된다면, 그 사람도 자기만큼 많은 일을 겪었고 비참할 때가 있었다는 걸 알게 될 것이다. 그러니 남의 조언을 어려움을 모르고 산 사람의 괜한 '오지랖'이라고 생각하지 말자. 인생의 고통을 묵묵히 통과해 지나가면, 어려움 속에서도 분명히 인생의 교훈을 얻을 수 있다.

제 6 장

모든 불완전함에 감사하자

인생에서 많은 일, 특히 나쁜 일은 지나고 보면 아름다움을 발견할 수 있는 기회가 되기도 한다. 난 인생에서 이런 일을 부지기수로 경험했다. 최악의 사건도 몇 년쯤 지난 뒤에 생각하면 인생에 큰 밑거름이 되었고, 인생을 또 다른 반열에 올려놓는 시작이자 전환점이 되었다는 것을 알 수 있다. 안 좋은 일을 겪을 때, 그 일이 반드시 달콤한 열매를 가져다줄 것이라고 생각하면 스트레스가 확연히 줄어든다.

Not perfect is more beautiful

걱정하는 일은 대부분 일어나지 않는다

출장 갈 때 난 비행기를 자주 이용한다. 하지만 말레이시아 항공기 실종 사건이 일어난 뒤부터는 어느 날 갑자기 내가 탄 비행기가 실종되거나 사고가 나서 추락하면 어떡하지, 라는 걱정이 머릿속에서 떠나질 않았다. 난 이런 뜻밖의 사고가 현실로 나타났을 때를 가정하여, 딸이 당황하지 않도록 미리 마음의 준비를 시키기로 결심했다.

어느 날 난 딸에게 말했다.

"엄마가 하고 싶은 말이 있어. 만약에 어느 날 엄마가 탄 비행기가 실종되면 엄마가 항상 네 마음속에……."

내가 말을 채 끝맺기도 전에 딸은 엉엉 울면서 말했다.

"엄마가 죽으면 난 어떡하라고…… 엄마 없는 애가 되잖…… 엄마가 죽으면 아무도 나를…… 엄마가 날 사랑해 줄 수 없잖아요…… 엄마가 없는데 어떻게 행복하게 살아요?"

난 갑작스레 울음을 터뜨린 딸을 위로하며 말했다.

"엄마 여기 있잖아. 아무 데도 안 가."

"그래도 안 돼요. 만약에 엄마가 죽으면……."

딸은 마치 내가 진짜로 죽은 것처럼, 벌써 내 장례식에 참석한 것처럼 슬프게 꺼이꺼이 울었다. 난 다시 말했다.

"엄마 여기 있잖아. 짜잔! 엄마 여기 있네. 만져 봐. 엄마가 지금 널 이렇게 안고 있잖아. 눈뜨고 엄마 봐봐. 엄마 여기 있네."

"엄마."

난 간신히 딸의 울음을 멈추게 하고, 내가 옆에 있다는 걸 인지시켰다.

사람들은 어떤 끔찍한 사건에 대해 들으면 마치 자신이 그 사고를 당한 것처럼 긴장하고 두려워하게 마련이다.

사실 두려움이 밀려올 땐 다음의 문제에 대해서 생각해야 한다.

① 대체 무슨 일이 일어날 것이라고 생각하는가? 최악의 결과는 무엇인가?

② 그 일이 실제로 일어난다면 어떻게 대처할 것인가? 결과가 어떨 것 같은가?

사람이 진실로 두려워하는 것은 사건 자체가 아니라 불확실성이다. 자신에게 무슨 일이 일어나고 그 일로 인해 어떤 영향을 받게 될지 모르는 것을 두려워한다. 때문에 실제로 사건이 일어나면, 비록 결과가 마음에 안 들어도 생각보다는 두렵지 않은 것이다.

갑자기 부모가 돌아가시거나 부모와 헤어지면 어떡하나 걱정하는 것은 정상적인 심리이다. 하지만 언젠가 부모님은 돌아가실 것이고, 본인도 세상을 떠날 것이다.

따라서 안 좋은 일이 생길까 두려울 땐 자신에게 물어야 한다. 진짜로 그런 일이 발생하면 어떻게 할 것인가? 예를 들어 부모님이 돌아가시면 내 인생이 어떻게 변할까?

이들 물음에 대해서 곰곰이 생각했으면 자신이 장차 무엇을 잃게 될 것이고, 어떤 상태에 처할 것이며, 본인이 그 상황을 감당할 수 있을지 등등을 종이에 적는다.

'만약에 가족이 모두 죽으면 내 인생이 어떻게 변할까?'처럼 모든 일을 가장 나쁜 쪽으로 가정하면, 살아 있을 때 어떤 일을 해야 후회와 죄책감이 안 남을지를 알 수 있다. 또한 그런 일부터 행동으로 옮기면, 나중에 최악의 사건이 현실로 나타나도 후회와 아쉬움이 덜 남게 된다.

사람들은 일어나지 않을 일을 걱정한다

어느 중년 남성은 갑자기 아내가 죽을 수도 있다고 생각하면 죄책감이 들어서 괴롭고, 부모님이 돌아가실 것만 생각하면 숨을 쉴 수 없을 정도로 마음이 아프다고 말했다. 내가 물었다.

"부모님은 언젠가 돌아가실 거예요. 만약에 2, 3년 안에 부모님이 돌아가신다고 가정할 때 선생님이 어떻게 하면 죄책감을 느끼지 않고 마음이 편안할까요?"

그는 기껏해야 일주일에 한번 또는 한 달에 한번 정도 고향집을 방문해 부모님 말씀을 들어드리고 좋은 곳을 구경시켜 드린다고 말했다. 하지만 일이 너무 바빠 자주 찾아뵙지 못하는 것에 약간의 죄책감을 느끼고 있었다.

난 뒤이어 물었다.

"한번 부모님 관점에서 생각해 볼까요? 지금까지 선생님은 부모님을 정성껏 돌봐 드렸잖아요. 부모님이 선생님에게 뭐라고 말씀하실까요?"

그는 부모님은 자신에게 아무것도 바라지 않고, 살뜰히 효도하는 자신을 고맙게 생각한다고 말했다. 사실 그의 부모님의 유일한 바람은 아들이 건강하고 아내와 행복하게 사는 것이었다. 이것이 노부부에게는 최고의 효도였다.

그는 부모님의 입장에서 문제를 생각한 뒤에 한결 편안해 했다. 부모님이 돌아가신 뒤에 어떻게 생활할 것인지에 대해서도 생각하자 더한층 평온해졌다.

어떤 문제에 대해 명확하게 생각해 본 적이 없을 때 사람들은 막연히 두려워한다. 두려움은 불안함의 일종이다. 불안함의 최대 특징은 모른다는 것이다. 다시 말해서 두려움의 근원은 무지와 불확실성이다.

물론 안다고 해서 일어날 일이 안 일어나진 않는다. 하지만 미리 마음의 준비를 하면 불안하지 않다. 좋은 일이건 나쁜 일이건 미리 마음의 준비를 하면, 내면에 닻이 내려져 마음이 안정되고 초조함과 걱정이 줄어든다. 예를 들어 부모님은 늦든 이르든 언젠가는 돌아가실 것이다. 하지만 달갑지 않은 일이라도 자신이 이 일 때문에 초조해하고 걱정하는 것을 알아차리면, 그 정도가 많이 낮아진다.

미국의 어느 과학팀은 사람들이 두려워하는 일을 종이에 적은 다음, 몇 달 뒤에 걱정한 일 중에 실제로 몇 가지의 일이 일어났는지 알아보는 실험을 했다. 확인 결과 실제로 일어난 일은 하나도 없었다. 이 실험 결과는 많은 사람이 실제로 일어나지도 않을 일을 괜히 걱정하고 두려워한다는 것을 증명해 준다. 한마디로 괜히 혼자서만 마음고생 하는 것이다.

앞으로 두려운 생각이 들 때면 다음의 몇 가지 일을 시도해 보자.

① 자신이 어떤 일을 걱정하고 두려워하는지 파악한다.
② 그 일이 실제로 일어났을 때 최선의 결과와 최악의 결과가 어떻게 나타날 것인지 각각 종이에 적는다.
③ 걱정하는 일이 일어날 가능성이 얼마나 되는지 계산한다.
④ 최악의 결과가 발생하는 것을 막기 위해서 어떤 일을 언제 어디에서 어떻게 해야 하는지 구체적으로 계획한다.
⑤ 계획을 행동에 옮긴다.

이것이 공포를 직시하는 5단계 방법이다.

누구에게도 기댈 필요가 없다

2008년 5월 12일 원촨 대지진이 일어난 뒤에 난 중국 청소년 발전 재단 '영혼 지켜주기 프로젝트'의 총감독으로서 10월쯤 원촨에 갔다. 지진이 일어나고 반년 정도 지난 뒤라서 재해민이 뿔뿔이 흩어지고 많이 없었다. 먼저 다녀간 심리 상담사들의 전문성이 부족했던 탓에, 재해민들은 심리 상담을 신뢰하지 않고 거부감을 드러냈다. 당시에 재해민 사이에는 "지진 조심, 도둑 조심, 심리 상담사 조심!"이라는 말이 공공연히 나돌 정도로 작업 환경은 열악했다.

원래 심리 상담 팀은 학교를 중심으로 활동할 계획이었다. 하지만 많은 학교가 물질적인 지원을 더 선호했던 터라, 심리 상담이라는 명목으로 학교 안에 들어가기는 매우 어려웠다. 당시에 난 남편, 딸, 자원봉사자를 이끌고 재난 지역에 갔지만 누구를 어디서부터 어떻게 도와야 할지 모든 게 미지수였다.

난 현지에서 사람들과 좋은 관계를 형성하면 상황이 달라질 수도 있을 것이라는 희망을 안고, 현지 비즈니스계와 정계에서 영향력이 있는 사람을 초청해 상담 코스를 밟게 했다. 현지에는 지진 충격의 여파로 잠을 못 자고 불안증을 호소하는 사람이 많았다.

당시에 난 세계적인 트라우마 해소 전문가인 데이비드 버셀리(David Berceli)를 사천으로 초청해 우리 팀을 돕게 했다. 체험 수업에서 수강생들에게 스트레스를 해소시키는 체조를 시켰는데, 이때 수강생 중의 한 사람인 현지 유명 기업가가 '동작을 진행할수록 가슴이 답답하다'고 토로했다. 이것은 스트레스 해소 체조를 할 때 흔히 나타나는 증상인데, 데이비드는 규정에 따라 현장에서 흉부 마사지를 해줬다. 그런데 마사지를 시작한 지 얼마 지나지 않아 갑자기 기업가가 질식한 것처럼 두 눈을 동그랗게 치켜뜨고 한참 동안 움직이질 않아, 옆에 있던 가족이 크게 놀랐다. 잠시 뒤에 기업가는 정상을 회복했고, 다른 이상 증상이 발견되지 않아 집에 돌아가서 쉬게 했다.

이튿날 봉사 활동을 마치고 베이스캠프로 돌아가는 길에 난 전날 스트레스 해소 체조를 한 기업가가 응급실에 실려 갔다는 전화를 받았다. 어찌나 놀랐던지, 무슨 일이 어떻게 일어났는지 물어보지도 않고 곧바로 응급실로 달려갔다. 대개 응급실은 위중한 환자만 가는 곳이 아닌가. 난 동료들 앞에서 침착함을 유지했지만, 머릿속에는 온갖 생각이 다 들었다. 대체 무슨 일이 일어난 거지? 어느 정도로 위급한 걸까? 재난 지역에 온 지 얼마 되지 않아 상담 활동도 시원찮은 마당에 인명 사고까지 나게 되면, 프로젝트의 명성이 곤두박질 칠 것은 불을 보듯 뻔했다. 프로젝트의 총감독으로서 난 중압감에 숨을 쉴 수조차 없었다.

난 베이스캠프로 돌아가는 차 안에서 데이비드에게 '숙소에 도착하면 단둘이 할 말이 있다'고 말했다. 동료들이 모두 차에서 내린 뒤에 난 데이비드를 따라 그의 방에 들어가, 방금 들은 소식을 전했다. 난 내심 그가 어떤 답을 주기를 바랐다. 그러면 힘이 나고 스트레스가 줄어들 것 같아서였다. 데이비드는 총성이 빗발치는 전쟁터에서도 다국적 봉사팀의 일원으로서 구호 활동을 한 경험이 많았다. 난 그가 제발 내게 명약 처방을 해주기를 바랐다.

하지만 데이비드의 대답은 완전히 내 귀를 멍하게 만들었다.

"이런 상태에서 이번 중국 여행을 끝내야 하다니, 끔찍해!"

순간 난 바보가 된 기분이었다.

난 만능 인간인 데이비드가 좋은 방법을 생각해 낼 줄 알았다. 하지만 해결 방법을 생각하기는커녕 내가 처한 상황에 대해 안타까움을 표하지도 않고, 겨우 이런 식으로 중국 활동을 끝내게 됐다는 것만을 아쉬워하고 있었다. 당시에 심장의 절반이 뚝 떨어져 나가는 듯한 무력감을 느꼈다. 믿고 의지할 사람이 없었고, 무거워도 모든 짐을 혼자 다 짊어져야만 했다. 어떡하면 좋을까? 난 자신에게 묻고 또 물었다.

냉정을 되찾은 뒤에 나와 데이비드는 기업가의 상태를 알아보기 위해서 병원으로 향했다. 가는 내내 난 '기댈 수 있는 사람이 없다면 나 자신에게 기대자.'라고 생각했다. 그러곤 "폭풍우가 지나가면 반드시 무지개가 뜰 거야. 이 일이 지나가면 반드시 좋은 일이 생길 거야."라고 나 자신을 응원했다. 데이비드는 내 말을 듣고 힘을 얻었는지 눈빛을 반짝이며 "걱정 말아요. 그렇게 될 거예요."라고 말했다. 병원에 가는 길에 난 기업가가 응급실에서 나와 정형외과 병동에 입원했다는 전화를 받았다. '뼈가 부러졌나? 그래도 생사의 갈림길에 있지 않은 게 얼마나 다행이야.'라고 생각했다. 병원에 거의 다 도착했을 때, 또 한 통의 전화가 걸려왔다. 특별히 심각한 증상이 없어서 기업가가 퇴원했다는 것이다. 나와 데이비드는 방향을 바꿔 기업가의 집으로 찾아갔다. 다행히도 기업가는 무사했다.

알고 보니 기업가는 과거에 체내에 심장 박동 조절기를 삽입한 데다 협심증 병력이 있어서 가슴이 답답한 증상에 민감했다. 그는 집에 돌아간 뒤에 가족들이 질식 증상이 나타난 것에 불안해하자 병원에 가서 검사를 받았고, 별다른 이상이 발견되지 않자 다시 집으로 돌아왔던 것이다. 그리고 모든 소식은 시간차를 두고 내게 전달되었다.

데이비드는 기업가에게 스트레스 해소 체조는 몸속 구석구석에 저장된 각종 스트레스와 부정적인 감정을 풀어준다고 상세하게 설명해 주었다. 기업가는 체조를 한 뒤에 아침까지 한 번도 깨지 않고 푹 잤는데, 몇 년 만에 처음으로 달게 잤다며 무척 좋아해하며 악수를 청했다.

역경 속에 숨어 있는 아름다움

상담 효과를 톡톡히 본 기업가가 다시 한 번 수업에 더 참여하고 싶다는 의사를 밝혀왔다. 그리고 지진 이후 영업을 다시 시작한 몇 안 되는 최고급 호텔에 우리 심리 상담 팀을 초대해 근사한 식사를 대접했다. 현지에서 꽤 영향력 있는 기업가가 심리 상담 수업에 참여한다는 소식은 주변에 빠르게 퍼졌고, 심리 상담 효과에 대한 소문도 서서히 퍼져 나가기 시작했다.

인생에서 많은 일, 특히 나쁜 일은 지나고 보면 아름다움을 발견할 수 있는 기회가 되기도 한다. 난 인생에서 이런 일을 부지기수로 경험했다. 최악의 사건도 몇 년쯤 지난 뒤에 생각하면 인생에 큰 밑거름이 되었고, 인생을 또 다른 반열에 올려놓는 시작이자 전환점이 되었다는 것을 알 수 있다. 안 좋은 일을 겪을 때, 그 일이 반드시 달콤한 열매를 가져다줄 것이라고 생각하면 스트레스가 확연히 줄어든다.

일상생활에서 행복하게 살려면, 어려움 속에서도 아름다움을 발견하겠다는 자세를 가져야 한다. 사람들은 일이 뜻대로 풀리지 않을라치면 난 왜 재수가 없을까, 내 신세가 너무 한심해, 세상은 공평하지 않아, 사람들은 못됐어, 라고 불평하는 것에 괜한 시간과 에너지를 쏟는다. 하지만 이렇게 불평만 하는 것은 상황 개선에 전혀 도움이 안 된다.

문제가 생기고 어려움에 처했을 때, 그 일을 어떻게 해석하고 해결해 가느냐에 따라서 인생의 즐거움은 달라진다.

인생에서 악운을 만났을 때, 부정적인 정서에 빠지면 안 된다. 자신과 다른 사람에게 도움이 되는 말과 행동을 하고, 불행한 일에서 자신이 어떤 가치와 의미를 얻을 수 있는지 생각해야 한다.

어떤 상황에서 어떠한 일이 일어났든 후회와 불평을 반복하지 말고, 좋은 관계를 형성하고 개인의 성장에 도움이 되는 일을 하자. 현실의 많은 고통은 지나친 상상에서 비롯된다. 바쁘게 움직여 보라. 아마 고통스러워할 새가 없을 것이다.

나의 어려움을 몰라줬던 데이비드에 대해서 처음에는 실망했고, 그 다음에는 화가 났다. 마음의 응어리는 혼자 끙끙 앓는 것보다 서로 얼굴을 맞대고 푸는 것이 중요하다. 며칠 뒤에 난 적절한 기회를 찾아 데이비드에게 말했다.

"사실 응급실 사건이 일어났던 날, 당신의 태도에 실망하고 화가 났었어요. 왜 그런지 알아요?"

데이비드는 침착하게 대답했다.

"그럼요. 당시에 기댈 수 있는 나무를 찾았는데, 내가 나 몰라라 하니까 화가 났던 거잖아요."

난 말했다.

"알면서 왜 그렇게 했어요?"

데이비드는 말했다.

"하이란. 당신은 이미 큰 나무예요. 문제를 해결할 수 있는 충분한 힘과 지혜가 당신 안에 있어요. 다시는 다른 사람에게 의지하지 말아요."

이 말은 깊은 잠에 빠진 상태로 살았던 나를 송두리째 흔들어 깨웠다. 그의 말은 옳았다. 난 일이 원하는 대로 되지 않을 때, 긴장되거나 두려울 때, 남에게 의지하는 경향이 있었다. 사실 남에게 의지할 것이 아니라 모든 초점을 자신에게 맞추고, 스스로 자신을 돌보아야 하는데도 말이다.

격언에 "하늘은 감당하지 못할 고난을 주지 않는다."라는 말이 있다. 달리 말하면 모든 고난은 스스로 감당할 수 있을 만큼만 주어진다는 것이다. 사람의 능력은 고난을 통해서 단련된다. 난 응급실 사건을 통해서 내적으로 개인의 역량과 지혜를 얻었고, 외적으로는 신뢰와 명성을 얻었다. 또 모든 일이 다 괜찮고, 언제나 자신을 믿어야 한다는 중요한 깨우침까지 얻었다.

원촨에서 구호 활동을 할 때, 난 진실로 분명하고 강렬하게 나 자신이 큰 나무라는 사실을 알아차렸다.

이후에 난 누구에게 의지하려는 생각을 아예 버렸다. 나 자신이 이미 큰 나무인데 누구에게 의지하겠는가.

불완전함을 받아들이는 것이 자기완성의 시작

괴로운 일이 생겼을 때 당신은 어떻게 반응하는가? 하버드 의과대학의 임상심리 전문가인 크리스토퍼 거머 박사는 《나를 위한 기도 셀프 컴패션》에서 어려움에 처한 사람들이 내보이는 세 가지 반응을 설명했다.

① 자기비판. 난 바보 멍청이야. 왜 이렇게 아는 것도 없고 못났을까.
② 회피. 난 왜 이렇게 재수가 없지? 아무도 만나고 싶지 않아.
③ 감정 파고들기. 괴로움에서 헤어 나오지 못하고, 계속해서 자신의 처지를 비관하며 스스로 상처를 받는다.

난 세 번째 반응을 '땅굴 파기'라고 부른다. 엄청난 속도로 '땅굴'을 파는 사람들은 자신은 제대로 된 게 하나도 없고 구제불능이며 희망도 없다고 좌절한다.

자기비판 및 타인에 대한 비판은 종종 자기 인생의 발목을 잡고, 다른 사람과의 관계에 부정적인 영향을 준다. 자신의 불완전함 및 잘못된 말과 행동을 받아들일 때 비로소 자기완성이 시작된다. 괴로울 때 필요한 건 자신에 대한 힐난이 아니라, 자신의 불완전함을 받아들이고 스스로 자신을 따뜻하게 감싸 안는 것이다.

타인의 표정을 보고 자신을 판단하지 말자

사람들은 종종 다른 사람의 표정과 반응을 보고 자신의 선택이 옳고 그른지를 판단한다. 다른 사람의 눈치를 보고 선택하는 것은 자신의 뜻을 거스르고 남의 뜻을 따르는 것이나 마찬가지이다. 때문에 시간이 지나면 자신도 원망하고 남도 원망하게 된다. 사실 옳은 선택을 하려면 다음의 두 가지만 고려하면 된다.

① 자신의 마음
② 자기 몸의 느낌

마음이 놓이고 몸이 편안하면 좋은 선택이다.

다른 사람의 눈치를 살펴도 나쁘지는 않다. 이것도 타인을 이해하는 방법 중의 하나이기 때문이다. 하지만 다른 사람의 눈치를 보고 자신을 비판하면 안 되고, 그것을 자신의 인생을 선택하는 기준으로 삼으면 더더욱 안 된다. 눈치는 외적인 정보의 일부이니 참고만 하자.

사람들이 수시로 생각하는 세 가지 어리석은 일

사람들이 수시로 생각하는 세 가지 어리석은 일이 있다.

① 나는 세상에서 가장 비참한 사람이다.
② 자신의 롤 모델은 모든 일이 뜻대로 잘 풀린다.
③ 나만 힘들게 산다.

멀리서 보면 모든 게 다 이상적으로 보인다. 하지만 가까이서 보면 사정은 달라진다. 키 크고 돈 많고 잘생긴 줄 알았던 사람이 알고 보니 속 빈 강정이고, 모든 성공 뒤에는 남들이 모르는 어려움이 있다. 사실 다른 사람이 어떻게 사는지는 자신과 전혀 관계가 없다. 그러니 자기 일이나 잘하자!

현재 자신이 얼마나 비참한 상황에 처했든 그보다 더 비참한 사람이 수천수만 명은 되고, 자신이 얼마나 잘났든 그보다 더 똑똑한 사람이 세상에는 널렸다. 모든 사람은 다 똑같은 생명의 일부분이고, 자기만의 운명과 인생이 있다. 회피하거나 저항하지 않고 차분한 마음으로 관찰하면, 자신의 인생도 꽤 음미할 만한 구석이 있다는 것을 알 수 있다. 비교하지 않고 비판하지 않으면 머릿속의 혼란이 훨씬 줄어든다.

사실 하루하루 사는 게 쉬운 일은 아니다. 통제할 수 없는 환경, 사람들의 다양한 요구, 비판, 질책 등으로 이미 충분히 힘드니 다른 사람의 시선으로 자신을 공격하지 말자. 세상에 나 하나만을 사랑해 줄 수 있는 존재가 있다. 바로 나 자신이다. 그러니 더 이상 다른 사람의 사랑을 기다리지 말자. 역설적이게도 스스로 자신과 사랑에 빠지면 자신을 사랑해 줄 다른 사람이 나타난다. 사람은 즐겁고 행복한 사람과 함께 있는 것을 좋아하기 때문이다.

스스로 자신을 비판하고 있는지 차분한 마음으로 순간순간 알아차리면서, 비판하지 않고 허용하는 태도로 자신, 타인, 일을 대하자.

고통스러울 때 새로운 것을 꿈꾼다

누구도 다른 사람의 결정을 대신 해줄 수 없다. 하지만 자기 자신을 탐색하는 시간을 함께 가질 순 있다.

24시간 시간표를 그린 다음 그 안에 자신의 하루 일과를 채워 넣어 보자.

- 하루 24시간 중에 오롯이 자기만을 위한 시간은 얼마나 되는가?
- 하루에 몇 시간 동안 일하는가?
- 몇 시간 동안 식사를 하고 잠을 자는가?
- 길에서 보내는 시간은 얼마나 되는가?
- 가족과 함께 보내는 시간은 얼마나 되는가?

- 인터넷 검색, SNS 관리에 시간을 얼마나 할애하는가?
- 가장 중요한 사항인데, 하루에 얼마나 자기 자신을 돌보는가?
- 즐거운가?
- 자신의 건강과 즐거움을 위해서 무엇을 하는가?

당신의 하루 시간표가 어떤가? 사람은 고통스러울 때 변화를 시도한다.

인정과 사랑을 남에게 구하는 한 영원히 자신의 욕구를 채울 수 없다

어떤 젊은 여성이 남자친구에게 메시지를 보냈는데, 3시간 동안 답신이 없자 안절부절못하고 화를 냈다. 그녀에게 남자친구의 답신을 못 받는 것이 어떤 의미가 있느냐고 물었다. 그녀는 아무 말도 못하고 멍하게 있었다. 아마 이 문제에 대해서 한 번도 생각해 본 적이 없는 모양이었다. 그녀는 잠시 뒤에 대답했다.

"그건 남자친구가 제게 관심이 없다는 뜻이에요. 절 신경 쓰지 않는 거라고요."

내가 물었다.

"관심 없고 신경 안 쓰는 것 외에 또 어떤 가능성이 있을까요?"

그녀는 말했다.

"다른 가능성에 대해선 생각해 본 적 없어요."

"그러면 지금 한번 생각해 보세요."

그녀는 말했다.

"어쩌면 바빠서 답신을 못 보내는 것일 수도 있겠네요."

내가 물었다.

"바빠서 답신을 못 하는 것이라면, 기분이 어때요? 여전히 화가 나요?"

그녀는 대답했다.

"아니요. 좀 괜찮아졌어요."

"그러면 당신에게 관심이 없어서 3시간 동안 답신을 안 한 게 아닐 수도 있겠네요, 그렇죠?"

그녀는 멋쩍은지 씩 미소를 지었다.

가만히 생각해 보면 일상생활에서 느끼는 불만, 괴로움, 슬픔, 공포, 두려움은 다음의 요소와 관련된다는 것을 알 수 있다.

① 불안함

② 타인의 무관심

③ 존중받지 못하는 느낌

④ 이해받지 못하는 느낌

⑤ 인정받지 못하는 느낌

⑥ 높게 평가받지 못하는 느낌

⑦ 긍정적으로 받아들여지지 못하는 느낌

⑧ 사랑받지 못하는 느낌

그런데 모든 필요와 바람을 충족시키고 사는 사람이 있을까? 더욱이 사람은 다른 사람과 남의 일을 해석할 때 자신과 관계가 없으면 무시하고, 관심을 갖지 않는다.

인정과 사랑을 남에게 구하는 한 영원히 자신의 욕구를 채울 수 없다.

어떻게 하면 내면의 안정을 얻고, 다른 사람과 조화롭게 지낼 수 있을까?

세상에는 불공평한 일들이 무수히 많다. 하지만 절대적인 공평함이 있으니, 누구에게나 똑같이 하루에 24시간만 주어진다는 것이다!

사람은 자신의 시간, 에너지, 돈을 쓰는 곳에서 결과를 얻는다.

외부에서 인정, 관심, 사랑을 구하지 말라. 다른 사람에게서 구하는 한 영원히 자신의 바람을 채울 수 없다. 스스로 자신을 보살피고 탐색해서 인생을 더 풍요롭게 만들자.

남자친구에게 답신을 못 받아 화가 났던 젊은 여성은 더 이상 남자친구의 답신을 기다리며 하루를 보내지 않게 되었고 요가와 독서, 공부를 새로 시작했다. 요새는 바빠서 남자친구가 답신을 보냈는지 어쨌는지 확인할 시간도 없다. 이 과정에서 그녀는 남자친구가 왜 자신에게 제때 답신하지 못했는지를 이해하게 되었고, 이제는 남자친구가 그녀에게 답신을 재촉하는 신세가 되었다.

자신을 활짝 꽃피우면 벌은 알아서 날아오게 돼 있다.

사랑을 애써 '주지'도 말고 '달라고' 하지도 말자

사람들은 바보처럼 자신을 괴롭히지만, 한편으론 현자처럼 다른 사람을 위로한다.

사실 사람들에게 진실로 필요한 것은 마음의 변화를 차분하게 알아차리고, 가장 친한 친구를 대하듯이 자기 자신을 따뜻하게 돌보는 것이다!

사람은 노력에 관계없이 실패하고, 실수하며, 자신의 상황이 만족스럽지 못할 때가 있다. 이때 비난의 화살을 자신에게 겨누는 사람은 수치심과 죄책감에 사로잡혀 가족과 멀어지게 되고, 외부로 돌리는 사람은 다른 사람을 탓하고 환경을 원망한다. 《나를 위한 기도 셀프 컴패션》에는 "인생의 고통은 대부분 다른 사람이 아니라 스스로 자기 자신을 못마땅하게 여길 때 생긴다."라고 나온다.

사람은 살면서 흔히 두 개의 화살을 맞는다. 첫 번째 화살은 어려운 상황에 처하거나 좌절했을 때 외부 세계에서 날아온다. 이에 비해 두 번째 화살은 부정적인 정서에 시달리며 스스로 쏜 것이다. 수치심은 모든 부정적인 정서 중에서 가장 떨쳐버리기 어려운 '하드 정서'이다. '하드 정서' 밑에는 슬픔, 자책, 죄책감, 불안감과 같은 '소프트 정서'가 깔려 있다.

'지난 6개월 동안 자신이 한 가장 훌륭한 일은 무엇인가'라는 주제로 수업할 때, 전 세계 500대 기업 중의 한 곳에서 임원을 지낸 저민 씨는 눈물을 펑펑 흘렸다. 지난 6개월 동안 그녀는 자신을 돌본 적도 없고, 잘한 일이 하나도 없다고 늘 자신을 채찍질했다. 위암 말기 판정을 받은 어머니가 수술을 받고 고통스러워했지만 그녀는 아무것도 해줄 수가 없었고, 출산 후에 모유가 부족해 갓난아기에게 젖을 충분히 못 줬고 어머니 병문안을 가느라 잘 보살펴 주지도 못했다. 직장에선 마침 승진해서 열심히 일해 보려 했지만, 출근하고 반나절만 지나면 몸이 축 처져 힘들기만 했다.

저민 씨는 어느 것 하나 똑 부러지게 처리하지 못하는 것에 대해 죄책감, 슬픔, 두려움, 무력감을 느꼈고 그런 자신을 비난하고 부끄러워했다. 부정적인 정서는 그녀를 쉽게 화내고 주변 사람과 갈등하게 만들었다. 물론 가장 큰 희생자는 아내의 모든 화를 다 받아야 하는 남편이었다. 결국 부부싸움이 대판 벌어진 어느 날 남편이 저민 씨에게 물었다.

"도대체 뭐가 불만이야?"

그녀는 눈물을 흘리며 말했다.

"그냥 외로워. 세상에 나 혼자만 있는 것 같아. 다들 내게 바라기만 하고 관심은 주지도 않잖아. 이젠 내가 누구인지조차 모르겠어."

저민 씨처럼 수시로 자신을 못마땅하게 여기고, 날카로운 말로 다른 사람과 자신에게 상처를 주고, 힘들고 외롭고, 어떻게 자신과 다른 사람을 사랑하고 행복을 추구해야 하는지 모르겠으면 차분하게 마음의 변화를 알아차리며 자신을 돌보자. 어쩌면 이것으로 모든 것이 변할 수도 있다.

사람들은 다른 사람에게만 관심이 있고 자신에게는 관심이 없다

하버드대학교의 연구 결과에 따르면 78%의 사람은 자기보다 다른 사람을 대할 때 더 잘 인내하고 부드럽고 친절하고, 20%의 사람은 자신과 남을 똑같이 대한다. 남보다 자기를 더 잘 대우하는 사람은 고작 2%에 불과하다.

또 다른 연구 결과에 따르면 자신에게 관심이 많은 사람은 그렇지 않은 사람보다 주변 사람을 더 잘 이해하고 보살피는 것으로 나타났다. 마음의 변화를 알아차리고 스스로 자신을 돌보는 사람은 어려움에 처해도 사랑의 근원이 되어 자신을 응원한다.

저민 씨처럼 마음이 괴롭고 자신이 불만족스러울 땐 다음을 따라 해보자. 기분이 한결 좋아질 것이다.

① 머릿속에서 자신을 비판하고 질책하고 공격하는 목소리를 멈춘 뒤에 오른손을 가슴에 댄다.
② 마음이 차분히 가라앉게 심호흡을 3~10회 한다.
③ 가장 친한 친구를 대하듯 자신에게 다정하게 말한다. "난 내가 마음에 안 들어. 하지만 마음에 안 드는 모습도 나의 일부분이지. 난 마음에 안 드는 내 모습도 받아들일래. 그래, 지금까지 난 매 순간 날 위해서 가장 좋은 것을 선택했을 거야!"
④ 자신에게 "앞으로 바꿀 수 있는 것은 모두 바꾸고 더 지혜로워질 거야. 꼭 내가 원하는 모습이 되고 말겠어!"라고 말한다.
⑤ 자신에게 "평온하고 건강하고 행복해지고 싶어. 모든 것이 안정되길 바라."라고 말하고, 마지막으로 자신을 따뜻하게 안아준다.

마음의 변화를 알아차리고 자신을 따뜻하게 보살피면 아무 때나 불러도 달려오고, 이해심이 많고, 서로 뜻이 잘 통하는 친구가 마음에 '입주'한다. 이 친구는 필요할 때 응원해 주고, 사랑과 선의로 자신을 대해 주고, 늘 같은 자리에서 평온하게 지켜봐 주고, 언제 어디서나 외롭지 않게끔 모든 일을 함께 겪으며, 나아가 지혜와 힘도 준다. 이 친구가 있으면 애써 남에게 사랑을 줄 필요도 없고 사랑을 '구걸'할 필요도 없어서 더 이상 바보 같다는 말로 스스로 자신에게 상처를 주지 않게 된다.

더 이상 머리로 자신을 비판하거나 통제하지 말자. 뜻대로 되지 않는 순간, 불완전함, 잘못된 말과 행동을 받아들이고, 괴로울 때 스스로 자신을 보살피자. 그러면 서서히 내면의 평화를 회복하게 되고, 사람들과 조화를 이룰 수 있을 것이다. 자기 수용과 보살핌은 실패도 아니고 포기도 아니다. 방종과 자율 사이에서 성장의 균형점을 찾는 것이다.

하버드 의과대학의 크리스토퍼 거머 박사는 순간적인 자기 보살핌이 하루를 바꾸고, 이것이 쌓이면 인생이 바뀐다고 설파했다. 자신의 고통을 껴안고 내면을 따뜻하게 비추면 진실한 자신을 만날 수 있다. 마음이 고요해지고 스스로 자신을 보살필 때 초조함, 두려움, 불안함이 줄어들고 여유가 생긴다.

크리스토퍼 거머 박사의 말을 기억하는가? 인생의 고통은 대부분 다른 사람이 아니라 스스로 자기 자신을 못마땅하게 여길 때 생긴다! 얼마나 더 많은 고통과 곡절을 겪어야 고요한 마음으로 자신을 보살필 것인가? 그냥 오늘부터 행동에 옮기자!

옆에 누가 있든 말든 난 의연하게 나를 꽃피울 것이다

인생은 매우 짧다. 오늘 하루를 누구와 함께 보내든, 인생에서 누군가와 함께 보낼 수 있는 시간은 그리 길지 않다. 한데 그 시간을 서로 원망하고 질책하며 보내는 것은 너무 아깝지 않은가? 인생에는 아직 직접 탐구하고 느끼고 체험해 봐야 할 많은 사랑과 경험이 존재한다. 내면의 평화와 조화로운 인간관계를 이루기 위해서는 묵묵히 마음의 밭을 가는 것 외에 나머지 일들은 곁가지에 불과하다.

많은 사람이 다른 사람의 시선에 발목을 잡힌다. 한데 그들도 똑같이 다른 사람의 눈치를 살피며 인생을 막연하게 보낸다는 것을 왜 모를까? 길가의 꽃을 보라. 그들은 누가 보든 말든 신경 쓰지 않고 제 꽃을 피운다. 자신을 활짝 꽃피우는 것에 생명의 근본적인 의미가 있기 때문이다. 만약에 다른 사람의 시선을 그렇게 신경 쓸 것이라면, 일단 자신을 꽃피운 다음에 신경 쓰자.

자연은 영혼을 가장 살찌우는 곳이다. 자연은 순서를 다투지 않고 그저 고요하게 자신을 꽃피운다. 누가 오든 말든, 누가 보든 말든 신경 쓰지 않고 의연하게 자신의 모든 힘을 끌어 모아 아쉬움 없이 자신의 아름다움을 뽐낸다. 사람의 인생도 이래야 하지 않을까? 누가 신경 쓰든 말든, 관심을 주든 말든 자신을 활짝 꽃피우자. 자신을 꽃피우는 활동 자체에 생명의 가장 근본적인 의미가 있다.

자신을 활짝 꽃피우면
괴로워할 시간이 없다

사실 인생은 자신에게 "사랑해!"라고 말해 줄 사람만 있으면 된다. 그러면 모든 외로움, 두려움, 분노, 슬픔이 크게 줄어든다. 만약에 내게 "사랑해요."라고 말해 줄 사람이 없으면 스스로 자신에게 사랑한다고 말해 주면 되고, 주변 사람에게도 내가 먼저 사랑한다고 말해 주면 된다. 가정의 행복의 열쇠를 쥐고 있는 사람은 여자이다. 행복은 줄곧 그렇게 자기 손안에 있었다!

어떤 사람은 말한다.

"내가 나 자신에게 사랑한다고 말해야 하다니, 내가 너무 불쌍해요."

이런 사람에게 해주고 싶은 말이 있다.

"자기 자신을 사랑할 줄 모르다니, 정말 안타깝군요."

인생이 원하는 대로 풀리지 않는 것은 다른 데 원인이 있지 않다. 한 번도 자기 자신에게 만족한 적이 없기 때문이다. 옛말에 "한 자의 길이도 짧을 때가 있고, 한 치의 길이도 길 때가 있다."라는 말이 있다. 결점 없이 완벽한 사람은 없다는 말이다. 세상에 완벽한 사람과 일은 없다. 다른 사람이 완벽해 보이는 것은 멀리서 보기 때문이고, 자신이 불만족스러운 것은 너무 가까이서 보기 때문이다. 당신은 생각처럼 그렇게 엉망진창이지 않다. 다른 사람도 당신이 생각하는 것처럼 그렇게 완벽하지 않다. 그러니 자기 자신을 사랑하자!

인생의 많은 일, 특히 나쁜 일은 지나고 보면 저마다 아름다운 의미가 있었던 것을 알 수 있다. 나도 그런 일을 부지기수로 경험했다. 당시에는 최악의 일이었지만, 몇 년이 지난 뒤에 그것이 인생의 전환점이었음을 알고 감사했다.

사람들은 내게 어찌 그토록 활력이 넘치고 늘 웃을 수 있느냐고 묻는다. 내 대답은 이렇다.

"전 과거를 후회하고 미래를 걱정하는 데 시간을 쓰지 않아요. 다른 사람을 의심하고 추측하지도 않아요. 후회하고 걱정하고 의심하면, 괜히 에너지만 소모되고 머리만 아프잖아요."

난 문제가 생기면 지금 이 순간에 어떻게 할까, 다음 단계에는 어떻게 할까만 생각한다. 다른 사람과 갈등이 생기면 의심과 추측을 하며 마음의 장벽을 쌓아 올리지 않고, 상대방과 얼굴을 맞대고 솔직하게 속내를 털어놓는다. 물론 "모든 사람이 다 하이란 박사님처럼 진심을 터놓을 수 있는 건 아니에요."라고 말하고 싶은 사람도 있을 것이다. 이 말에 나도 동의한다. 하지만 진심을 터놓지 못하는 건 그 사람의 문제이고, 난 나의 방식을 고수할 생각이다. 그렇다고 걱정은 하지 말자. 시간이 지나면 자신에게 꼭 맞는 사람들과 잘 어울릴 수 있는 방식을 찾을 것이다. 확실한 사실은, 사람들은 솔직하고 진실하며 성실한 사람과 함께 지내는 것을 좋아한다는 것이다.

자신에게 솔직해지면 많은 시간이 절약되어, 개인의 성장과 인생을 꽃피우는 데 더 많은 시간을 쓸 수 있다. 스스로 자신을 꽃피울 때 모든 문제는 자연스럽게 풀린다.

〈후기〉

내 인생에 등장하는 모든 사람은 운명이 세심하게 계획한 것

무티엔위 장성에서 마지막 원고의 수정을 마쳤다. 저 멀리 우뚝 솟은 기세 좋은 산상에는 눈이 소복이 쌓여 있다. 중국 북부의 겨울은 고아(高雅)하게 아름답고, 엄동설한이지만 생명이 태동하는 아름다움과 감동이 느껴진다.

몇 해 전부터 각 분야에 있는 친구들에게 책을 한 권 써보라는 권유를 받았지만 줄곧 미뤄왔다. 아무리 생각해도 책을 집필한다는 것은 벅찬 과제였다. 독자가 돈을 내고 사서 읽을 만큼 내용이 충실해야 했고, 시간은 곧 생명이기에 이왕 쓸 것이면 내가 만족할 수 있어야 했다.

마지막 장까지 수정을 마쳤지만 여전히 만족스럽지는 않다. 하지만 이 책은 '완벽하지 않은 것이 더 아름답다'는 것을 설명하는 책이니, 나 자신에게 도전하는 의미에서 완벽하지 않음을 받아들이기로 했다.

이 책은 일상생활을 하고 일을 하며 겪은 부분적인 체험과 깨달음을 정리했다. 인생은 일곱 색깔 무지개이다. 모든 사람은 자신이 체험하고 느끼는 것에 따라서 서로 다른 색채를 본다. 책에서 공유한 것은 내가 본 색채와 관점이고, 다른 사람의 생활 방식을 지도할 의도는 없다.

만약에 누군가가 이 책을 읽은 뒤에 내면의 평화를 느끼고 타인과 화목하게 지낼 수 있게 된다면, 뜻밖의 성과에 기뻐할 것이다. 만약에 책에 나오는 사례가 자신의 경험과 비슷해도 놀라지는 말자. 자신의 경험이 유일무이한 것 같아도, 세상에는 그와 비슷한 경험을 한 사람이 수천 수만 명이 넘는다. 이 점을 이해하면 내면의 고통이 크게 줄어들 것이다.

70억 인구가 넘는 지구에서 내가 만날 수 있는 사람은 매우 제한적이다. 난 인생에서 만난 모든 사람이 운명의 세심한 계획에 따라서 등장했다고 생각한다. 부모, 남편, 딸, 교사, 동창, 친구, 동료, 제자, 수강생 등 모든 사람의 출현을 통해서 난 기쁨, 우울함, 괴로움, 슬픔, 즐거움을 체험했고, 책이라는 방식으로 많은 사람과 경험을 공유할 수 있는 기회를 얻었다.

자신의 프로그램에 날 초대해 준 최고의 사회자 양란에게 감사한다. 대중에게 행복의 힘에 대해서 전파하는 동안 대중이 행복을 추구하는 과정에서 어떤 어려움을 느끼는지 한층 더 깊게 이해할 수 있었다.

샤하오 전 보더폰 사장에게도 감사한다. 가을의 어느 날 오후에 그는 정색한 표정으로, 책을 집필하는 것이 내가 가장 시급하게 해야 하는 중요한 일이라고 말했다. 그의 말에 힘입어 난 글쓰기에 전념할 수 있었다. 유명 작가 치우웨이에게도 감사한다. 그는 내게 "책은 스스로 쓰세요."라는 말과 동시에 내가 쓰는 글이 많은 사람에게 감동을 줄 것이라고 했다. 행복한 사람들을 만나 안심하고 책을 쓸 수 있게 도와준 잔원밍 선생에게도 감사한다.

자료를 정리하고 출간하는 작업에 참여한 차오이원, 쟈오쉬에징, 황샤오위, 치옌페이, 류캉, 뤄샤오위 등의 수강생에게도 감사하고, 베이징즈투도서에도 감사한다. 베이징즈투도서의 적극적인 협조로 머릿속에 어지럽게 흩어진 생각과 감상을 적절한 곳에 배치할 수 있었다. 추천사와 서평을 써준 각계각층의 친구와 교사들에게도 감사한다. 이들의 평가로 인해 난 수업과 다른 방식으로 많은 사람과 인생에 대한 깨달음을 소통할 수 있었다. 지면의 한계로 서평의 모든 내용을 수록하지 못한 점에 미안함을 느낀다.

바쁜 와중에도 졸작을 읽고 정성껏 추천의 글을 써준 저우궈핑, 위단에게도 감사한다. 이들의 진지하고 성실한 태도에 깊은 감동을 받았다. 크리스토퍼 거머 박사와 엘나 야딘 박사에게도 감사한다. 이들은 내게 남을 도울 수 있는 효과적인 방법을 전수해 주고, 몸소 지행합일을 실천하며 진정한 교육이 무엇인지 가르쳐 줬다.

지금 이 순간 마음속에 감사함이 넘쳐흐른다. 모든 성취는 많은 사람이 수고한 결과였다. 이 책도 무수한 사람의 노력이 결실을 맺은 것이다.

세상의 모든 사람이 내면의 평화를 얻고 다른 사람들과 조화롭게 지낼 수 있기를 바란다.

peace & love

〈유명 인사들의 논평〉

국내외에 심리학자는 많지만, 하이란 박사처럼 의학에서 심리학으로 전공을 바꾼 사람은 그리 많지 않다. 또 중국에서 미국에 갔다가 다시 중국으로 돌아온 사람도 흔하지 않고, 전문적인 조예가 깊은 심리학자도 그리 많지 않다. 하이란 박사처럼 이념을 행동으로 실천하는 사람은 많지 않고, 심리학의 최전선에 있는 지식과 구체적인 적용 방법을 쉽게 설명해 줄 수 있는 사람도 그리 많지 않다. 창업을 한 전문가는 많지만, 비영리 방식으로 운영하며 다른 사람을 돕는 것을 사명으로 여기는 사람은 흔하지 않다. 하이란 박사는 만능 박사요, 심리학자요, 창업자로서 독보적인 존재이다. 그녀는 자신의 팀과 함께 역사를 새로 쓰고 있다. 때문에 난 하이란 박사 팀과 18개월 동안 자원 봉사를 하는 것을 흔쾌히 받아들였고, 그녀의 위대한 프로젝트를 위해서 미약하게나마 힘을 보탰다.

– **잔원밍**(詹文明. 피터 드러커의 마지막 제자, CEO, 이사장, 경영인의 개인 교사)

하이란은 행복의 전도사요, 행복의 실천자이다. 그녀는 많은 사람에게 행복은 고뇌와 고통이 없는 상태가 아니라 그것과 사이좋게 지내는 것이고, 행복은 먼 곳에 있지 않고 자신을 각성할 때 찾아온다는 것을 알려주었다.

– **양란**(楊瀾. 유명 언론인, 양광 미디어 그룹 회장)

하이란 박사의 책을 읽는 동안 마음의 여정을 떠난 것 같았다. 우리의 삶은 불완전하다. 하지만 불완전하기 때문에 인생을 살 수 있는 영원한 동력을 얻는다.

– **위민훙**(俞敏洪. 신동팡교육그룹 회장)

고대 유대의 랍비인 힐렐은 말했다.

"내가 나 자신을 위하지 않으면 누가 나를 위하겠는가? 내가 나 자신만을 위하면 나는 무엇이 되겠는가? 그리고 지금 행동하지 않으면 언제 하겠는가?"(《아비들의 윤리》 1:14)

이 말처럼 내가 존경하고 사랑하는 동료이자 친구인 하이란 박사의 인생을 잘 묘사한 말은 없다.

– **엘나 야딘**(Elna Yadin. 펜실베이니아대학교 불안장애 치료연구센터 강박장애 팀장)

엄마가 따뜻하게 설명해 주는 것 같은 이 책에 감동했다. 물론 하이란 박사는 진짜 엄마처럼 잔소리도 하지 않고, 우울해하지도 않으며, 현실의 모든 것을 걱정하지도 않는다. 책 전반에 걸쳐 잔잔히 흐르는 하이란 박사의 목소리가 좋았고, 읽는 내내 보살핌을 받는 기분이었다. 이 책은 한번 읽고 마는 그런 책이 아니다. 하이란 박사의 보살핌을 좀 더 오랫동안 받고 싶은 마음에 일부러 책의 마지막 장을 넘기지 않고 있다.

– **런창잔**(任長箴. 유명 다큐멘터리 감독, 〈혀끝으로 만나는 중국〉 1부 감독)

하이란 박사의 글이 좋고 그녀의 수다가 좋다. 그녀는 명성에 걸맞은 '큰 여성'이다. 모든 갈등, 고민, 우울함, 슬픔은 큰 바다와 같은 그녀의 품에서 녹아 없어진다. 하이란 박사는 찬란한 빛이다. 세상 물정과 사람의 마음을 환하게 밝히고, 내면의 각성을 불러일으킨다. 하이란 박사는 여전히 소녀이다. 밥 한 그릇에 찬거리 하나, 꽃 한 송이, 풀 한 포기에도 감사할 줄 안다. 행복한 여자는 분명히 하이란 박사처럼 어른다운 교양과 소녀다운 감성이 있을 것이다.

– **춘니**(베이징 위성TV 사회자)

하이란 박사의 글을 읽는 것은 의미 있는 여정이었다. 내가 가장 좋아하는 오스카 와일드의 명언으로 묘사하면 "자기와 사랑에 빠지는 순간 평생의 연애가 시작된다."

– **치우웨이**(秋微. 《안녕, 소년》 등의 베스트셀러 저자, 사회자)

하이란 박사는 쪽빛 바다 같은 배려, 포용, 수용으로 사람들의 마음에 있는 응어리, 번뇌, 원한을 풀어주고, 햇살 같은 언어로 사람들의 마음속 깊은 곳에 있는 어둠과 망연함을 따뜻하게 비추어 주며, 줄곧 사람들이 생명의 존엄성을 찾고 행복한 인생을 누리게끔 도왔다.

– **중리빠런**(中里巴人. 베이징 중의협회 이사, 《의사가 찾지 말고 스스로 치료하자》의 저자)

어떻게 하면 행복해질까? 불완전한 자신과 통제할 수 없는 환경을 받아들이고, 미지의 것을 껴안고, 내면의 목소리에 귀를 기울이고, 지금 이 순간에 자신의 최고 모습으로 살고, 타인·세상·자연과 조화로운 관계를 형성해야 한다. 하이란 박사의 신간에서 행복은 어떤 상태나 목표가 아니라 일종의 능력이라는 것을 알게 되어 감사하다. 행복은 연습으로 얻을 수 있는 능력이다.

– **왕런핑**(王人平. '중국의 모범 가장' '자녀를 키우고 자신을 키우는 공작실' 창립자)

행복은 불행한 복으로 해석할 수도 있고, 행운의 복으로 해석할 수도 있다. 한 글자 차이로 행복에 대한 체험과 이해는 완전히 달라진다. "괴로움은 곧 즐거움이니, 그 안에 즐거움이 있다." 하이란 박사의 책을 읽으면 이 말의 뜻을 확실하게 이해할 것이다.

– **리즈쉰**(李子勳. 유명 심리학 전문가, 중국 CCTV 〈심리방담〉의 스페셜 MC)

하이란 박사는 수십 년의 독서 경험과 근무 경험을 통해서 무엇이 행복을 이루는 중요한 요소이고, 사람들이 무엇에 매달리다가 행복을 놓치는지 자세하게 설명했다. 이 책을 자세하게 읽으면 행복에 대해서 크게 깨달을 것이다.

– **류취엔웨이**(劉全偉. 화웨이대학 인력자원부 부장)

행복해지는 것은 일종의 능력이다. 과학 연구에 따르면 사람의 뇌에는 '희망 회로'라는 게 있다고 한다. 하이란 박사는 행복을 추구하는 모든 사람의 '희망 회로'에 긍정의 에너지가 흐르게 할 것이다.

– **빈빈**(彬彬. TV 토크쇼 〈명인당〉 제작자, 사회자)

행복은 결코 먼 곳에 있지 않고, 쉽게 느낄 수 있다. 부정적인 정서와 세상에 대한 걱정이 미세먼지처럼 앞도 안 보이게 꽉 끼면 모든 것이 흐릿해진다. 하지만 우리에겐 부지런한 하이란 박사가 있다. 그녀는 찬바람이 불어오기도 전에 먼저 우리의 손을 잡고 창틀에 쌓인 먼지를 털어줄 것이다.

– **티엔위에**(田微. 중국 CCTV 사회자)

책에 나오는 "인생의 모든 고통 이면에는 큰 지혜가 숨어 있다."라는 말에 크게 감동했다. 이 책을 읽고 지난 몇 년 동안의 내 인생에 대한 인식이 완전히 새로워졌다. 또 내면이 따뜻해지고 충실해졌으며, 인생에서 진심으로 추구해야 하는 것은 인격의 성장 및 스스로 한 약속을 지키는 것임을 깨달았다.

– **우홍**(武紅. 뉴 얼라이언스 총재, 보아오포럼 조직자, 미래포럼 창립 이사)

하이란 박사는 행복의 탐색자요, 행복한 인생을 사는 사람이다. 그녀는 밤을 지키는 등대처럼 많은 사람의 마음을 환하게 밝힌다. 이 책은 딱 등대와 같은 책으로, 많은 사람이 행복해질 수 있도록 도울 것이다. 행복해지는 것에도 방법이 있다는 말을 나는 믿는다.

– **천팅**(陳婷. 중국 청소년 발전 재단 '5·12 영혼 지켜주기 프로젝트' 발기인 중 1인, 타이메이후이구 창립자)

하이란 박사의 신간은 행복의 뒷면, 즉 어떻게 하면 고통과 사이좋게 지낼 수 있는지에 대해서 설명한다. 그녀는 인생의 어려움을 먼저 겪어본 선배로서 고통에 빠진 많은 사람을 도왔다. 고통을 아는 사람만이 고통과 함께 지낼 수 있고, 행복에 가장 근접할 수 있다. 이런 의미에서 이 책은 쉽게 행복해지는 방법을 알려준다.

– **주젠**(朱建. 전 〈도시 속보〉 편집장)

이 책은 가장 전형적인 사례로 사람들의 내면 깊은 곳에 있는 고통을 긁어주고, 구체적인 방법으로 사람들에게 내재된 긍정의 에너지를 깨워주고, 전체적인 의식을 높여주고, 행복을 전달해 주고, 뭔가를 깨우친 것처럼 홀가분한 기분을 준다.

– **한샤오훙**(韓小紅. 츠밍 체크업그룹 회장)

하이란 박사를 안 지 거의 10년이 되어간다. 사람들이 그녀에게 거는 희망이 크다는 걸 알지만, 책을 집필하는 것은 결코 쉬운 일이 아니다. 때문에 그녀의 신간이 나왔을 때, 놀라우면서도 기쁘고 든든했다. 이 책은 하이란 박사 개인의 인생 체험이요, 생명의 의미를 실천한 내용이다. 또한 현대인의 심리 생활을 사실적으로 보여준다. 하이란 박사의 진심이 담긴 이 책은 많은 사람이 자기 자신과 인생에서 더 많은 것을 발견하게끔 자극할 것이다.

– **웨이스웨이**(魏世偉. 화샤 심리 공동 창립자)

하이란 박사의 책은 밤길을 걷는 사람에게 한 줄기 빛이요, 자신의 진면목을 모르는 사람을 비추는 거울이다. 그녀의 책을 읽다 보면 갑자기 어떻게 살아야 하는지 깨닫게 된다. 그녀는 자신의 행동으로, 어떻게 하면 행복하게 살 수 있고 행복을 추구할 수 있는지 가르쳐 준다.

– **리샤오후**(李小虎. 에녹 자본 공동 경영자)

마음에 사랑이 있는 사람은 결코 어려움에 처한 사람의 곁을 그냥 지나치지 않는다. 하이란 박사는 행복감과 좌절 극복 능력을 키우고, 인생의 질을 높이며, 화목한 사회 분위기를 조성하기 위해서 심리 건강 교육 분야에서 최선을 다하고 있다.

– **지아리**(賈笠. 유명 서화가)

하이란 박사는 행복에 대한 나의 인식을 바꿨다. 행복은 그냥 자기 자신이 되는 것이다. 생명이 가치 있는 것은 미리 알 수 없고 불확실하기 때문인데, 그 상태에서도 난 담담하고 즐겁게 인생을 산다. 아마 이것이 하이란 박사를 통해서 얻은 최대 수확일 것이다.

- **리리**(李黎, 《삶이 곧 행복》의 저자)

하이란의 책에 나오는 것처럼 "우리가 진실로 소유한 시간은 지금 이 순간밖에 없다." 물론 시대의 큰 흐름을 한 사람의 힘에 기대어 바꿀 순 없다. 하지만 우리는 각자 좋은 일을 더 많이 하고, 소소하게 취미 생활을 즐기고, 생명과 영혼에 관한 책을 읽고, 마음에 진실한 이상을 품기로 선택할 수 있다.

- **정샤오페이**(曾晓非, 랴오닝성 상무청)

옮긴이 김락준

충북대학교 중어중문학과를 졸업하고, 북경 공업대학과 상해 재경대학에서 수학하였다. 현재 출판 번역 에이전시 베네트랜스에서 전속 번역가로 활동 중이다.
옮긴 책으로 《여행이 나에게 가르쳐 준 것들》《이기는 전략》《하버드 말하기 수업》《화폐경제 1》《화폐경제 2》《권력이 묻거든 모략으로 답하라》《돈이 되는 이야기》《인생의 품격》《35세 전에 꼭 해야 할 33가지》《유태인에게 배우는 지혜 84》《위기에 성장하는 직장인 생존 비밀》《칼 비테의 공부의 즐거움》《나의 미래를 바꾸는 힘 습관》《무엇이 빌 게이츠를 승자로 만들었을까?》 등이 있다.

완벽하지 않은 것이
더 아름답다

초판 1쇄 인쇄 | 2017. 9. 1
초판 1쇄 발행 | 2017. 9. 8

지은이 | 하이란 박사
옮긴이 | 김락준
펴낸이 | 윤세민
마케팅 | PAGE ONE 강용구
홍　보 | 김범식
펴낸곳 | 씽크뱅크

주　소 | 121-887 서울특별시 마포구 월드컵로 47 (합정동), 2F
전　화 | (02)3143-2660 팩스 | (02)3143-2667
E-mail | thinkbankb@naver.com
출판등록 | 2006년 11월 7일 제396-2006-79호

ISBN 978-89-92969-52-9 03820

* 책값은 뒤표지에 있습니다.
* 잘못 만들어진 책은 구입하신 곳에서 교환하여 드립니다.